SON SURPRISE AUX COURBES GÉNÉREUSES

UNE ROMANCE DE PETITE VILLE AVEC UNE HÉROÏNE AUX COURBES VOLUPTUEUSES

À LA RECHERCHE DU HÉROS LITTÉRAIRE PARFAIT
TOME SEIZE

MARY E THOMPSON

BluEyed Press

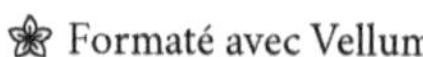 Formaté avec Vellum

À LA RECHERCHE DU HÉROS LITTÉRAIRE PARFAIT

C'est une belle journée… ou peut-être pas. Un orage couve dans le voisinage, et Chelsea et Derek sont en plein cœur de la tourmente. Tout ce qu'ils veulent, c'est trouver un endroit où ils se sentent à leur place, mais ce n'est pas si simple quand la simple existence de la jeune femme le rend fou. À plus d'un titre ! Faites la connaissance de tous les personnages de L'anse MacKellar et tombez sous le charme de votre nouveau petit ami de roman préféré. Cette petite ville est un lieu vraiment spécial où il fait bon vivre.

LIVRE 16

Son Surprise aux Courbes Généreuses

Derek

Ma nouvelle voisine allait causer ma perte. Ses soirées qui s'éternisent, ses réveils aux aurores, et son chien incontrôlable qui saccageait ma pelouse. La paix et la tranquillité dont j'avais joui pendant des années avaient disparu avec un simple panneau VENDU et un camion de déménagement.

Mais ce n'était même pas le pire. Oh, non. Le plus gros problème que j'avais avec ma nouvelle voisine, c'était ce short minuscule qui moulait ses formes et me mettait l'eau à la bouche. Ce short était la raison pour laquelle je gardais mes distances.

J'allais finir par l'étrangler, ou la faire mienne.

Chelsea

J'aurais dû me renseigner avant d'acheter ma nouvelle maison. J'aurais découvert que j'emménageais à côté de l'homme le plus coincé de ma petite ville. Un homme qui pensait que les lumières devaient être éteintes à vingt heures, et qu'il fallait un silence complet pendant douze heures d'affilée.

Désolée, mais certains d'entre nous ont une vie, mon pote.

Après un énième mot sur ma porte menaçant d'appeler la police, j'ai décidé de rendre visite à mon nouveau voisin. Je ne m'attendais pas à trouver son fils assis sur le porche. Seul. Enfermé dehors et effrayé.

Ni à sentir mon cœur se serrer si douloureusement lorsqu'il a accepté mon offre d'un cookie et d'un endroit où attendre le retour de son père.

Peut-être l'avais-je jugé trop vite. Parce qu'un enfant si adorable ne pouvait pas être celui d'un homme aussi grossier. Ou peut-être que ce père célibataire et voisin était plus complexe qu'il n'y paraissait.

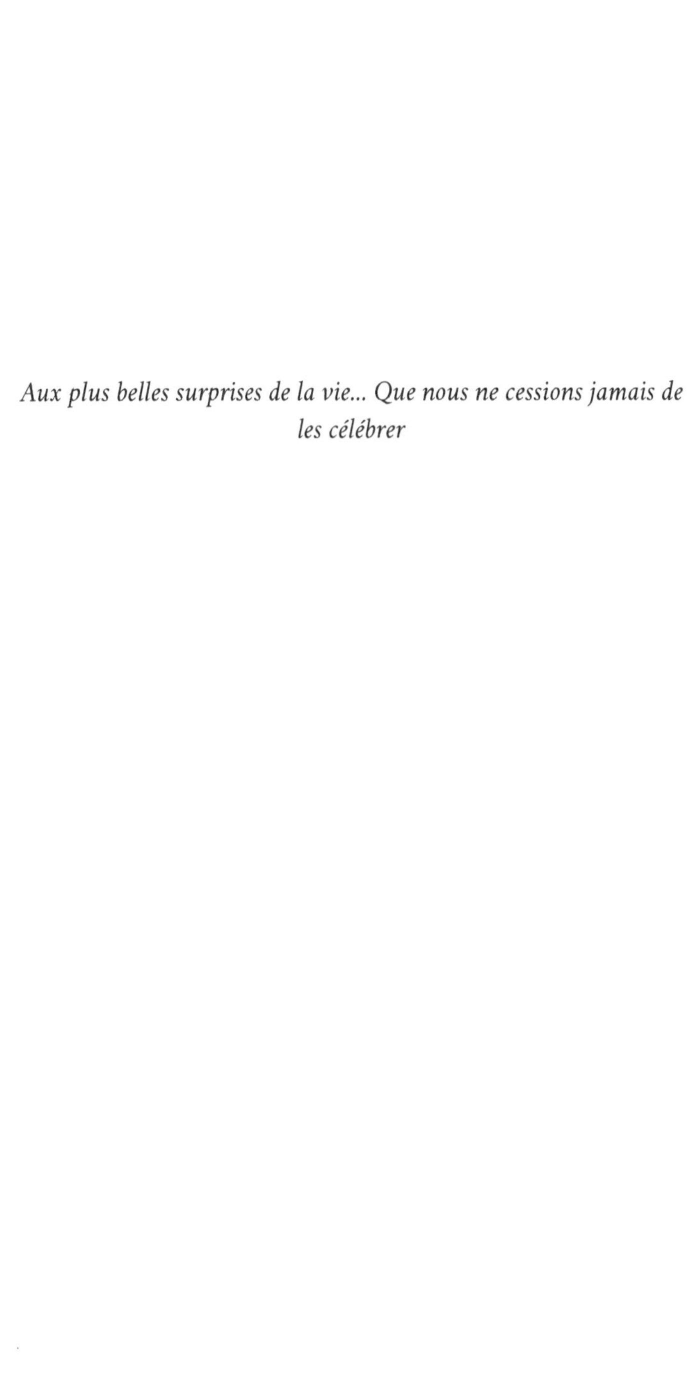

Aux plus belles surprises de la vie... Que nous ne cessions jamais de les célébrer

CHELSEA

J'ai préparé un verre et je l'ai apporté sur la terrasse arrière. L'été touchait à sa fin, et j'avais bien l'intention de profiter de mon jardin autant que possible. La rentrée des classes pour les enfants du coin avait eu lieu la veille, ce qui m'indiquait toujours que l'automne approchait. Mais pas tout de suite.

— Merci, a dit Sofia en acceptant le verre que j'avais préparé pour elle. Elle a bu une gorgée et a soupiré d'aise. — Un délice.

— C'était une excellente idée, a dit Haley.

Haley et Sofia étaient mes deux plus proches amies, et les deux premières personnes auxquelles j'ai pensé quand j'ai décidé d'improviser une soirée et de m'amuser. Mon jardin était parfait pour ça. J'ai envisagé d'inviter plus de monde, mais après une longue journée de travail, leur compagnie me suffisait amplement.

Et, étonnamment, elles étaient toutes les deux disponibles et ne passaient pas la soirée avec leurs petits amis. Un vrai miracle.

— Je suis contente que vous ayez pu venir. Depuis que j'ai

emménagé, j'avais envie de refaire quelque chose ici, leur ai-je dit.

— C'était une super fête, a dit Haley.

J'ai acquiescé. La fête avait été amusante. Haley, Sofia et ma cousine, Elise, avaient invité tous leurs amis pour m'aider à emménager. On aurait dit que la moitié de la ville s'était retrouvée dans ma petite maison, apportant de la nourriture et des boissons, et déplaçant tous mes meubles et mes affaires à l'intérieur. Certains d'entre eux avaient même apporté des cadeaux neufs ou d'occasion pour m'aider à m'installer.

Après le déménagement, on a monté le son et on a profité de mon jardin. C'était un super moment. Jusqu'au lendemain matin, où j'ai trouvé un mot sur ma porte de la part de mon voisin, me demandant de faire moins de bruit à l'avenir.

C'était un samedi soir. Et il y avait des policiers à la fête. Nous n'avions enfreint aucune règle. Ils s'en étaient assurés.

Mais mon voisin s'en fichait. Évidemment.

— Tu as déjà rencontré ton voisin ? a demandé Haley, comme si elle lisait dans mes pensées.

J'ai secoué la tête et j'ai bu une gorgée de mon verre. De l'eau, après les deux doses généreuses que je m'étais offertes. — Je ne sais pas si j'en ai envie.

— Tu as reçu d'autres mots ? a demandé Sofia.

J'ai encore secoué la tête. — J'avais peur d'inviter du monde. C'est la première fois que je fais quelque chose depuis.

— On devrait mettre la musique à fond et être vraiment pénibles, a dit Haley, un sourire malicieux sur le visage.

— Pitié, non, ai-je dit.

Sofia m'a soutenue en repoussant Haley sur sa chaise. — On ne veut pas que Chelsea ait des problèmes avec ses voisins.

Haley a renfrogné. — Vous n'êtes pas drôles.

— Se faire arrêter ne serait pas drôle non plus, ai-je dit.

Haley a balayé l'air de la main. — Tu ne te ferais pas arrêter. Une plainte pour tapage nocturne serait pénible, mais je ne pense pas qu'ils puissent vraiment te faire quoi que ce soit pour ça.

— À L'anse MacKellar ? Je serais prête à parier qu'il se passerait quelque chose. Mes voisins me détesteraient, à tout le moins. J'ai regardé ma maison et j'ai redouté l'idée de devoir la quitter. J'avais travaillé longtemps pour en arriver là où je pouvais acheter ma propre maison. La vie en appartement n'était pas quelque chose que j'étais prête à retrouver. Pas après que mon dernier appartement se soit avéré être plus un paradis pour fumeurs que mon havre de paix personnel.

— As-tu rencontré certains de tes voisins ? a demandé Sofia, changeant de sujet pour détourner Haley des violences qu'elle planifiait sans aucun doute.

— Il y a une dame de l'autre côté de la rue qui est très gentille. Mme Walsh. Elle adore Dozer.

Mon chien benêt a levé la tête à l'entente de son nom. Il m'a souri, la langue pendant sur le côté de sa gueule.

— Tu peux retourner dormir, lui ai-je dit.

Bien sûr, le fait de m'adresser directement à lui signifiait qu'il devait se mêler à la conversation. Il s'est levé et a bondi vers moi, laissant tomber sa tête sur mes genoux.

— J'ai dit que tu pouvais retourner dormir.

Dozer a poussé un aboiement joyeux et bruyant, alertant sans aucun doute la moitié du quartier de sa présence.

— Peut-être que Mme Walsh sera de ton côté et que tu n'auras pas à t'inquiéter de celui qui t'a laissé le mot, a dit Sofia.

J'ai caressé la tête de Dozer en haussant les épaules. — J'espère.

— Parlons de choses plus gaies. Et ce type avec qui tu

discutes sur À la Recherche du Héros Littéraire Parfait ? a demandé Sofia. Tu lui as déjà proposé de le rencontrer ?

J'ai secoué la tête. — Non. Je ne suis pas prête pour ça.

— Pourquoi pas ? Ce n'est qu'un rencard, a dit Haley.

— Les rencards, c'est pénible. Soit il n'est pas celui qu'il prétend être et il est ennuyeux, bizarre ou flippant, soit il me jette un coup d'œil et décide que je ne l'intéresse pas. J'ai poussé un grand soupir et bu une gorgée d'eau. — Ce type est adorable et drôle, et je ne suis pas prête à tout gâcher.

— Je pense que tu devrais, parce que tu as besoin de quelqu'un de bien dans ta vie. À la place de ton odieux voisin, a dit Haley. Il te pourrit la vie sans raison. Ce type, lui, te rend heureuse.

J'ai haussé les épaules. — Pour l'instant. Je finirai par le rencontrer. Probablement.

— Il te l'a demandé ? a demandé Sofia.

J'ai secoué la tête. — Non. Quand on a commencé à discuter, il était amical et bavard. C'est devenu plus profond et plus personnel. C'est comme si on se connaissait, même si ce n'est pas le cas.

— Je me demande si ce n'est pas le cas. Knox et moi, on s'est rencontrés la veille de notre premier rendez-vous. On ne sait jamais, ce type est peut-être quelqu'un que tu connais, a dit Haley.

Sofia a gémi. — On est toutes au courant pour ton coup d'un soir avec Knox.

— Je ne parlais pas de ça ! a protesté Haley, son rire trahissant ses paroles.

— Bien sûr, avons-nous dit, Sofia et moi, en chœur.

Haley s'est levée et a secoué la tête. — Je pensais juste que tu avais besoin d'un peu de joie dans ta vie. Et quelques orgasmes n'ont jamais fait de mal. Haley a fait un clin d'œil et est rentrée à l'intérieur.

— Je devrais m'inquiéter pour elle ? ai-je demandé à Sofia.

— À propos de quoi ?

— Me créer des problèmes avec mon voisin ?

Sofia gloussa et secoua la tête. — Haley est un peu folle, mais elle ne fera rien qui risque de nuire à ton confort ou à ta sécurité. Elle sait ce que c'est de partager des murs avec des gens, et ce n'est pas très différent. Si tu ne respectes pas tes voisins, ils ne te respecteront pas.

— Je n'ai pas cherché à manquer de respect, dis-je, avec l'impression d'avoir mal agi.

Sofia sourit. — Je n'ai jamais dit que tu l'avais fait. Je te connais, Chelsea. Je sais que tu n'as pas de mauvaises intentions. Melody connaît ton voisin, n'est-ce pas ? Tu lui as posé des questions à son sujet ? Tu es sûre que c'est celui-là ? demanda Sofia en désignant la maison d'à côté.

C'était une jolie maison avec un revêtement bleu foncé et un porche à l'avant. Je ne pouvais pas voir l'arrière-cour à cause de la clôture entre nos maisons, mais la demeure avait deux étages et était bien entretenue. Le père célibataire qui y vivait avec son fils prenait soin de sa propriété.

Je hochai la tête pour répondre à la question de Sofia, confirmant que l'homme qui avait laissé le mot venait bien de cette maison. — La caméra de ma sonnette l'a filmé en train de partir. Elle n'a pas capté d'où il venait, mais elle l'a vu repartir par là. Ça aurait pu être quelqu'un de plus loin, mais je doute qu'il aurait traversé l'allée.

— C'est peu probable. Qu'a dit Melody ?

Je plissai le nez. — Je ne lui ai pas demandé. Je ne veux pas la mettre au milieu et lui donner l'impression qu'elle doit choisir un camp entre nous.

— Ce n'est pas toi qui fais ça. C'est le père célibataire avec son bloc-notes qui cause des problèmes, dit Sofia.

Je n'étais pas sûre d'être entièrement d'accord. Nous avions été bruyantes ce premier soir, mais je pensais vraiment qu'il y aurait plus de flexibilité pour mon premier jour.

Surtout que c'était un week-end. Je n'étais pas debout tard ni à faire du bruit un soir de semaine.

— Oui, c'est lui, lança Haley d'une voix forte, nous rejoignant avec une bouteille d'eau à la main. — Et on ne va pas se laisser faire !

— Haley ! siffla Sofia.

— C'est n'importe quoi, dit Haley, encore une fois, sans baisser la voix. — Il n'a aucun droit de dire à Chelsea qu'elle ne peut pas profiter d'une soirée dans son propre jardin bien avant le début du couvre-feu pour le tapage nocturne. C'est quoi ce bordel ?

— Si tu ne t'assois pas, on s'en va, menaça Sofia.

Haley haleta. — Quoi ? Pourquoi ?

— Parce que Chelsea veut vivre ici. Elle veut bien s'entendre avec ses voisins. Ce n'est pas parce que le type d'à côté connaît Melody et a un fils que les choses ne vont pas dégénérer.

Haley se laissa tomber sur une chaise. — Tu penses qu'il serait dangereux ?

Sofia secoua la tête. — J'espère que non, mais je ne le connais pas. Il ne faut rien supposer.

— Merde. Haley tourna son regard vers moi. — Je suis désolée, Chelsea. Je n'ai jamais pensé que…

— Ce n'est rien, la rassurai-je. — Je ne pense pas qu'il soit dangereux, mais je ne veux pas l'énerver non plus. Ni personne d'autre dans ma rue.

— On devrait peut-être y aller, dit Haley, les joues rouges et le regard plein de regrets.

Sofia finit son verre et se leva. — C'est probablement une bonne idée.

Elles m'aidèrent à nettoyer et à tout rentrer. Je leur assurai que ce n'était pas grave de laisser la vaisselle et leur dis au revoir alors qu'elles sortaient par la porte d'entrée.

Heureusement, elles furent silencieuses en montant dans

la voiture de Haley. J'attendis que les phares de sa voiture se tournent vers la route avant d'aller dans le jardin pour vérifier une dernière fois que nous avions tout pris, puis je verrouillai ma maison pour la nuit.

— Il n'y a plus que toi et moi, Dozer, dis-je à mon chien.

Il aboya, puis gratta à la porte arrière.

— Sérieusement ? On vient de passer des heures dehors, et c'est maintenant que tu as envie de pisser.

Il aboya de nouveau. Le petit con.

Je soupirai et ouvris la porte arrière. Il fila, disparaissant dans l'obscurité en quelques secondes. Je scrutai le jardin, essayant de le repérer et de m'assurer qu'il ne détruisait rien d'autre là-bas. Ce n'était pas le chien le mieux dressé du coin. Ni même un peu dressé, d'ailleurs.

— Dozer ! l'appelai-je, me demandant pourquoi il n'était pas revenu. Il ne mettait que rarement du temps quand il faisait nuit.

J'attendis, à l'écoute du cliquetis de son collier, mais je n'entendis rien.

J'ai fait quelques pas dans le jardin et je l'ai appelé de nouveau.

Toujours rien.

— Mais où diable es-tu ? Dozer ! ai-je crié, sachant que ça allait énerver mon voisin, mais il devrait s'en remettre.

Finalement, le tintement de son collier est parvenu à mes oreilles. Il était près de la clôture de la maison du voisin.

— Qu'est-ce que tu fabriques ? ai-je lancé à mon chien quand il est enfin apparu.

Il avait la tête couverte de terre. Une de ses oreilles était rabattue sur le sommet de son crâne. Son collier était plus près de sa mâchoire que de son cou.

— Tu dois laisser cette clôture tranquille ou nous allons avoir encore plus de problèmes, ai-je grondé Dozer.

Non pas qu'il m'ait comprise, mais ça me faisait du bien.

Nous sommes rentrés, et il a alors secoué la terre de son museau et de son corps, l'envoyant voler partout dans ma maison.

— Dozer ! ai-je crié.

Ça n'a pas arrêté le chaos. Ni la folie.

Il a levé les yeux vers moi, un doux sourire sur sa gueule.

— Tu as besoin d'un bain. Ensuite, je dois nettoyer cet endroit.

Tant pis pour le sommeil.

JE ME SUIS ÉTIRÉE en me réveillant, m'arrêtant quand j'ai senti une masse à côté de moi. J'ai relevé la tête et j'ai ri.

— Dozer, qu'est-ce que tu fais dans mon lit ? lui ai-je demandé. Mon chien était encore moins du matin que moi. Personne ? Chien ? Est-ce qu'un chien peut être du matin ? Un animal du matin ?

Quoi que ce fût, il ne l'était pas. Il voulait faire la grasse matinée jusqu'à midi et rien n'allait le faire se lever. Pas même le fait de se faire sermonner pour avoir dormi dans mon lit, alors qu'il avait un panier pour chien tout à fait convenable à un mètre cinquante de là.

— Dozer, ai-je gémi en sortant les jambes de mon lit et en marchant jusqu'à son panier. Je me suis penchée, mon regard fixé sur mon chien têtu, et j'ai tapoté le panier.

— Mais qu'est-ce que... Mon regard est retourné directement vers le panier du chien. Le panier mouillé. Le panier mouillé dans lequel je venais de mettre la main. — Oh, beurk ! Dozer !

Il m'a fait son regard de chien battu qui disait qu'il était désolé et qu'il ne recommencerait pas.

Menteur.

J'ai levé ma main comme si c'était l'objet du délit et je me suis précipitée vers la salle de bains. Je me suis frotté la peau, deux fois, puis j'ai tiré mon feignant de chien de mon lit avant qu'il ne décide que le mien ferait aussi de parfaites toilettes.

— Il faut que tu règles ce problème de propreté, sinon l'un de nous deux ne va pas survivre, ai-je dit en fronçant les sourcils.

Dozer a gambadé devant moi, allant droit à la porte et attendant que je la lui ouvre. Il refusait d'utiliser la chatière. Il avait essayé le premier jour de notre emménagement et il était resté coincé. Il avait presque arraché toute la porte de ses gonds. Un jour, j'en ferais installer une plus grande, mais c'était un problème pour plus tard, quand j'aurais moins de soucis d'argent.

Non, à la place, j'allais juste gaspiller de l'argent dans de nouveaux paniers pour chien alors qu'il les utilisait comme toilettes.

Après que Dozer et moi ayons tous les deux fait nos besoins, les miens à l'intérieur, merci bien, j'ai jeté son panier dans la machine à laver et j'ai commencé à préparer le petit-déjeuner. J'ai allumé la télé pour avoir un fond sonore pendant que je préparais des œufs et des saucisses. Dozer était assis tranquillement, attendant patiemment sa friandise, et il a joyeusement gobé la saucisse après l'avoir attrapée en plein vol.

Une fois le petit-déjeuner terminé et la cuisine nettoyée de la fête improvisée de la veille, j'ai enfilé un short et un sweat-shirt. Le vétérinaire local, le Dr Harris, m'avait dit que Dozer devait être promené tous les jours, parfois deux fois par jour. Il m'avait prévenue qu'un chien entre vingt et vingt-cinq kilos comme Dozer aurait beaucoup d'énergie.

— C'est qui le bon toutou ? ai-je roucoulé à mon adorable chien. Il n'était pas parfait, mais moi non plus, et il était hors de question que je le ramène juste pour quelques difficultés d'adaptation.

J'ai attaché la laisse de Dozer pendant qu'il sautillait partout, excité d'aller se promener. Nous sommes sortis sur le porche et, alors que je me tournais pour fermer la porte à clé, j'ai vu un mot collé sur la fenêtre à côté de ma porte.

— Mais qu'est-ce que…? Je l'ai attrapé, luttant pour empêcher Dozer de dévaler les marches pour notre promenade. — Assis, Dozer, ai-je lancé sèchement.

Il a obéi. Assez longtemps pour que je puisse ouvrir le mot.

Cher Voisin,

J'espérais que vous auriez réalisé à présent que c'est un quartier familial. Les fêtes nocturnes ne sont pas la meilleure façon de se faire des amis. Pas plus que de laisser votre chien endommager la clôture entre nos cours. J'apprécierais que vous soyez plus respectueuse à l'avenir envers nous autres qui partageons ce quartier.

Merci.

C'est. Quoi. Ce. Bordel ?

Des fêtes qui durent toute la nuit ? Le chien qui détruit la clôture ? Elle était déjà à moitié détruite quand j'ai emménagé. De quoi diable parlait-il ?

Sachant que je ne pouvais rien y faire pour le moment, j'ai mis la note dans ma poche et j'ai fusillé du regard la maison de mon voisin. Il n'était pas chez lui, mais peu importe. Dozer avait besoin d'une promenade, et j'aimais l'exercice que me procurait la balade autour du pâté de maisons.

Nous avons descendu l'allée et tourné en direction de la maison de mon voisin d'enfer. J'ai essayé de regarder le long de son allée jusqu'à l'endroit où il disait que la clôture était détruite, mais elle me paraissait en parfait état. Quel menteur !

— Bonjour, a dit une voix de l'autre côté de la rue.

J'ai levé les yeux et j'ai vu madame Walsh qui prenait son courrier.

— Bonjour, madame Walsh. Comment allez-vous aujourd'hui ?

— Oh, je vais bien. Comment allez-vous, mademoiselle Chelsea ? Et Dozer ?

Dozer a aboyé et a tiré sur sa laisse, impatient de rejoindre sa nouvelle amie. Madame Walsh aimait gratouiller Dozer sur tout le corps, et il était ravi d'accepter ce traitement.

— Dozer !, ai-je lancé sèchement, en essayant de retenir sa laisse avant qu'il ne traverse la rue et ne plaque la vieille dame au sol.

Il a sauté et a gambadé autour de moi, comprenant que j'allais le laisser voir sa personne préférée. J'ai regardé des deux côtés de notre rue tranquille, puis je me suis dépêchée de traverser pour qu'il ne m'arrache pas le bras de l'épaule. Ce n'était même pas un si grand chien, mais il était fort. Surtout quand il voyait madame Walsh.

— C'est qui le bon toutou ?, a roucoulé madame Walsh à mon chien. Elle s'est accroupie à côté de lui, riant quand Dozer s'est laissé tomber par terre et a roulé sur ses pieds.

— Je suis vraiment désolée, lui ai-je dit.

Madame Walsh a secoué la tête. « Il n'y a pas de quoi être désolée. Nous étions famille d'accueil pour chiens, alors j'en ai vu passer des dizaines chez moi au fil des ans. C'est un bon toutou. La chose la plus adorable qui soit. »

— Il ne sait pas que c'est un chien, lui ai-je dit.

— En général, ils ne le savent pas. Mme Walsh caressait le ventre de Dozer, avec un sourire qui semblait illuminer toute sa journée.

Elle a été la première, et la seule, de mes voisins à me souhaiter la bienvenue dans la rue. Elle est arrivée la première semaine de mon emménagement avec une tarte à la crème au chocolat et son numéro de téléphone, me demandant de l'appeler si jamais j'avais besoin de quoi que ce soit. Cette femme âgée m'a avoué que sa vie était trop calme à son goût depuis qu'elle avait perdu son mari deux ans plus tôt et que ses enfants avaient leur propre vie. Nous avons parlé pendant des heures, sans voir le temps passer.

Elle s'est rendu compte qu'elle connaissait mes parents, ainsi que mon oncle et ma tante, ce qui n'était pas surprenant, vu que L'anse MacKellar était une petite ville. Ses enfants étaient tous plus âgés que moi, donc je ne les connaissais pas, mais elle a déclaré que nous faisions tout de même partie de la même famille.

— Avez-vous rencontré d'autres voisins ? a-t-elle demandé alors que Dozer s'endormait en ronflant bruyamment sur le trottoir, le ventre à l'air, sans se soucier de rien au monde.

J'ai secoué la tête. — Non, pas encore. Une partie de moi voulait lui parler de mon voisin impoli qui me laissait des mots, mais je ne me sentais pas le droit de dire du mal d'un homme que je n'avais jamais rencontré.

— Vous avez le jardin parfait pour une réception. Peut-être que vous devriez inviter tout le monde pendant que le temps se maintient. Je serais heureuse de vous aider à vous occuper de tout.

— C'est une excellente idée, Mme Walsh.

Elle rayonna sous mes louanges. — Vous n'êtes pas obligée, bien sûr. Nous pouvons aussi organiser une fête de quartier, où tout le monde participe et où on bloque la rue.

Mon Walter me disait toujours que mes idées étaient trop ambitieuses pour la plupart des gens.

— Pas pour moi, lui ai-je répondu. — J'aime les fêtes et les réunions. Et j'adorerais connaître mes voisins.

— Alors c'est réglé. Dites-moi ce que je peux faire, et quand vous voulez le faire. Rien de chic, juste quelque chose de décontracté pour que les gens puissent se rencontrer, j'imagine.

J'ai hoché la tête. — Ça me paraît parfait.

Et comme ça, je pourrais rencontrer mon nouveau voisin. Et découvrir pourquoi il était si impoli.

2

DEREK

J'ai signé et j'ai tendu mon permis de conduire à la femme qui s'occupait du programme périscolaire au centre communautaire de L'anse MacKellar. Allait-elle me demander mon permis tous les jours pendant toute l'année scolaire, ou était-ce simplement parce que la rentrée ne datait que d'une semaine et que tout le monde était nouveau ?

— Comment s'est passée la journée ? lui ai-je demandé.

— Bien, a-t-elle dit avec une gaieté forcée. Tout le monde a passé une excellente journée !

J'ai essayé de deviner si c'était le mensonge bateau qu'elle servait à tous les parents ou s'il y avait un problème spécifique avec mon fils.

Dès que j'ai aperçu Jude, j'ai su la réponse.

Il a traîné les pieds jusqu'à moi, les yeux rivés au sol et l'air boudeur.

Merde.

— Salut, champion. Prêt à rentrer ? ai-je demandé à mon fils de onze ans.

Il a haussé les épaules, les signes de la préadolescence se manifestant déjà.

— Eh bien, c'est l'heure d'y aller, donc tu n'as pas le choix. Allons manger un morceau. De quoi as-tu envie ce soir ?

Un autre haussement d'épaules m'a indiqué que la soirée allait être difficile. Était-il fatigué ? J'ai serré la mâchoire à cette pensée. Ma nouvelle voisine n'avait aucun respect pour le fait que tout le monde n'avait pas la liberté d'avoir un emploi du temps permettant de veiller toute la nuit. Ses fêtes nous empêchaient, Jude et moi, de nous coucher à une heure raisonnable et maintenant, cela affectait sa scolarité.

Je suis resté silencieux jusqu'à ce que nous arrivions à mon pick-up. S'il ne voulait pas me parler en présence d'autres personnes, il n'y avait aucune raison d'insister. Il est monté sur la banquette arrière et a bouclé sa ceinture, puis il a croisé les bras et m'a lancé un regard noir.

— Qu'est-ce qui se passe ? Pourquoi es-tu grincheux ? Tu es fatigué ?

— Non. Je déteste juste aller là-bas.

— Où ça ? À l'école ?

— Non ! À ce truc après l'école. Pourquoi je ne peux pas juste rentrer à la maison ?

— Tu es trop jeune, Jude. Nous avons déjà eu cette conversation.

— Aucun de mes amis n'y va. Ils rentrent chez eux après l'école.

— Seuls ? Ou est-ce qu'un de leurs parents les attend ?

Le silence de Jude a répondu à ma question.

J'étais en plein conflit intérieur. La sixième, c'était le collège, et le district scolaire autorisait les enfants à descendre du bus seuls. À rentrer chez eux sans qu'un adulte soit présent. Mais je n'étais pas à l'aise avec ça. Pas alors que Jude serait seul à la maison pendant trois ou quatre heures chaque après-midi. Je commençais à peine à le laisser seul à la maison pendant une heure, alors trois ou quatre, c'était beaucoup trop pour moi.

Nous sommes rentrés à la maison sans dire un mot de plus. Être un parent célibataire s'accompagnait d'innombrables questions sur ce que je faisais, et si mes choix étaient les bons. La façon dont Jude a traîné son sac à dos à l'intérieur m'a indiqué que cette décision ne lui plaisait pas. Pas du tout.

J'ai laissé Jude entrer, puis je me suis retourné vers la rue pour prendre le courrier. Il faisait beau dehors, le nord de l'État de New York s'accrochant encore aux derniers jours chauds de l'été avant que l'automne ne prenne officiellement le relais.

— Bonsoir, Derek, a dit Mme Walsh, en m'appelant de l'autre côté de la rue. « Comment se passe la rentrée jusqu'à présent ? »

J'ai ignoré ma boîte aux lettres et j'ai regardé des deux côtés avant de traverser la rue parfaitement calme. Quand Sasha et moi avions acheté la maison, l'ambiance de quartier et la rue tranquille étaient les principaux arguments de vente. Ça l'était toujours, tant que ma nouvelle voisine n'organisait pas de fête et que son chien n'essayait pas de défoncer la clôture qui séparait nos jardins.

— Bonsoir, Mme Walsh. Comment allez-vous ?

— Je vais très bien, Derek. Et vous savez que je vous ai dit de m'appeler Faith.

— Je vais essayer, mais vous savez que ce n'est pas dans ma nature.

Mme Walsh a ri, un son qui était comme un baume sur mon âme meurtrie. Elle était un rayon de soleil dans ma journée. Entre le travail et la maison, je n'avais pas beaucoup de choses qui me faisaient sourire.

— Qu'est-ce qui rend Jude si malheureux aujourd'hui ? a

demandé Mme Walsh, son œil vif n'ayant pas manqué la mauvaise humeur que mon fils avait ramenée à la maison avec son sac à dos.

J'ai jeté un coup d'œil en arrière pour m'assurer que Jude n'était pas dehors, puis j'ai secoué la tête. « Il ne veut pas aller à la garderie périscolaire. Il dit qu'aucun de ses amis n'y est. »

— Où sont-ils ?

— À la maison. Les élèves de sixième ont le droit de descendre du bus sans un adulte.

Mme Walsh a soupiré en secouant la tête. — Je sais bien qu'il faut couper le cordon un jour ou l'autre, mais on dirait qu'on essaie de le faire de plus en plus jeune. Quand mes enfants étaient petits, j'en suis sûre que c'était pareil, mais j'étais à la maison. C'était le cas pour toutes les personnes que je connaissais. Les familles ne fonctionnent plus de la même façon, maintenant.

— Non, c'est vrai, ai-je acquiescé, songeant à la désinvolture avec laquelle mon ex était partie, sans se préoccuper une seconde de son fils et de ce qu'il ressentirait en apprenant que sa mère ne l'aimait pas assez pour rester dans la région afin de faire partie de sa vie.

— De mon temps, on veillait aussi les uns sur les autres. Pourquoi ne laisseriez-vous pas Jude venir chez moi ?

— Je ne pourrais pas, ai-je dit avant même qu'elle ait pu finir sa question.

— Mais si. Ou alors, je pourrais venir chez vous, comme ça il serait à la maison et à l'aise.

— Ce serait trop vous demander.

— Alors ça tombe bien que ce soit moi qui propose, a dit Mme Walsh. — Le collège est déjà assez difficile pour un enfant. Et si on essayait ? On voit comment se passent les premières semaines et on fait le point après ?

— Je ne sais pas, Mme Walsh. Il était hors de question que j'accepte. Je ne pouvais pas. Jude était ma responsabilité.

C'était à moi de veiller à sa sécurité. Je ne pouvais pas le confier à quelqu'un qui ne faisait pas partie de la famille, même si, par moments, j'avais l'impression que Mme Walsh en était.

— Je sais que vous avez du mal à demander de l'aide, Derek. Vous n'aimez pas compter sur les autres…

— Ce n'est pas…

— Si, ça l'est. Et je le comprends. Je ne laissais personne s'occuper de mes enfants quand ils étaient petits. Mais je suis à la maison, Derek. Je ne suis qu'une vieille femme seule qui essaie de faire en sorte que ce quartier soit ce qu'il était quand mes enfants étaient jeunes. Sûr et convivial.

Elle était douée. Terriblement douée. Parce que plus elle parlait, plus j'avais envie d'accepter.

— Commencez par une semaine, Derek. Et on verra à partir de là. Je parie que d'autres personnes aideraient aussi si vous le demandiez. Le signe de tête de Mme Walsh en direction de ma voisine ne m'a pas échappé.

J'ai reniflé. — Ce ne sont pas tous les habitants de ce quartier qui sont fiables et serviables.

— Elle organise une fête ce week-end, a dit Madame Walsh.

— Ça ne m'étonne pas.

— Une fête de quartier. Elle veut faire la connaissance de tout le monde. Je trouve que c'est une excellente idée. Trop de gens ont emménagé dans la rue et n'ont jamais appris à se connaître. J'espère que Jude et vous pourrez venir.

J'ai secoué la tête. — Je travaille tout le week-end. Le garage est ouvert le samedi et le dimanche.

— Vous avez besoin de prendre un peu de repos, Derek. Si vous travaillez tous les jours, vous allez devenir fou.

J'ai hoché la tête. Elle avait raison, mais c'était la seule solution. Je ne pouvais pas laisser le garage entre les mains des gars. Ils étaient compétents, mais il y avait toujours un imprévu. Quelque chose dont je devais m'occuper. Quelque chose qu'ils n'avaient pas le temps de gérer s'ils voulaient faire le travail qui leur était assigné. — Ça va.

Le regard de Madame Walsh était insistant. Elle savait que je mentais, mais elle n'a pas relevé. — Et si j'emmenais Jude à la fête ? C'est samedi après-midi. Ça commence à quatorze heures et ça dure jusqu'au dîner. Ça se terminera probablement vers dix-neuf heures.

J'ai secoué la tête pendant tout le temps où elle parlait. — Jude vient au garage avec moi le samedi.

Madame Walsh n'a pas insisté, mais l'envie de le faire se lisait dans ses yeux. — Si vous changez d'avis…

— Merci, Madame Walsh. Bonne soirée.

— Vous aussi, Derek. Pensez à ma proposition.

Je lui ai fait un signe de la main et j'ai retraversé la rue en trottinant. J'ai pris mon courrier, décollant le papier orange fluo plié de sous la languette sur le côté de la boîte. J'ai ouvert le papier orange en remontant l'allée, levant les yeux au ciel quand j'ai vu l'invitation de ma voisine pour faire connaissance à sa fête de quartier du samedi après-midi.

— Pas question, ai-je marmonné dans ma barbe.

Je suis entré dans la maison, grimaçant en entendant la télé hurler depuis le salon.

— Tu peux baisser le son ? ai-je lancé à Jude.

Pour toute réponse, j'ai eu droit à un grognement indéchiffrable, puis le volume a baissé.

— Merci !

Encore des ronchonnements.

Super.

Je suis monté dans ma chambre, j'ai attrapé des vêtements propres avant de filer sous la douche. Je n'aimais pas préparer le dîner quand j'étais couvert de cambouis et que je sentais le moteur.

Je me suis douché en vitesse, car je n'aimais pas laisser

Jude seul après l'avoir déposé à la garderie. Quand j'ai ouvert la porte de la salle de bain, la télé était de nouveau à fond.

J'ai soupiré. C'était la seule chose sur laquelle il avait le contrôle. Ça ne me plaisait pas, mais je comprenais. En quelque sorte.

J'ai descendu les escaliers bruyamment, pour être sûr qu'il m'entende arriver. Le volume est vite redescendu à un niveau normal avant que je n'entre dans le salon.

— Tu veux manger quoi ce soir ? je lui ai demandé.

Il a haussé les épaules, sans rien proposer.

— Et des burgers ? j'ai demandé, sachant que c'était son plat préféré et quelque chose qui lui ferait sûrement plaisir.

— Si tu veux, a-t-il dit, sans montrer le moindre enthousiasme.

J'ai fermé les yeux et j'ai compté jusqu'à dix. Nous n'allions pas survivre à l'année scolaire entière s'il était si malheureux. Je détestais ça. Et peut-être que j'étais trop surprotecteur.

— Mme Walsh était dehors. Elle a dit que tu pourrais aller chez elle après l'école au lieu d'aller au centre aéré.

— Vraiment ? Il s'est tourné pour me regarder, ses yeux marron sceptiques mais curieux.

— Ouais. Ou elle a dit qu'elle pourrait venir ici pour que tu sois à l'aise.

— Je pourrais rentrer à la maison ? C'était la chose la plus enthousiaste qu'il ait dite depuis que je l'avais récupéré.

— Peut-être. Il faut qu'on en discute.

— Je ferai n'importe quoi. Je rangerai ma chambre et je préparerai mon déjeuner et… et… et n'importe quoi d'autre.

— Tu m'aides à préparer le dîner ? ai-je demandé.

Jude s'est levé d'un bond et s'est précipité dans la cuisine.

J'ai souri et je l'ai suivi, en lui passant la main dans ses cheveux courts. Mon cœur s'est serré. Je ferais n'importe quoi pour mon fils. N'importe quoi pour le rendre heureux.

Il a suffi d'une simple proposition pour le mettre en joie. Comment refuser ?

Le samedi matin, Jude s'est traîné en bas pour le petit-déjeuner. Il a posé sa tête dans sa main et a mangé ses céréales pendant que je buvais une très grande tasse de café.

La voisine avait encore reçu du monde la veille, et nous étions crevés.

Des aboiements à l'extérieur ont attiré mon attention vers la fenêtre. Son chien courait partout dans le jardin, aboyant comme s'il pourchassait quelque chose. Non pas qu'il y ait eu quoi que ce soit. Ce chien était une véritable calamité.

— Foutu clébard, ai-je marmonné.

Puis *elle* est sortie. Ma nouvelle voisine portait un minuscule débardeur bleu clair qui contenait à peine sa poitrine généreuse. Pas de soutien-gorge, de toute évidence. Ses tétons pointaient contre le tissu moulant. Elle a croisé les bras sur sa poitrine et s'est frotté les bras.

J'ai baissé les yeux sur son short. Comment cela pouvait-il être qualifié de short, je l'ignorais. J'avais vu des culottes qui couvraient plus de peau que ce short. Des cuisses épaisses et voluptueuses et une peau crémeuse à perte de vue. Ma bite a durci à l'idée d'enrouler ces cuisses autour de mes épaules et de plonger dans le trésor qui se trouvait entre elles.

— Papa ? a demandé Jude en me bousculant. — Qu'est-ce qui se passe ?

J'ai ravalé un grognement. — Rien. Je me suis raclé la gorge. — Rien. Je regardais juste ce chien casse-pieds d'à côté courir partout comme un fou.

— Je le trouve drôle. Il sourit tout le temps.

— Quand as-tu vu le chien ?

— J'étais dehors une fois quand il a sauté sur la clôture. Il s'est arrêté quand il m'a vu, comme s'il était surpris que je sois là. Je crois qu'il a eu peur, mais j'ai tendu la main et il l'a léchée. Puis il a souri et aboyé et il est retourné courir dans son jardin.

— C'était quand ? Je n'étais pas au courant. Ce chien pourrait être dangereux.

Jude leva les yeux au ciel et versa le lait de son bol dans l'évier. — Il est marrant, papa. Il n'est pas dangereux. Jude posa son bol et sa cuillère dans l'évier, puis il remarqua la pile de courrier avec, sur le dessus, le prospectus que je n'avais jamais jeté. — C'est quoi, ça ?

J'ai tendu la main pour le lui prendre. — Rien.

— Il y a écrit que c'est une fête, dit Jude en tournoyant hors de ma portée. — On peut y aller ?

—Non.

— Pourquoi ? C'est juste à côté. Et c'est aujourd'hui !

— Et moi, je dois travailler.

— Toi, tu dois toujours travailler, grommela Jude. Ses épaules s'affaissèrent, le t-shirt gris qu'il portait soulignant les formes encore enfantines de son corps. Il avait l'air plus jeune quand il boudait, un vestige de son enfance difficile.

Putain, je faisais de mon mieux. Mais ce ne serait jamais assez bien. Pas tant qu'il n'aurait pas la même enfance que ses amis.

— J'ai accepté de te laisser rentrer seul de l'école à partir de la semaine prochaine. Je ne vais pas demander à Mme Walsh de t'emmener à une fête chez une inconnue.

— On pourrait la rencontrer. Lui parler. Comme ça, ce ne serait plus une inconnue.

— Non, dis-je immédiatement. — Elle organise tout le temps des fêtes, et ce chien va finir par défoncer cette clôture et blesser quelqu'un. Ce n'est pas une personne que nous avons besoin de connaître.

— Tu dis toujours qu'on devrait apprendre à connaître

nos voisins. Qu'on vit ici pour avoir des amis et des gens sur qui on peut compter.

— Pas des gens comme elle, dis-je sur un ton qui n'admettait aucune discussion.

Jude me fusilla du regard un long moment, mais il finit par soupirer et laisser tomber.

Il resta silencieux pendant le trajet jusqu'à mon garage. Le Garage Stone était un rêve devenu réalité pour moi. Quand M. Stone a pris sa retraite et a proposé de vendre l'entreprise à ses employés, j'ai sauté sur l'occasion. J'étais le seul à vouloir l'acheter, et il est devenu mien.

Non pas que ce soit facile d'être le patron. Passer de collègue à patron a été un obstacle plus grand que prévu. La plupart du temps, ça me démangeait de mettre les mains dans le cambouis et je passais plus d'heures que je ne l'aurais jamais voulu à la paperasse et au téléphone, mais j'étais fier du garage et des gars qui travaillaient pour moi.

Ricky, un des anciens du garage, est sorti quand il m'a vu arriver. Il s'est dirigé vers la portière de Jude et lui a tapé dans la main quand celui-ci a sauté du pick-up. Ricky a haussé les sourcils en me regardant, me demandant silencieusement si tout allait bien.

J'ai levé les yeux au ciel pour lui faire comprendre que ça n'allait pas fort, et il a pris le relais, distrayant Jude et me tirant d'affaire.

Comme je l'ai dit, les mecs étaient géniaux.

Une douzaine d'heures plus tard, Jude était moins maussade et souriait même en remontant dans le pick-up pour rentrer à la maison. Il parlait des véhicules sur lesquels Ricky avait travaillé et de ce que Ricky l'avait laissé aider à faire. Il était excité, heureux et agréable.

Jusqu'à ce que nous tournions dans l'allée et que nous voyions que la fête battait encore son plein chez les voisins. La fête qui était censée être terminée depuis une heure.

— Il y a encore des gens. On peut y aller, papa ? a demandé Jude, le visage surexcité collé contre la vitre.

— Je suis fatigué. La journée a été longue. Et la fête est censée être finie. Les gens vont bientôt rentrer chez eux.

— Mais papa…

— Non, Jude. Son visage s'est décomposé, et j'ai ajouté : — Peut-être la prochaine fois.

Il a ouvert sa portière en grommelant, ses mots se perdant dans le bruit extérieur dès que la portière s'est ouverte.

Je n'ai pas bougé pendant une minute. Chaque jour, depuis que ma nouvelle voisine avait emménagé, juste au moment où je pensais passer une bonne journée, quelque chose se produisait pour gâcher ça. Le chien poussait un peu plus sur la clôture, menaçant de la faire s'effondrer. Il aboyait et perturbait la tranquillité du quartier. Jude se mettait en colère pour une raison ou pour une autre. Toujours.

Les choses étaient différentes depuis son arrivée. Le couple qui vivait là avant était calme. Ils étaient respectueux. Ils ne nous empêchaient pas de dormir. Mais elle était bruyante toute la nuit, et maintenant toute la journée. Elle rendait le sommeil impossible. Son chien était une plaie, et elle était une tentation dont je n'avais pas besoin dans ma vie.

Ni que je voulais. J'avais déjà perdu la mère de mon fils. Je ne cherchais pas à en perdre une autre. Jamais. Ce qui signifiait que rester célibataire était ma meilleure et unique option.

Cette application que j'avais téléchargée ? C'était pour décompresser de temps en temps. Pas l'amour. Pas la romance. Pas du permanent.

C'est pourquoi la seule femme à qui je parlais allait rester sur l'application. Je voulais la rencontrer, mais c'était quelqu'un avec qui j'aimais discuter. Je ne pouvais pas risquer de la rencontrer et de perdre ce lien. Il n'y avait aucune chance que cela devienne plus que ce que c'était.

Je n'ai eu qu'un seul amour dans ma vie. Et il me fusillait du regard depuis le porche. Lui seul comptait. Il était ma seule préoccupation. Et lui offrir une belle vie était tout ce que je voulais.

Même si, pour moi, cela signifiait un peu de solitude. Je comptais moins que Jude.

3

CHELSEA

J'étais si heureuse d'avoir choisi ma maison. J'avais su que c'était un signe du destin quand je l'ai vue pour la première fois, mais après les mots, j'ai douté de mon instinct. Maintenant, je savais que mon instinct avait eu raison et que mon abruti de voisin n'était pas comme les autres.

Mes autres voisins étaient incroyables. Accueillants, amicaux et gentils. Mme Walsh m'a présentée à tous ceux qui sont venus à la fête, et ils étaient tous si ravis d'être là.

Je connaissais déjà beaucoup d'entre eux. Entre les promenades de Dozer dans le quartier et le fait d'avoir grandi et vécu presque toute ma vie à L'anse MacKellar, je connaissais la plupart des gens qui sont venus. Des amis de mes parents sont arrivés avec un cadeau de pendaison de crémaillère et une invitation à dîner. Beaucoup sont venus dire bonjour et se présenter. D'autres voisins étaient simplement heureux de sortir de chez eux et de se rencontrer. Aussi sympathiques et accueillants que tout le monde ait été, j'ai eu l'impression qu'ils ne faisaient pas grand-chose ensemble.

Et grâce à Mme Walsh, je contribuais à changer cela. Ça faisait du bien.

Alors que la fête touchait à sa fin, j'ai vu mon voisin d'à côté arriver en voiture. Il était tard. Le soleil était bas sur l'horizon, sur le point de se coucher. Les guirlandes lumineuses que j'avais accrochées le long de la clôture faisaient scintiller le jardin. J'ai regardé mon voisin jeter un œil à mon jardin et secouer la tête.

Ma poitrine s'est serrée. J'avais espéré qu'il viendrait nous voir. Dire bonjour. Être gentil et bon voisin, et peut-être ne pas me détester.

Mais il est rentré chez lui au lieu de se joindre à nous. Il a fait entrer son fils dans la maison et n'est jamais ressorti.

Zut.

— Je vais y aller, mademoiselle Chelsea, m'a dit Mme Walsh, surgissant derrière moi et me sortant de ma déception.

Je me suis tournée vers elle et j'ai serré la femme plus âgée dans mes bras. — Je vous remercie d'avoir suggéré cela. C'était formidable de rencontrer autant de monde.

— Je me sens mal de vous laisser gérer la fin de cet événement.

J'ai secoué la tête. — Pas du tout. J'ai passé un excellent moment, et je vous suis reconnaissante de m'avoir présentée à tous ceux qui sont venus.

Elle a pincé les lèvres en regardant la maison d'à côté. — Je suis désolée qu'il ne soit pas venu. Je lui en ai parlé l'autre jour. Il a dit qu'il travaillait, mais je lui ai suggéré de passer après. Derek est un homme gentil, mais il est très occupé.

— Je comprends, ai-je dit, même si ce n'était pas vrai. Je ne connaissais personne qui ne soit pas occupé. Toutes les personnes qui étaient venues avaient un emploi du temps chargé. Mais elles avaient toutes fait l'effort d'être prévenantes et amicales.

Mme Walsh a souri d'un air entendu. — Je sais bien que non, mais ce n'est pas grave.

J'ai ri, sans la contredire.

— Je pense que la plupart des gens ne vont pas tarder à partir. S'ils ne le font pas, venez me chercher et je les mettrai tous dehors.

J'ai souri, sachant qu'elle en était tout à fait capable. — Merci. Je pense que la soirée se termine. Je vais commencer à ranger. Ça incite généralement les gens à partir.

Mme Walsh a gloussé. — C'est bien vrai. Merci encore d'avoir organisé ça, Chelsea. Ça m'a fait du bien de sortir de la maison et de profiter d'une soirée avec d'autres personnes. J'ai hâte de recommencer. Quelques personnes ont dit qu'elles aimeraient que cela devienne une habitude et envisagent d'organiser quelque chose à leur tour.

— Ce serait très amusant.

Elle m'a tapoté la main, puis s'est retournée et a descendu l'allée. Je l'ai regardée s'éloigner, le cœur rempli de joie. Même si l'homme que j'espérais rencontrer n'est pas venu, d'autres l'ont fait. Et c'était une bonne soirée. Une très bonne soirée.

En moins d'une heure, tout le monde était parti. J'ai laissé Dozer courir dans le jardin pendant que je ramassais les déchets et que je rentrais les affaires. Il ne restait plus rien à manger et le jardin était un peu en désordre, mais ça en valait la peine.

Je me suis effondrée sur mon canapé avec un sourire et j'ai allumé la télé, laissant le film me bercer jusqu'au sommeil.

UNE SEMAINE APRÈS LA FÊTE, Dozer et moi étions debout tôt le samedi matin avant que je doive aller travailler. C'était le dernier jour officiel de l'été, et j'essayais d'en profiter. J'ai bu mon café pendant que Dozer reniflait chaque centimètre du jardin. Il a aboyé après un oiseau qui a piqué vers le bas et s'est posé sur le haut de la clôture.

— Dozer ! ai-je crié quand il a sauté, les pattes avant sur la clôture, aussi près de l'oiseau qu'il le pouvait. La clôture s'est penchée, pliant bien plus que ce que je ne pensais prudent.

L'oiseau s'est envolé et Dozer a traversé le jardin en courant pour le poursuivre, s'arrêtant de l'autre côté et aboyant comme un fou avant que je ne crie à nouveau sur lui.

— Dozer, viens ici. Tout de suite !

Dozer a baissé la tête, me regardant avec un air de chien battu.

Une porte a claqué derrière moi, dans la maison voisine. J'ai ignoré la maison, et quiconque avait claqué la porte, et je suis restée concentrée sur mon insupportable chien.

J'ai gardé un air sévère jusqu'à ce qu'il entre dans la maison en traînant les pieds et se blottisse près de l'évier, là où ses friandises étaient rangées.

— Les gentils chiens ont droit à des friandises. Est-ce que tu as été un gentil chien ? ai-je exigé.

Il a aboyé doucement, ajoutant un hurlement comme s'il suppliait.

— Vraiment ?

Il a recommencé.

J'ai gémi. Il m'était impossible de lui en vouloir. J'ai attrapé une friandise et la lui ai lancée.

Il l'a attrapée au vol, l'a croquée et l'a avalée tout rond en moins de deux secondes. Il a levé les yeux vers moi comme s'il en méritait une deuxième.

— Pas question, mon grand, ai-je dit en croisant les bras.

Il a soufflé dans ma direction, puis a trottiné jusqu'à son

panier dans le salon. Il s'y est roulé en boule et s'est mis à ronfler en quelques secondes.

J'ai secoué la tête et je suis allée me préparer pour le travail.

Deux heures plus tard, je disais au revoir à ma première cliente de la journée et j'ai pris une grande inspiration. J'étais déjà sur les rotules.

— Tu vas bien ? m'a demandé Haley. En tant qu'amie et associée, elle connaissait mes humeurs mieux que quiconque.

J'ai secoué la tête. — Je ne sais pas. Je ne suis pas dans mon assiette.

— Pourquoi ? Qu'est-ce qui se passe ?

J'ai haussé les épaules alors que la sonnette de la porte a retenti, annonçant l'arrivée de nos clientes suivantes. Les deux heures qui ont suivi sont passées rapidement, les potins de la ville et le bavardage des clientes m'aidant à me concentrer sur ma journée au lieu de m'inquiéter du reste.

Quand Haley a dit au revoir à sa dernière cliente avant le déjeuner, elle a verrouillé la porte d'entrée et m'a rejointe à l'arrière. Nous avions toutes les deux préparé notre déjeuner ce jour-là, et j'étais déjà en train de faire réchauffer le mien quand elle est arrivée. Les employées qui travaillaient à temps partiel sortaient déjeuner la plupart des week-ends et étaient toutes parties, nous laissant seules, Haley et moi.

Je me suis assise à table et j'ai essayé d'analyser mon anxiété, d'en chercher la cause.

— Bon, accouche. Qu'est-ce qui se passe ? Tu as l'air vraiment à côté de la plaque aujourd'hui. Il y avait un mot ce matin ? Haley s'est assise à côté de moi.

— Pas de mot aujourd'hui. Hier, j'en ai eu un, mais je sais que Dozer l'a réveillé ce matin. Une porte a claqué quand j'étais dehors. Ma poitrine s'est serrée à ce souvenir.

— Peut-être parce que tu es partie tôt. Il n'a pas eu le temps d'en mettre un sur ta porte ?

J'ai haussé les épaules. — C'est possible. Une surprise qui m'attendra en rentrant à la maison.

— Pourquoi est-ce qu'il t'atteint autant ?

J'ai secoué la tête. — Je ne sais pas. Je voulais vraiment bien m'entendre avec mes voisins, mais lui, il n'est tout simplement pas disposé à apprendre à me connaître.

— Je n'arrive toujours pas à croire qu'il a laissé un mot après que tu as organisé une fête pour tout le voisinage.

— Je n'arrive pas à croire qu'il laisse des mots, tout court. Je veux dire, qui fait ça ? Moi, j'irais sonner à la porte pour demander à mon voisin de faire moins de bruit.

— Ah oui ? Moi, non.

— Vraiment ?

Haley a hoché la tête et a pris une bouchée de son sandwich. — Absolument. Le monde est un peu fou. On ne sait jamais ce qui se passe dans la tête des gens. Quelqu'un pourrait aussi bien te sourire et accepter que t'abattre sur le pas de sa porte.

J'ai frissonné à cette pensée. — Je l'imagine mal faire ça.

Haley a haussé les épaules. — Moi non plus. Pas avec la façon dont Melody et Knox parlent de lui. Ils l'adorent tous les deux. Ils n'arrêtent pas de répéter à quel point Derek est gentil.

— Quelle chance, je suis la seule personne en ville qu'il déteste.

Haley a ri doucement. — Je suis sûre que ce n'est pas vrai, mais j'aimerais qu'il y ait une explication à la raison pour laquelle il semble t'en vouloir.

J'ai secoué la tête. — C'est évident que c'est le bruit, mais je n'enfreins aucun règlement. Il n'a aucune raison valable.

— Ce sera mieux pendant l'hiver. Tu ne seras pas autant dehors.

— Il faudra quand même que je sorte Dozer.

— Comment pourrait-on ne pas aimer cet adorable balourd ?

J'ai eu un rire étouffé. Haley avait raison. Mon chien était un danger public, mais je l'adorais et ne pouvais imaginer que quelqu'un ne ressente pas la même chose. — Il faut juste que je trouve ce qu'il aime. Quelque chose qui fera qu'il m'apprécie.

— S'il est un bon père, il aime son enfant. On dirait que c'est le cas. Peut-être quelque chose en rapport avec le gamin.

— Ouais, je ne suis pas sûre que ce soit une bonne idée.

— Pourquoi pas ? Les enfants t'adorent.

— Certes, mais ça ne passera pas bien si j'attire l'enfant avec des bonbons et mon chien. Les gens se font arrêter pour des choses comme ça.

Haley a gloussé. — Je ne parlais pas de quelque chose comme ça. Ce serait vraiment une mauvaise idée. Je pensais plutôt à quelque chose comme… Et puis zut, je n'en sais rien. Qu'est-ce qui plaît aux enfants ?

J'ai eu un petit rire. — Encore une fois, c'est un terrain sur lequel on ne devrait pas s'aventurer. Je crois que je dois trouver autre chose que d'essayer de manipuler un enfant.

— Vu comme ça…

Haley et moi avons ri en secouant la tête, mais je me suis sentie un peu mieux dans ma situation en sachant qu'elle essayait de m'aider. Peut-être qu'un jour, je trouverais comment faire pour que mon voisin m'apprécie.

J'ÉTAIS en congé mardi et j'avais de grands projets pour la journée. J'allais faire la grasse matinée, rattraper les séries que j'avais manquées et paresser. Ça s'annonçait glorieux.

Sauf qu'il y avait Bulldozer. Mon chien était debout dès potron-minet pour sortir. C'était mieux que de faire pipi dans son panier, ou dans mon lit, mais ça ne m'enchantait pas. Je me suis traînée jusqu'à la porte de derrière, où la chatière était encore trop petite, et je l'ai laissé sortir. Il a filé comme une flèche, courant dans tous les sens avant de trouver l'endroit parfait pour faire ses besoins.

Il faisait un froid de canard dehors et je n'avais pas pris de veste. Je sautillais sur la pointe des pieds et frissonnais, en espérant que Dozer se dépêche. Mes seins rebondissaient sous mon petit débardeur, qui était parfait pour dormir, mais pas terrible pour une fin septembre dans le nord de l'État de New York.

Dozer a erré dans le jardin et a pris son temps pour renifler chaque brin d'herbe avant de revenir vers moi. Je me suis retournée pour nous faire rentrer et j'aurais juré avoir vu mon voisin à sa fenêtre.

J'ai regardé à nouveau, mais il n'y avait personne. Je perdais la tête.

Dozer a attendu près de l'évier pour avoir ses friandises, et comme il n'avait pas aboyé et réveillé tout le voisinage, je lui en ai donné deux.

Puis je suis retournée me coucher.

Quelques heures plus tard, Bulldozer a fait ce qu'il faisait de mieux et m'a traînée hors du lit. Il s'est couché à côté de moi et s'est rapproché, encore et encore, jusqu'à ce que je tombe presque de l'autre côté.

— Mais qu'est-ce que tu fous ? lui ai-je demandé.

Il s'est mis debout sur le matelas et a aboyé joyeusement, comme s'il pensait que tout ça n'était qu'un jeu. Puis il s'est mis à tourner en rond et à gratter la couette de ses pattes.

— Pas question. Non. Je me suis levée et j'ai attrapé son collier. — Tu ne vas pas te servir de mon lit comme toilettes. Allez. Si tu peux te retenir, je vais me changer et on pourra aller se promener.

Il a filé vers la porte d'entrée, aboyant sans arrêt pendant qu'il dévalait les escaliers. Ses griffes cliquetaient sur le parquet, son excitation évidente dans sa façon de faire les cent pas, aboyant vers les escaliers avant de retourner à la porte.

Je me suis habillée rapidement, enfilant un sweat-shirt et un pantalon de survêtement par-dessus les vêtements dans lesquels j'avais dormi. Je me suis attaché les cheveux et j'ai attrapé une paire de chaussettes, sautillant sur un pied pour les enfiler, m'arrêtant une fois arrivée en haut de l'escalier.

Dozer m'a vue en haut de l'escalier et a poussé un autre aboiement excité.

— J'arrive, lui ai-je dit. J'ai enfilé ma chaussette, puis j'ai descendu l'escalier pour le sortir.

— Assis, ai-je dit, souriant lorsqu'il a obéi pour que je puisse attacher la laisse à son collier.

Nous sommes sortis et j'ai laissé la laisse de Dozer se dérouler pendant que je fermais la porte d'entrée à clé. J'ai été surprise de voir un mot scotché sur ma fenêtre.

Chère voisine,

Encore une fois, votre soirée tardive a empêché tout le monde de dormir. Vous êtes sans-gêne et égoïste. La prochaine fois, j'appellerai la police.

Je vous prie de ne pas m'y forcer.

S'il vous plaît.

Ma bouche s'est ouverte et refermée, cherchant mes mots, une explication. Il me menaçait ? D'appeler la police ?

Non mais c'est quoi ce bordel ?

J'en avais marre. Marre de l'ignorer, lui et ses mots. Marre de me laisser faire et de le laisser me faire sentir mal d'exister. J'en avais putain de marre.

— Allez, Dozer, ai-je grogné, en l'arrachant à mon parterre de fleurs pour l'entraîner vers la maison de mon voisin.

Poussée par la colère, j'ai remonté son allée jusqu'au porche dissimulé derrière de hautes haies. Dozer s'est mis à aboyer alors que nous nous approchions, et un bruit m'a fait le retenir juste avant d'atteindre la maison.

— Il y a quelqu'un ? ai-je lancé.

— Bonjour ? a répondu une voix. Faible, effrayée, et qui n'était pas celle d'un adulte.

La queue de Dozer s'est abaissée. Il s'est blotti contre moi. Nous avons avancé ensemble vers le porche et nous nous sommes retrouvés face au garçon qui habitait la maison.

Ses yeux se sont écarquillés quand il m'a vue, mais son regard s'est illuminé en apercevant Dozer.

— Salut. Je m'appelle Chelsea, et voici Bulldozer.

Le garçon a levé les yeux vers moi, puis les a de nouveau posés sur Dozer. Un sac à dos rouge reposait par terre, à côté de lui. — Je peux le caresser ?

J'ai hoché la tête et j'ai relâché juste assez la tension sur la laisse de Dozer pour lui faire comprendre qu'il pouvait s'approcher. Mon adorable chien a baissé la tête et s'est approché du garçon comme s'il comprenait à quel point l'enfant était effrayé.

Il a ri quand Dozer s'est suffisamment approché. Dozer s'est laissé tomber à côté du garçon et s'est roulé sur le dos.

— Comment tu t'appelles ? lui ai-je demandé.

— Jude, a-t-il dit, en s'adressant plus à Dozer qu'à moi.

— Jude. Enchantée de te rencontrer. Pourquoi es-tu dehors ?

— Il n'y a personne. Mme Walsh est censée m'attendre à la sortie du bus, mais elle n'est pas là. On n'avait qu'une demi-journée de classe. Mon père travaille tard. Je n'ai pas de clé. Je suis coincé dehors.

J'ai pris une inspiration et j'ai hoché la tête. L'automne avait considérablement rafraîchi les températures, et il faisait frisquet. Rester assis dehors toute la journée n'était bon pour personne. — J'habite juste à côté. Tu veux venir chez moi pour qu'on puisse passer quelques coups de fil ? Pour te mettre au chaud ?

Jude a hoché la tête, sans quitter Dozer des yeux. Il a jeté son sac à dos par-dessus son épaule et a gardé une main sur le chien pendant que nous traversions les jardins. J'ai déverrouillé ma porte d'entrée et nous ai fait entrer, retirant mes chaussures et détachant la laisse de Dozer.

Dozer n'a pas bougé d'à côté de Jude. Il est resté tout près du garçon, le guidant jusqu'à la cuisine et s'asseyant à côté de lui lorsque Jude s'est installé à table.

Mon premier appel a été pour Mme Walsh. Elle a répondu à la première sonnerie, puis m'a dit qu'elle n'avait aucune idée que c'était une demi-journée de congé et qu'elle était à deux heures de route, en chemin pour un rendez-vous chez le médecin. Elle m'a dit que Derek, le père de Jude, était le propriétaire de Réparation automobile en pierre et que je devais appeler là-bas pour voir si Derek pouvait quitter le travail plus tôt.

L'homme qui a répondu au téléphone chez Réparation automobile en pierre a dit que Derek n'était pas disponible, mais qu'il lui laisserait un message pour qu'il me rappelle. Je me suis assurée qu'il avait mon nom et mon numéro de téléphone, mais je me retrouvais seule avec un enfant.

— Alors, Jude. Mme Walsh n'est pas à la maison, et ton père n'est pas disponible, mais quelqu'un va lui transmettre un message. D'ici là, on dirait bien que tu es coincé avec nous.

Jude a haussé les épaules. — Ça ne fait rien. J'ai toujours voulu un chien. Mon père a dit non. Je peux jouer avec lui ?

J'ai hoché la tête. — Bien sûr. Vous voulez aller dans le

jardin ? J'allais promener Dozer quand on t'a vu. Il a besoin de se dépenser si tu veux courir un peu avec lui.

Jude s'est levé d'un bond, hochant la tête avec joie.

Je leur ai ouvert la porte de derrière pour qu'ils sortent. J'ai glissé mon téléphone dans ma poche et les ai suivis dehors. Je me suis assise pour les regarder courir partout, souriant devant l'amitié qui s'était si facilement nouée entre eux.

Nous sommes rentrés à l'intérieur quand Dozer et Jude sont revenus sur la terrasse, tous deux à bout de souffle.

— Que diriez-vous d'un peu d'eau et peut-être de quelque chose à manger ? Tu as déjà déjeuné, Jude ?

Il a secoué la tête. — Vous avez des macaronis au fromage ?

J'ai souri. Un garçon qui me ressemblait. — Bien sûr que oui. Tu veux que j'en prépare pour nous ?

Il a hoché la tête.

Nous sommes entrés, et j'ai montré à Jude où se trouvaient les friandises pour Dozer. Jude a ri quand Dozer a attrapé la première en plein vol.

J'avais toujours voulu des enfants. J'avais repoussé cette pensée pendant tant d'années que le désir irrépressible d'avoir un enfant m'a frappée en pleine poitrine plus fort que je ne m'y attendais et m'a mis les larmes aux yeux.

Jude n'était pas à moi. Il ne le serait jamais. Mais, bon sang, je voulais toujours des enfants. Un jour.

4

Nous nous sommes assis à table ensemble et nous avons mangé des macaronis au fromage. J'ai posé des questions à Jude sur l'école et ses amis, et j'ai fait un peu la conversation avec lui. Une fois le déjeuner terminé, il a demandé s'il pouvait ressortir avec Bulldozer.

— Bien sûr. Il va être pourri gâté avec tout ce temps de jeu.

— Je pourrais revenir. Enfin, si vous voulez. Si ça ne vous dérange pas.

— Dozer adorerait ça. Moi aussi. C'était sympa de passer du temps avec toi.

Jude a hoché la tête et a suivi Dozer dehors. Leurs bruits excités m'ont fait sourire.

J'ai nettoyé la cuisine, en gardant un œil sur le jardin tout le temps. Dozer était prudent avec Jude, comme s'il sentait qu'il était encore jeune. Je n'étais pas sûre de son âge, mais je lui aurais donné moins de treize ans. Assez grand pour être intelligent, réfléchi et respectueux, mais assez jeune pour avoir encore peur quand il était seul sur son porche.

Avant de sortir les rejoindre, j'ai essayé de rappeler son

père. Ça ne faisait que quelques heures, mais j'étais surprise de n'avoir eu aucune nouvelle.

— Réparation automobile en pierre, a dit un homme au téléphone.

— Bonjour, je m'appelle Chelsea Moss.

— D'accord, quel est votre véhicule ?

— Je n'appelle pas pour prendre rendez-vous.

— Euh, d'accord. Comment puis-je vous aider ?

— J'ai déjà appelé tout à l'heure. Je cherche Derek Bailey.

— Euh… L'homme est resté silencieux un instant. Une porte s'est fermée de son côté du fil. « Écoutez, le patron ne cherche pas de relation. Je ne veux pas être con ou quoi que ce soit, mais il…

— Oh, mon Dieu, taisez-vous. Mais pourquoi diable penseriez-vous que je cherche une relation ?

— Vous ne seriez pas la première.

Je me suis étranglée avec les mots suivants et j'ai lutté pour reprendre mon souffle. J'ai expiré lentement.— D'accord, euh, écoute, je suis sa voisine. Je promenais mon chien tout à l'heure et j'ai trouvé son fils sur le pas de sa porte. Il était enfermé dehors, seul et effrayé.

— C'est quoi ce bordel ? aboya l'homme.

— Jude a dit que d'habitude, c'est Mme Walsh qui le récupère à l'arrêt de bus, mais l'école finissait plus tôt aujourd'-hui, et je suppose qu'elle n'était pas au courant, et qu'elle est à un rendez-vous chez le médecin. J'ai appelé il y a un moment et j'ai laissé un message pour que Derek me rappelle, mais je n'ai eu aucune nouvelle, alors j'ai voulu rappeler.

— Bordel. Putain. Est-ce que Jude va bien ?

— Il va bien. C'est un garçon adorable. Et il est en sécurité ici avec moi. Je suis du coin. Je suis la propriétaire de Serenity Salon sur Grace Street. Je suis à la maison aujourd'hui, donc Jude est très bien ici.

— Je connais cet endroit. Tu as dit que tu t'appelais Chelsea ?

— Ouais.

— Ma femme est une de tes clientes. Emily dit que tu es une magicienne et que tu donnes toujours vie à ses idées. Je suis fan, moi aussi, parce que ma femme est magnifique et que tu fais en sorte qu'elle s'en sente toujours ainsi.

— Merci. Ça me touche. Emily Martinez ?

— C'est elle.

— C'est un plaisir de travailler avec elle.

— Je lui dirai que tu as dit ça. Pardon. Pardon. Jude. Comment va Jude ? Tu as dit qu'il va bien ?

— Oui, il va bien. Il a eu peur quand on l'a trouvé. Il était enfermé dehors et ne comprenait pas ce qui se passait. En ce moment, il joue avec mon chien dans mon jardin. Je les vois. Nous avons déjeuné et il est dehors depuis, mais j'étais surprise de ne pas avoir de nouvelles.

— Je préviens Derek tout de suite. Il sera bientôt là pour récupérer Jude. Merci, Chelsea. Merci. Et je m'excuse pour mon…

— Ne t'en fais pas. Je suis juste contente d'être tombée sur toi plutôt que sur l'autre. Je lui ai donné mon nom et mon numéro et je lui ai dit que Jude était avec moi, mais je ne pense pas qu'il ait compris que Jude n'était pas censé être avec moi.

— Ouais. Je vais m'en occuper, aussi.

— Merci. Jude va très bien ici. Ça ne me dérange pas de le garder. Mais je voulais m'assurer que son père sache où il était.

— Il sera soulagé. Je ne pense pas qu'il ait la moindre idée que Jude n'est pas à l'école en ce moment. Je vais le prévenir. Merci, Chelsea. Je m'assurerai qu'Emily te laisse un pourboire encore plus généreux la prochaine fois qu'elle viendra.

— Oh, non. Ce n'est pas la peine.

— Peut-être pas, mais tu le mérites. Merci. Je te rappelle dès que j'aurai parlé à Derek. Ça ne devrait pas être long.

— Merci.

— Ouais.

Il a raccroché, et j'ai réalisé que je ne lui avais jamais demandé son nom. *Le mari d'Emily* n'était probablement pas le bon.

Je suis sortie avec de l'eau et je me suis assise à la table. Jude a accouru et a bu une gorgée dans le gobelet que j'avais apporté pour lui, et Dozer a lapé son eau dans la gamelle posée par terre.

Jude s'est effondré sur la chaise à côté de la mienne en expirant bruyamment. Dozer s'est enroulé au soleil à côté de Jude, gardant un œil sur le garçon.

Alors que les deux garçons soufflaient de fatigue, j'ai pensé qu'il serait peut-être bon de faire quelque chose d'un peu plus calme. Et à l'abri de l'air frais de l'après-midi.

— Tu as des devoirs, Jude ?

— Ouais, a-t-il grommelé.

— Et si tu commençais et qu'on laissait Dozer se reposer quelques minutes ? Il a l'air fatigué.

Jude a regardé le chien. Dozer, Dieu le bénisse, s'est mis à haleter plus fort, comme s'il était vraiment épuisé d'avoir couru dans le jardin. Jude a hoché la tête. — Ouais, il a vraiment l'air fatigué.

— Si tu finis tes devoirs, tu n'auras plus à t'en soucier quand ton père rentrera.

— D'accord, marmonna Jude. Mais il m'a suivie à l'intérieur et a attrapé son sac à dos.

Nous nous sommes rassis à la table. J'ai consulté mon téléphone, acceptant les nouvelles demandes de rendez-vous et supprimant les e-mails. J'ai fait défiler les réseaux sociaux un moment, et avant même que je ne m'en rende compte,

Jude s'est levé d'un bond de la table en annonçant qu'il avait fini ses devoirs.

— Déjà ?

Il a hoché la tête. — Ouais. Je dois lire, mais mon père me laisse le faire avant de me coucher.

— D'accord. Et maintenant, on fait quoi ?

Mon téléphone a sonné avant que Jude ne puisse répondre.

— Est-ce que je peux à nouveau sortir Dozer ?

J'ai hoché la tête en répondant à l'appel d'un numéro local inconnu. — Allô ?

— Chelsea. C'est Ricky de Réparation automobile en pierre.

— Salut. Merci de m'avoir rappelée.

— Ouais, de rien. Écoute. Derek est en route pour venir chez toi, là. Je l'ai prévenu pour Jude, et il n'avait aucune idée de tout ce qui se passait. Il devrait bientôt arriver.

— Merci, Ricky. C'est vraiment sympa. Jude sera prêt.

— Ça marche, Chelsea. Merci encore.

— Merci à toi. J'ai raccroché et j'ai pris une grande inspiration. Je ne savais pas si c'était une bonne ou une mauvaise chose que mon voisin soit en route pour ma maison. Mais j'allais enfin rencontrer cet homme.

— Hé, Jude ! Ton père est en chemin. Pourquoi ne rentres-tu pas pour rassembler tes affaires ? On peut l'attendre à l'intérieur comme ça, on l'entendra arriver.

— D'accord ! a dit Jude d'un ton joyeux.

J'ai mieux respiré tandis qu'il se précipitait vers moi, avec Dozer sur ses talons. Un père absent m'inquiétait un peu, me faisant craindre qu'il ne se passe plus de choses que je ne l'imaginais. Cela me faisait penser que Derek n'était peut-être pas un père aussi dévoué que je le croyais avant qu'il ne laisse son enfant seul sur le pas de sa porte et avec une inconnue pendant la majeure partie de la journée.

J'ai grandi avec deux parents qui travaillaient tout le temps. J'ai passé de nombreux après-midis seule à la maison. J'ai appris très jeune à compter sur moi-même, mais j'ai toujours su que mes parents m'aimaient. Je n'ai jamais pensé qu'ils regrettaient de m'avoir eue. Après une journée avec Jude, je me suis inquiétée qu'il n'ait pas la même certitude avec son père, mais son enthousiasme montrait que ce n'était pas le cas.

Jude a fait son sac à dos, puis il m'a demandé si j'avais une feuille de papier pour qu'il puisse faire un dessin de Dozer.

— Bien sûr. Je peux t'envoyer des photos aussi.

— Je n'ai pas de téléphone, a-t-il dit.

— Je peux les envoyer à ton père. Et tu pourras les joindre au dessin que tu fais.

— Ce serait super.

J'ai souri. Ah, ce gamin. J'adorais son innocence. Sa façon d'être si ouvert et attentionné avec Dozer. Le fait qu'il préférait faire son propre dessin plutôt qu'utiliser une de mes photos.

Je lui ai tendu quelques feuilles de papier d'imprimante, car elles n'avaient pas de lignes, et j'ai sorti les crayons, les stylos, les feutres et les crayons de couleur que j'avais fourrés dans le tiroir fourre-tout de la cuisine. Je n'avais pas beaucoup de choix, mais Jude n'avait pas l'air de s'en soucier.

Il a fixé Dozer du regard, en penchant la tête sur le côté. Il se mordillait l'intérieur de la lèvre. Il était concentré sur la réalisation du plus beau dessin de mon chien.

Je me suis installée à côté de lui et j'ai commencé mon propre dessin de Dozer. Je jetais un coup d'œil à la feuille de Jude toutes les quelques minutes. C'était un artiste vraiment talentueux. Bien meilleur que moi. Mon dessin ressemblait à peine à un chien, mais celui de Jude ressemblait vraiment à Dozer.

Quand on a frappé à la porte, j'ai relevé la tête de ma

feuille. — Je reviens tout de suite, ai-je dit à Jude. — Il est vraiment bien. J'ai tapoté son dessin de mon chien fou.

— Merci, a dit Jude distraitement.

Les coups sont devenus plus insistants tandis que je traversais le salon depuis la cuisine pour rejoindre l'entrée qui servait de vestiaire. La grande fenêtre à côté de la porte donnait sur le salon, donc je ne pouvais pas voir qui martelait ma porte, mais ça devait être le père de Jude.

Mon ô combien sympathique voisin. Chouette.

J'ai ouvert la porte et j'ai dû me baisser pour éviter de me prendre son poing en pleine figure, son coup suivant ayant frappé dans le vide au lieu de la porte.

— Mon fils. Jude. Où est Jude ? a haleté Derek. Il m'a bousculée sans ménagement, s'engouffrant chez moi sans attendre d'invitation.

— Crétin, ai-je marmonné en refermant la porte.

— Papa ! s'est exclamé Jude, effaçant presque le comportement grossier de son père. Passer quelques heures avec le gamin et découvrir à quel point il était adorable avait adouci mon aversion pour son père. Un peu. C'était toujours un crétin moralisateur qui pensait avoir le droit de me dire comment vivre ma vie. Mais Jude était un garçon formidable, donc il y avait bien quelque chose que Derek et son ex-femme faisaient correctement.

— Jude, a soufflé Derek en tombant à genoux à côté de la chaise où Jude était assis. Derek lui a passé les mains sur la tête et l'a serré fort contre lui, tout son corps s'affaissant de soulagement en constatant que son fils allait bien. — Tu vas bien ? Tu es en sécurité ? Je suis tellement désolé que personne n'ait été là pour venir te chercher. Pourquoi l'école t'a laissé descendre du bus ? Je vais les appeler pour savoir ce qui s'est passé. Ça n'aurait jamais dû arriver.

Je suis restée dans l'entrée de ma propre cuisine, avec l'impression de ne pas être à ma place. Mon cœur s'est réchauffé en entendant la peur dans sa voix. On ne pouvait pas feindre une telle chose. Et aucun parent ne devrait jamais avoir à le faire.

— Mme Chelsea m'a préparé un goûter. Et un déjeuner. Et on a joué avec Dozer. Il est trop drôle, papa ! Il n'est pas le casse-pieds que tu dis. Il aime jouer à la balle, il m'a beaucoup léché et il court partout dans la pièce quand il est très excité, mais il écoute Mme Chelsea. Elle est très gentille, elle aussi. Ce n'est pas une casse-pieds non plus.

Comme s'il se souvenait de ma présence, le père de Jude a jeté un regard par-dessus son épaule vers moi.

Bon sang, quel homme. Je savais qu'il était séduisant, mais avec ces yeux marron foncé fixés sur moi, mon pouls a grimpé en flèche. Puis il a fait preuve d'humilité et a baissé la tête comme s'il regrettait sincèrement ses paroles.

Ou peut-être regrettait-il seulement qu'elles aient été répétées en ma présence.

Quoi qu'il en soit, il s'est relevé et s'est tourné pour me faire face. Il était plus grand que moi, avec de larges épaules et des vêtements tachés de graisse. Son jean moulait ses cuisses et dessinait la forme de son téléphone dans sa poche, entre autres choses. Son t-shirt noir collait à son torse et laissait deviner un tatouage sur son bras gauche. Il a fait un pas en avant et a tendu la main.

— Merci de vous être occupée de mon garçon. Il a laissé sa main entre nous, attendant que je la serre.

Mes bonnes manières m'ont forcée à aller vers lui et à glisser ma paume contre la sienne. Le frisson qui a parcouru mon échine au contact de ses mains burinées par le travail était tout sauf désiré. C'était mon crétin de voisin qui avait laissé des mots sur ma porte et m'avait fait sentir que je n'étais pas la bienvenue dans le quartier. Je ne pouvais pas être attirée par lui.

Absolument pas.

— De rien, bafouillai-je en retirant ma main. Je l'essuyai sur ma jambe dès qu'il se retourna vers Jude. Cela ne fit toutefois pas disparaître les frissons que son contact avait laissés.

J'étais tellement foutue.

— Mme Walsh était censée être là. Que s'est-il passé ? Et pourquoi tu n'as eu qu'une demi-journée aujourd'hui ?

— J'ai appelé Mme Walsh, l'interrompis-je, ne voulant pas la laisser porter le chapeau. « Elle avait un rendez-vous. Elle ne savait pas que c'était une demi-journée aujourd'hui. »

— Merci, grogna Derek, d'un ton peu amène. Son regard resta ancré sur Jude, sans même se tourner vers moi.

Je pinçai les lèvres, me retenant d'ajouter quoi que ce soit d'autre.

— Je n'aime vraiment pas qu'on te laisse descendre du bus sans personne pour t'attendre, dit Derek. « Ce n'est pas prudent. »

Jude haussa les épaules, mais il ne dit rien.

Derek se leva. Il lissa son jean de ses mains. « On devrait y aller. Laissons Mlle Chelsea reprendre sa journée. Je dois retourner au travail, mais tu peux venir avec moi. »

— Pourquoi ? Je ne veux pas aller à ton travail. Je ne peux pas rester ici ? demanda Jude.

— Non. Ce n'est pas juste pour Mlle Chelsea. Je n'aurais pas dû accepter de te retirer de la garderie. Je dois les appeler.

— Non ! Papa, je ne veux pas y retourner ! Je déteste cet endroit.

— Jude...

— Papa, s'il te plaît. Je viendrai avec toi aujourd'hui, mais ne m'oblige pas à retourner à ce programme. S'il te plaît.

Derek baissa la tête. Je regardais la scène. J'avais envie de dire que ça ne me dérangeait pas que Jude reste avec moi, mais je savais que ça ne passerait pas bien. Même si ça ne me gênait vraiment pas.

— Jude…

— S'il te plaît, Papa. Je suis le seul élève de sixième à y aller. Tous les autres sont en primaire. Je ne veux pas y retourner. Je ne veux pas que tout le monde dise que je suis un bébé.

J'ai eu le cœur brisé pour Jude. Ce n'était qu'un gamin qui voulait être comme ses amis. Qui voulait être comme tout le monde.

Si quelqu'un savait ce que ça faisait, c'était bien moi. Ayant grandi en surpoids, je ne vivais que pour passer inaperçue. J'en mourais d'envie. Je portais des couleurs sombres et j'évitais d'attirer l'attention.

Le collège était une torture pour presque tout le monde, mais être une fille ronde en sixième, c'était pire. Le harcèlement était partout, même dans les écoles qui clamaient haut et fort leur politique de tolérance zéro. Même dans les petites villes.

— Qui te traiterait de bébé ? a demandé Derek.

Jude a regardé son père avec une telle douleur dans les yeux que j'ai su que ce n'était pas une menace en l'air. Quelqu'un le lui avait vraiment dit. Quelqu'un l'avait traité de bébé. Et pour un gamin au collège, un gamin qui voulait être un grand, c'était la pire chose au monde.

— Laisse tomber, a dit Jude, d'une voix si basse que je l'ai à peine entendu. Il s'est laissé glisser par terre devant Dozer et a enroulé ses bras autour du chien.

Derek a levé les yeux et a croisé mon regard. Il l'a détourné aussi vite qu'il avait rencontré le mien.

Je me suis éclairci la gorge. Il m'a de nouveau regardée. J'ai articulé sans un bruit : « Il peut rester ici », en désignant le sol pour qu'il comprenne ce que je disais.

Derek a secoué lentement la tête, les yeux se fermant au

passage. Quand il les a rouverts, il a fait un signe de tête en direction du salon.

J'ai ouvert la marche, m'arrêtant près de la porte d'entrée, assez près pour que nous puissions garder un œil sur Jude, mais assez loin pour qu'il ne puisse pas entendre notre conversation.

Derek a jeté un regard en arrière vers Jude, puis a concentré toute son attention sur moi. — Je ne peux pas vous demander de le garder.

— Je sais que vous ne me connaissez pas, et je sais que vous ne m'aimez pas…

— Oh, attendez. Je n'ai jamais dit ça.

— Ton mot était parfaitement clair. Nous nous sommes foudroyés du regard pendant une longue minute. J'ai fini par céder et j'ai soupiré. — Écoute, toi et moi, on n'a pas besoin d'être amis ni de se parler. Mais je suis disponible aujourd'-hui. Je ne travaille pas et je suis à la maison toute la journée. Jude peut rester ici. Il a déjà fini ses devoirs, et…

— Il a fait ses devoirs ? a lâché Derek.

J'ai hoché la tête. — Ouais. Pourquoi ? Ce n'était pas bien ?

Derek a secoué la tête. Il a passé une main sur son crâne rasé, puis sur sa barbe. Il a fixé Jude pendant une longue minute. — Il se bat avec moi pour faire ses devoirs. Il se bat avec moi pour tout, ces derniers temps. Je… Merci d'avoir été là pour lui aujourd'hui.

— De rien. C'est un super gamin.

Derek a hoché la tête. — C'est vrai. Son regard s'est attardé sur son fils. — Tu es sûre que tu peux le garder aujourd'hui ?

— Oui, absolument.

— Ce sera seulement jusqu'à ce que Mme Walsh puisse venir le chercher. Elle le récupère habituellement à trois heures, donc ce ne sera plus très long.

— Ce n'est pas un problème, je te promets.

Derek a dégluti difficilement. — Merci. J'apprécie.

— De rien.

Derek est retourné dans la cuisine et a annoncé la bonne nouvelle à Jude. Jude a poussé un cri de joie et a dit à Dozer qu'il allait rester plus longtemps.

Dozer s'est dressé sur ses pattes et a aboyé, se joignant à l'excitation.

Derek a serré Jude fort dans ses bras, puis est revenu vers moi. Il a fait un signe de tête, puis s'est glissé derrière moi et a franchi la porte.

Ce n'est qu'à ce moment-là que je me suis souvenue que j'étais en colère contre lui à cause du mot de ce matin.

5

DEREK

Je confiais mon enfant à une femme que je ne pouvais pas supporter. La voisine qui me rendait fou.

À plus d'un titre.

J'ai repris la route du travail, l'expression de son visage gravée dans ma mémoire. Quand elle a regardé Jude, j'ai vu ce que tout le monde disait d'elle. La gentillesse. La générosité. L'attention. Je n'avais jamais vu ça chez elle. Il faut dire que je ne lui avais jamais vraiment laissé l'occasion de me le montrer. Je l'ai jugée dès le premier jour.

Je me suis garé à ma place habituelle derrière l'atelier et je suis descendu de mon pick-up. Ricky venait déjà à ma rencontre avant même que j'aie atteint la moitié du chemin.

— Où est Jude ?

— Chez ma voisine.

— Vous l'avez laissé avec Chelsea ?

— Vous la connaissez ?

— Nan, jamais rencontrée, mais Emily va chez elle.

— Elle va chez elle ?

— C'est une coiffeuse. Elle possède ce salon, le Serenity Salon.

J'ai hoché la tête. J'étais passé devant des centaines de fois, mais je n'y étais jamais entré. — C'était Teased By Debby avant, non ?

— Ouais, Debby a pris sa retraite, et la copine de Knox, Haley, et Chelsea ont repris. Emily adore y aller. Elle est une grande fan de Chelsea. Je n'avais pas réalisé jusqu'à aujourd'hui que c'était votre voisine.

— Elle a emménagé cet été. Elle me rend fou, pour être honnête.

— Vraiment ? Elle n'en a pas l'air. Emily dit qu'elle est géniale.

— Ouais, je vois.

Ricky a haussé les sourcils en entendant mon ton loin d'être ravi. — Euh, patron ?

J'ai secoué la tête. — Les gens à qui elle a acheté la maison étaient discrets. Ils restaient dans leur coin. Ils n'avaient pas de chien.

— Dozer, a dit Ricky en gloussant. — Chelsea raconte toujours des anecdotes sur ce chien complètement fou. Ricky m'a regardé de plus près. — Même si je conçois qu'être leur voisin ne doit pas être aussi amusant.

— Ça ne l'est pas.

— Mais vous avez laissé Jude là-bas. Vous devez lui faire confiance au moins un peu.

— Mrs. Walsh ne va pas tarder. Elle ne savait pas que c'était une demi-journée. Bon sang, moi non plus. Jude n'est avec Chelsea que pour un petit moment encore.

— Mais il est quand même avec elle.

— Ouais.

Ricky s'est mis à rire. — On dirait que c'est compliqué, comme disent les jeunes de nos jours.

J'ai secoué la tête. — Il vaut mieux que je retourne au

travail. J'ai laissé Ricky me précéder à l'intérieur. — Avez-vous fini par savoir qui a pris son premier message ?

Ricky a tenu la porte et m'a regardé par-dessus son épaule. — Oui. C'est Jason. Il l'a noté, mais il a été appelé sur un chantier et le mot a fini sous une pile de papiers sur le bureau, puis il a glissé par terre. Il s'en veut vraiment, patron.

J'ai laissé échapper un long soupir. — Je suis content qu'il y ait une raison.

— Je lui ai dit, ainsi qu'à tout le monde, que si quelqu'un vous appelle, il doit vous apporter le message immédiatement. Pas question de le noter et de le laisser traîner.

— Merci, Ricky. Espérons que ça ne devienne pas une habitude.

Ricky a eu un petit rire et a hoché la tête en accord avec moi.

L'atelier fonctionnait comme d'habitude. J'avais des employés formidables qui n'hésitaient pas non seulement à faire leur travail, mais aussi à s'entraider quand quelqu'un avait besoin d'un coup de main. J'ai fait le tour de leurs postes de travail, m'assurant auprès de chacun d'eux que tout allait bien.

Quand je suis arrivé à la hauteur de Jason, il a levé les yeux et ses joues roses ont perdu toute leur couleur.

— Patron, je suis vraiment désolé. Je comprendrai si vous devez me renvoyer, mais…

— L'avez-vous fait exprès ?

— Non. Bien sûr que non, patron. Mais je sais que votre fils est la personne la plus importante au monde pour vous. J'allais vous apporter le message quand…

— Ricky me l'a dit. Tout va bien, Jason. Je sais que ça n'arrivera plus, et je sais que vous vous en voulez. Et je ne vous renverrais jamais pour une chose pareille. Ce ne serait pas juste, et vous ne le méritez pas.

— Merci, mais je le mériterais.

— Non. Pas du tout. Comment avance le projet ? C'est pour ça que je suis venu. Pas pour parler du message.

Jason a hésité un instant, puis m'a parlé du travail qu'il faisait sur le véhicule utilitaire sport. — C'est un beau véhicule, patron. Pour son âge, il est en excellent état.

— Bien. Je suis sûr que la propriétaire sera contente de l'apprendre.

Jason a hoché la tête. Je lui ai donné une tape sur l'épaule et je suis passé à autre chose, en espérant qu'il se débarrasserait de sa culpabilité. Il n'avait pas besoin de porter ce fardeau.

J'ai aidé Mick à trouver un outil sur l'étagère qui n'avait pas été remis à sa place, puis j'ai soulevé un pneu pour le mettre en place pour Connor. Ça faisait toujours du bien de me salir les mains et d'effectuer une partie du travail. Je n'avais pas eu beaucoup de temps pour le faire depuis que j'avais repris l'affaire.

Mais je n'allais pas me plaindre. L'argent était meilleur, bien meilleur. Le temps et le stress compensaient un peu cela, mais ça faisait partie du jeu.

De retour dans mon bureau, j'ai rappelé quelques représentants et clients qui avaient ma ligne directe, puis j'ai parcouru les messages et le planning des jours suivants pour m'assurer que nous avions toutes les pièces dont nous aurions besoin.

En un rien de temps, les gars sortaient et le soleil se couchait. Il était plus que temps pour moi de foutre le camp d'ici.

J'ai fermé le garage à clé et j'en ai fait le tour pour m'assurer que rien n'avait été laissé dehors et qu'aucun des véhicules n'était déverrouillé. Tout était en ordre, alors j'ai sauté dans mon pick-up et j'ai pris la route de la maison.

Jude était dans le salon quand je suis entré. Mme Walsh

était assise à côté de lui sur le canapé, écoutant ses récits sur sa matinée avec notre voisine et son chien.

— Mme Chelsea est une personne formidable, a dit Mme Walsh à Jude. Et Dozer est un chien adorable. C'est le chien le plus sage que j'aie jamais vu.

— Avez-vous vu la clôture ? lui ai-je demandé, en ressentant l'irritation familière mêlée au désir importun que j'éprouvais pour ma voisine. Il était facile de ne pas l'apprécier, mais bien trop facile de la désirer.

— Quel est le problème avec votre clôture ? a demandé Mme Walsh.

— Le chien essaie de la faire tomber depuis qu'elle a emménagé. Il a cassé quelques planches. Je continue de les renforcer, mais il va bien falloir que je fasse quelque chose de plus permanent, à terme. Surtout que Mme Chelsea n'a pas l'air très préoccupée par la réparation de la clôture. Ça me rend dingue.

— Dozer est encore jeune. Et les chiens de refuge ont tendance à être un peu plus sauvages, car ils n'ont pas reçu l'attention dont ils avaient besoin avant d'être adoptés.

— Ce n'est pas mon chien, ai-je dit.

— Il est génial, papa. Tu l'aimerais beaucoup, a déclaré Jude.

Je n'étais pas sûr d'être d'accord avec mon fils, mais je n'allais pas le contredire. Pas alors qu'il était concentré sur un énième dessin du chien qui me tourmentait.

— Qu'est-ce que tu veux pour le dîner ? Mme Walsh, voulez-vous vous joindre à nous ?

— Oh, non, a dit Mme Walsh en se relevant du canapé. La journée a été longue pour moi avec le rendez-vous de tout à l'heure. Je n'ai qu'une envie, c'est de m'asseoir et de me détendre.

— Si c'est trop pour vous…

Elle a fait un geste de la main. — N'importe quoi. Je suis

désolée de ne pas avoir été là ce matin. J'ai dit à Jude que je devrai vérifier le calendrier scolaire plus attentivement et noter ces journées bizarres pour ne pas le manquer à nouveau à l'avenir.

— Je n'étais pas au courant non plus. C'est ma faute, pas la vôtre.

— Je me suis bien amusé avec Mme Chelsea et Dozer. Peut-être que je pourrais aller chez elle parfois ? a suggéré Jude, en évitant mon regard.

Je n'ai pas répondu, et je savais qu'il s'y attendait puisqu'il n'a pas insisté pour avoir une réponse.

— Je vais y aller. Je te vois demain, Jude. Passe une bonne nuit.

— Bonne nuit, dit Jude en levant les yeux de son dessin pour sourire à Mme Walsh.

— Merci encore, lui dis-je. « Jude, je reviens tout de suite. »

— D'accord.

J'ai raccompagné Mme Walsh dehors et je l'ai attendue de l'autre côté de la rue pour m'assurer qu'elle rentrait bien chez elle. — Est-ce que tout va bien ? lui ai-je demandé.

— Bien sûr. Pourquoi cette question ?

— Vous aviez un rendez-vous.

— Tout le monde a des rendez-vous. Juste un contrôle de routine.

— Vous en êtes sûre ?

Elle a hoché la tête et m'a tapoté la joue. — C'est gentil de vous inquiéter, mais oui, tout va bien. Passez une bonne soirée. Et soyez un peu plus indulgent avec Mlle Chelsea. C'est une bonne personne. Elle ne veut que s'installer dans ce quartier. Comme nous tous.

J'ai hoché la tête, sachant que c'était peu probable, mais je n'allais pas le lui dire.

Mme Walsh est rentrée chez elle, et moi de même, apercevant ma voisine à travers l'une de ses fenêtres de côté. J'ai fixé mon regard quelques secondes, puis je l'ai détourné et je suis entré dans ma propre maison. Se rapprocher de la voisine était une mauvaise idée. Une très mauvaise idée.

J'AI CONTACTÉ la directrice du collège à la première heure le lendemain matin. Jude détestait aller à la garderie, mais je n'aimais pas non plus qu'il se retrouve coincé dehors. Et si c'était en hiver ? Et si Chelsea ne l'avait pas trouvé ?

Comment l'a-t-elle trouvé ?

Cette question tournait en boucle dans ma tête pendant que j'attendais que la directrice réponde à mon appel. La femme qui a décroché le téléphone m'a dit d'attendre une minute et m'a mis en attente. J'étais prêt à patienter. Mon gamin était trop important pour que je ne le fasse pas.

— Bonjour, Monsieur Bailey. Que puis-je faire pour vous aujourd'hui ?

— Mon fils a été laissé sur mon porche hier, et je me demande pourquoi l'école l'a laissé descendre du bus lors d'une demi-journée sans s'assurer qu'il y avait quelqu'un à la maison.

— Je suis vraiment désolé, Monsieur Bailey. Votre fils va bien ?

— Il va bien, mais on n'aurait pas dû le laisser là.

— Eh bien, en fait, monsieur, au collège, nous n'avons pas de règle exigeant la présence d'un adulte lorsque les élèves descendent du bus. Cela a été mentionné lors de la journée d'orientation des élèves. Je vois que Jude est allé au centre communautaire après l'école pendant la première semaine, mais qu'il rentre directement à la maison depuis.

— Oui. Une voisine l'attendait, mais la demi-journée d'hier…

— Figurait sur le calendrier scolaire depuis son approbation par le conseil d'administration de l'école au printemps dernier.

J'ai soupiré. Cet homme avait réponse à tout. Et toutes ses réponses revenaient à dire que ce n'était pas de sa faute si mon fils avait été laissé seul. Même si je savais qu'il avait raison et qu'ils le laisseraient descendre du bus sans l'attendre. Je suppose que j'espérais que ce n'était pas tout à fait comme ça.

— Monsieur Bailey, je comprends que la transition vers le collège n'est pas toujours facile. Beaucoup de parents ont du mal à lâcher prise. Nous communiquons tous les changements à plusieurs reprises, mais nous savons que ce n'est quand même pas simple.

— Alors, qu'est-ce que je suis censé faire ?

— Malheureusement, monsieur, vos options sont celles que vous avez déjà utilisées. Jude peut retourner au programme de garderie périscolaire ou il peut continuer à prendre le bus pour rentrer à la maison.

— Où le chauffeur le laisse descendre, qu'il y ait quelqu'un ou non.

— Beaucoup de nos élèves ont des clés pour ne pas se retrouver enfermés dehors.

J'ai poussé un lourd soupir. Jude avait déjà mentionné le fait d'avoir une clé. Il n'avait jamais eu à s'occuper de quoi que ce soit, et je m'inquiétais qu'il la perde. Ça ne me plaisait pas. Cela aurait signifié qu'il n'était pas dehors, mais il aurait été seul à la maison pendant des heures. — En gros, la politique de l'école est que les élèves sont assez grands pour être seuls.

— Oui, monsieur. C'est notre politique depuis des décennies. Je comprends que tous les élèves de sixième ne sont pas les mêmes, et en tant que parent, je compatis à vos inquiétudes. J'ai eu du mal quand mes enfants sont passés par là.

— Puis-je vous demander comment vous avez géré la situation ?

Il a eu un petit rire. — Ma femme prenait toutes les décisions. Mais ce qu'elle a décidé, c'est de donner une clé à mon aîné quand il est entré en sixième. Même lorsqu'elle était à la maison, elle le laissait utiliser sa clé pour qu'il prenne l'habitude de faire attention où elle se trouvait et d'être responsable.

— Ce n'est pas une mauvaise idée. Je me disais que Jude finirait par perdre une clé.

— Vous pourriez aussi en laisser une à un voisin ou cacher une clé quelque part où il puisse y avoir accès au lieu de compter sur lui pour qu'il la garde.

J'ai hoché la tête. — Oui. Ce sont toutes de bonnes idées. Merci, monsieur Laurel.

— De rien, monsieur Bailey. J'espère que ça vous réconforte un peu de savoir que vous n'êtes pas seul.

J'ai eu un petit rire. — Oui, en effet. Je me sentirai aussi mieux quand nous aurons une autre journée imprévue et qu'elle se passera un peu plus en douceur que celle d'hier.

— Le calendrier scolaire est publié en ligne, et nous envoyons des rappels par e-mail chaque fois qu'il y a quelque chose de différent, même si ce n'est pas nouveau. Vous auriez dû recevoir un e-mail de rappel la semaine dernière concernant la demi-journée.

Ma boîte de réception est un véritable champ de bataille. — J'imagine que je le trouverai dans un an ou deux.

Monsieur Laurel a ri. — Le district a aussi une application et est sur les réseaux sociaux, si l'un ou l'autre peut vous aider.

J'ai reniflé. — Probablement pas, mais merci. J'ai quelques options pour me faciliter les choses à l'avenir. Et Jude va adorer cette liberté.

— Les enfants adorent toujours ça. Bonne chance,

monsieur Bailey. Et n'hésitez pas à nous contacter si vous avez d'autres préoccupations.

— Merci. Je n'y manquerai pas. J'ai raccroché, sans me sentir beaucoup mieux, mais en sachant que je n'étais pas le seul parent à galérer.

Comme toujours, je savais que tout aurait été plus facile si j'avais eu une partenaire.

Je ne me souvenais pas de la dernière fois où j'avais eu des nouvelles de la mère de Jude. J'étais tombé éperdument amoureux de Sasha quand nous nous étions rencontrés. Elle était excitante, drôle et magnifique. Je n'avais jamais connu quelqu'un comme elle, et quand elle a jeté son dévolu sur moi, j'ai eu l'impression d'avoir gagné au loto.

En quelques semaines, de parfaits inconnus, nous étions devenus inséparables. Je ne lui disais jamais non. J'étais si amoureux d'elle que je n'envisageais même pas de lui dire non. Pas quand elle a décidé que nous devions emménager ensemble pendant nos études. Pas quand elle m'a demandé de rester dans la région alors que j'obtenais mon diplôme deux ans avant elle. Pas quand elle a voulu un enfant.

Sasha était un véritable tourbillon. Après avoir obtenu son diplôme, elle m'a convaincu de déménager dans la région où elle avait grandi. Mes parents n'étaient plus de ce monde, ma sœur était mariée, et Sasha était ma famille. Nous nous sommes mariés et nous nous sommes installés. Ses amis sont devenus nos amis. J'ai rencontré les maris et les femmes, et nous nous sommes construit une vie.

Puis, ils ont tous commencé à avoir des enfants. Sasha ne voulait pas être mise à l'écart, mais c'est ce qui est arrivé. Les autres se sont rapprochés grâce à leurs expériences communes, et Sasha sentait qu'il lui manquait quelque chose.

Elle approchait la trentaine quand elle a décidé qu'elle était prête, et en quelques mois à peine, elle est tombée enceinte. Mais à partir du jour où elle a découvert sa grossesse, Sasha s'est renfermée sur elle-même. Elle a perdu sa lumière, son étincelle. Elle a cessé d'être la femme que j'aimais pour devenir quelqu'un que je ne reconnaissais plus.

Pendant sa grossesse, tout le monde disait que c'était les hormones. Après, ses médecins ont diagnostiqué une dépression post-partum. Mais c'était plus que ça. Son âme s'est éteinte. Elle essayait d'être quelqu'un qu'elle n'était pas censée être. Elle a essayé d'être comme tous les gens qui l'entouraient, mais ce n'était pas son rêve à elle.

Quand elle m'a dit qu'elle voulait déménager, je lui ai dit non pour la première fois. Et la dernière, car elle est partie. Elle ne pouvait pas rester à L'anse MacKellar. Elle ne pouvait pas être une mère. Elle ne pouvait rien faire de tout ça.

Jude n'avait même pas deux ans quand Sasha est partie, et elle ne l'a vu qu'une poignée de fois depuis. La dernière fois qu'elle est venue, c'était pour l'enterrement de sa mère. C'était il y a presque trois ans.

Pourtant, même en sachant à quel point elle détestait être à L'anse MacKellar, j'aurais aimé qu'elle reste. J'aurais aimé avoir une autre personne sur qui compter pour les années à venir. Ces années où mon fils grandirait et deviendrait un homme.

Je ne m'étais pas senti aussi seul depuis le départ de Sasha. L'idée d'être le seul parent d'un adolescent, un adolescent à qui l'on accordait des libertés pour lesquelles je n'étais pas prêt, était terrifiante.

— Dites, patron ? a demandé Mick en frappant à la porte tout en entrant dans mon bureau.

— Oui ? Je me suis arraché au tournant qu'avaient pris mes pensées pour me concentrer sur le travail.

— Je peux avoir un deuxième avis sur ce véhicule ? C'est pour le maire.

J'ai eu un petit rire et je me suis levé. — Oui, il ne faudrait pas se planter sur un truc pour le maire Knight. Omar risquerait de ne pas être très content.

Mick a hoché la tête et m'a ouvert la voie, me distrayant et me sortant de ma mélancolie.

J'ai passé le reste de la journée dans l'atelier, luttant contre les pensées concernant Sasha et ce qu'aurait été la vie si j'avais eu quelqu'un avec qui partager les tâches quotidiennes liées à l'éducation d'un enfant.

Ce n'était pas écrit. Plus maintenant. J'avais laissé passer ma chance de connaître le grand amour, et je n'en cherchais pas une seconde.

6

CHELSEA

J'ai apporté les dernières retouches à la coupe d'Emily et je l'ai fait pivoter face au miroir. J'adorais voir l'expression sur le visage de mes clientes lorsqu'elles découvraient le résultat que je leur avais créé. Cette joie et cette surprise de voir que l'idée qui n'existait que dans leur esprit une heure plus tôt était devenue réalité et que, grâce à ma touche personnelle, ça leur allait *si bien*.

— Waouh, souffla Emily. Elle s'est avancée sur son siège pour se rapprocher du miroir et a porté la main à ses cheveux pour effleurer les pointes de sa nouvelle coupe. Ça lui allait vraiment bien. Juste assez court pour que ce soit différent, mais pas au point qu'elle ait l'air d'essayer d'être quelqu'un qu'elle n'était pas. Elle était très consciente de son âge et faisait toujours extrêmement attention à ne pas avoir l'air *trop jeune*, selon ses propres mots.

Moi, je la trouvais sublime et je pensais que les gens devraient s'habiller et se coiffer comme bon leur semblait pour se sentir au mieux dans leur peau.

Et c'était clairement le cas d'Emily, en cet instant.

— Ça te plaît ? ai-je demandé.

— J'adore. Putain, Chelsea, tu es une magicienne. Merci.

— De rien. Je suis contente d'avoir pu donner vie à ta vision.

— Tu y arrives toujours. Elle s'est levée et m'a fait un clin d'œil. « Ricky va beaucoup apprécier. On sort ce soir.

— Super pour vous. Il t'a dit qu'on s'était parlé au téléphone la semaine dernière ?

— Oui. Il a dit que tu avais été là pour Jude alors que personne d'autre ne l'était. Il adore ce gamin.

J'ai souri. «C'est un super gamin. Très adorable.» *Contrairement à son père.*

— Il l'est vraiment. Jude vient au garage presque tous les week-ends avec son père. Ricky lui demande de l'aider. Ça l'occupe pendant que Derek travaille. Je crois que l'horloge biologique de Ricky fait plus de bruit que la mienne.

J'ai ri avec elle et je l'ai conduite à la caisse pour qu'elle paie. «Alors, ça n'a pas encore pris ?»

Emily a secoué la tête. Son sourire en coin indiquait que cela ne la contrariait pas plus que ça. — J'ai adoré élever mes enfants, mais je ne suis pas vraiment pressée d'élever une nouvelle génération.

— Tu penses qu'ils vont te demander de l'aide ?

— Sans aucun doute. Et comme Ricky travaille toujours à plein temps, je sais que c'est moi qui devrai assumer la majorité du travail. J'adore mes enfants et j'adorerai être grand-mère, mais on a encore le temps. Ricky veut être le papy cool, comme il a été le papa cool.

— Et il s'entraîne avec Jude ? ai-je demandé.

Emily a hoché la tête. — Ouais. Mais le gamin n'a personne à part son père, alors Ricky est heureux de prendre le relais.

— Pas de mère ? ai-je demandé.

Emily m'a adressé un sourire narquois, les yeux pétillants

de malice. — Ça fait des années que sa mère n'est plus dans sa vie. Pourquoi ? Le poste t'intéresse ? Derek est un homme très séduisant.

J'ai grogné. — Non. Surtout pas.

Emily a froncé les sourcils. Elle m'a observée attentivement. — Quelle est l'histoire entre vous deux ?

J'ai secoué la tête et arboré un sourire forcé. Derek était quelqu'un qu'elle tenait en haute estime. Peu importait que j'adore Emily, je ne pouvais pas dire du mal de quelqu'un qu'elle appréciait. C'était le patron de son mari. Je n'étais que la femme qui lui coupait les cheveux. — Il n'y a aucune histoire. Je lui ai annoncé le total, en espérant qu'elle passe à autre chose.

Emily a sorti une poignée de billets. Beaucoup trop pour ce qu'elle me devait. — Ricky a dit de te donner le double de pourboire, alors ça, c'est pour toi. Et la prochaine fois, tu vas me dire pourquoi tu n'aimes pas Derek.

— Derek, le voisin ? a demandé Haley en nous rejoignant, le regard passant d'Emily à moi.

— Oh ! a haleté Emily. — C'est vrai. bulldozer ! Comment n'ai-je pas fait le lien avant ? Ricky m'a dit que tu étais leur voisine, mais je n'avais pas fait le rapprochement. Je me sens tellement bête.

— Attends, de quoi tu parles ? ai-je demandé.

— Ça fait des semaines que Derek vient à la boutique avec des histoires sur sa voisine, sur le chien qui détruit la clôture et sur les soirées. Quand Ricky m'a dit que tu étais avec Jude, je n'ai pas réalisé que tu étais cette voisine.

— Les soirées de Chelsea ne sont pas si bruyantes. La première l'était parce que nous étions plusieurs à être venues après l'avoir aidée à emménager. Depuis, elle a peur de faire quoi que ce soit parce qu'il lui laisse des mots sur sa porte, a précisé Haley.

— Non ! Tu plaisantes ? a demandé Emily en riant. Ça,

c'est tout craché Derek. Il n'aime pas vraiment la confrontation. Et il te trouve probablement canon.

J'ai levé les yeux au ciel. — Ça m'étonnerait.

Emily a secoué la tête. — Tu es magnifique, Chelsea. Derek serait un idiot de ne pas te trouver sublime.

— À moins qu'on ne soit à l'école primaire, il s'y prend complètement de travers. Est-ce qu'il va aussi frapper à ma porte pour me tirer les cheveux ? ai-je demandé en grimaçant.

— Maintenant, tu me fais croire qu'il te plaît, a dit Emily.

— Elle ne peut pas le supporter, a répondu Haley à ma place. Elle veut juste profiter de sa maison et apprendre à connaître ses voisins. Elle a organisé une soirée pour le voisinage il y a quelques semaines. Il a laissé un mot sur sa porte le lendemain matin pour dire que c'était trop bruyant.

Emily a ri. — C'est ridicule. Ouah. C'est une toute nouvelle facette de Derek. Rien à voir avec l'homme dont Ricky me parle. Il a l'air très organisé. Je ne le vois pas à une soirée, ou faire quoi que ce soit d'amusant. C'est un super patron et un type vraiment gentil, mais il ne laisse pas beaucoup de place au divertissement.

— Il est rentré pendant la soirée et au lieu de venir, il m'a fusillée du regard et est rentré chez lui, ai-je avoué.

— Tu ne m'avais pas dit ça, a dit Haley.

J'ai haussé les épaules. Je ne voulais pas le lui avouer parce que ça m'avait blessée. Je ne voulais pas que ce soit le cas, mais ça l'était.

— Quel con, a chuchoté Haley. Sa cliente suivante est entrée, alors elle s'est excusée.

— C'est vraiment nul, a approuvé Emily. Je ne me serais jamais attendue à entendre quelqu'un parler de lui comme tu le fais. Je suis désolée que tu ne connaisses pas le même homme que moi.

C'était la même rengaine que j'entendais de la part de tous ceux qui connaissaient Derek.

— Je vais voir ce que Ricky sait. Peut-être qu'il se passe autre chose.

— Non, Emily, tu n'as pas à t'en mêler. C'est bon.

Elle a secoué la tête. — N'y pense même pas. Je vais découvrir pourquoi il ne se montre pas sous son meilleur jour avec toi. Avant Noël, vous deux serez les meilleurs amis du monde.

— Tu n'as pas…

— Considère que c'est fait. On se voit dans quelques mois. Ou avant, en ville. Salut, ma belle. Et merci !

J'ai fait un signe de la main à Emily, grimaçant à l'idée de ce qu'elle s'apprêtait à faire. La dernière chose dont j'avais besoin, c'était une nouvelle raison pour que mon voisin me déteste.

Je n'ai pas eu le temps d'y penser longtemps. Ma dernière cliente de la journée est entrée pour son rendez-vous, et je me suis plongée dans la création d'une nouvelle coiffure qui permettrait à quelqu'un de se sentir merveilleusement bien.

— MERDE, merde, merde, me suis-je murmuré une heure et demie plus tard en nettoyant mon poste de travail.

— Ça va, Chelsea ? m'a demandé Rose. Rose avait six ans de plus que moi et c'était l'une des personnes les plus adorables que j'aie jamais rencontrées. Ses yeux bleus étaient fatigués et la main qu'elle posait sur son dos indiquait qu'elle était épuisée d'être restée debout, mais elle prenait quand même de mes nouvelles en souriant.

J'ai hoché la tête en passant le balai autour de ma chaise.
— Ma dernière cliente a voulu couper plus court une fois que j'avais terminé, et maintenant je suis en retard pour dîner

avec mes parents. Ma mère n'aime pas quand je suis en retard.

— Beurk. Les miens sont pareils, dit Rose. — Mes parents m'ont fait toute une histoire un jour parce que j'avais cinq minutes de retard pour un film. Les bandes-annonces n'avaient même pas commencé. J'étais enceinte de huit mois et il fallait que j'aille encore faire pipi.

J'ai ri avec elle. — La semaine dernière ?

Elle m'a lancé une serviette. — Ce n'est pas drôle. Et ce n'est pas vrai. C'était pendant ma dernière grossesse. Rose devait accoucher de son troisième bébé dans un mois. Elle travaillait à temps partiel pour nous et était déjà au salon avant que je ne commence à travailler chez Teased By Debby. Rose n'avait aucune envie de travailler plus d'heures qu'elle ne le faisait. Elle aimait bien avoir un peu d'argent en plus qui rentrait, mais elle voulait passer la plupart de son temps avec sa famille.

— Je n'ai pas l'excuse de fabriquer un être humain. Quoique si c'était le cas, je suis sûre que tout me serait pardonné.

— Ah oui ? dit Rose en se frottant le ventre rebondi. — Ils veulent être grands-parents ?

Je pouffai. — Je suis fille unique, alors ils ont mis tous leurs œufs dans le même panier. Moi. Je ne sais pas si mon père s'en soucie, mais ma mère a l'air d'avoir envie d'avoir des petits-enfants. Je jetai un œil à mon poste de travail et me dis qu'il était suffisamment propre. J'aurais le temps de ranger le matin avant ma première cliente.

— Tu devrais y aller, dit Rose. — Haley est encore là pour fermer.

— Tu n'as pas les clés ? lui demandai-je. Haley et moi tenions absolument à ce que toutes nos employées aient les clés. Si quelque chose arrivait et que l'une de nous n'était pas là, nous voulions qu'elles sachent toutes qu'elles pouvaient entrer et travailler.

Cela me rappela que Jude s'était retrouvé enfermé dehors. C'était un sentiment horrible, et pourtant évitable.

Rose hocha la tête. — Si, mais elles sont enfouies dans mon sac à main. Il me faudrait peut-être une demi-heure pour les trouver.

Je secouai la tête. — Tu es aussi bordélique que moi.

— C'est le génie créatif, cria Rose alors que je me dirigeais vers la porte. — À demain !

Je lui fis un signe de la main en passant le rideau qui menait à l'arrière-boutique. Haley était à la table, en train de vérifier les reçus de la journée. Nous nous relayions pour suivre les comptes et nous examinions tout ensemble à la fin du mois. Ce n'était pas seulement pour nous contrôler mutuellement, mais aussi pour nous rappeler que nous étions dans le même bateau. Aucune de nous n'était seule.

— Tu pars ? m'a-t-elle demandé.

J'ai hoché la tête. — Je suis déjà en retard. Je devrai nettoyer mon poste de travail demain matin, mais j'ai balayé le sol et mis tous mes outils à tremper pour la nuit.

— On s'en occupe. Vas-y. On dîne ensemble cette semaine ?

— Oui. Ça me va.

— Excellent. Salut, ma belle !

— Salut ! ai-je lancé en agitant la main alors que je sortais précipitamment. J'ai démarré ma voiture juste au moment où mon téléphone a tinté. Un autre tintement a suivi le premier, et j'ai réalisé que je n'avais pas regardé mon téléphone depuis des heures. Juste un coup d'œil.

J'avais un message de Papa froid comme la pierre. Après avoir discuté avec lui presque tous les jours pendant près d'un mois, cela faisait une semaine que je n'avais pas eu de ses nouvelles.

PAPA FROID COMME LA PIERRE

Désolé pour mon silence. La semaine
dernière a été bizarre. Comment vas-tu ?

COUPER LES CHEVEUX, S'EN FICHE

Je vais bien. Je vais dîner chez mes parents
ce soir.

PAPA FROID COMME LA PIERRE

C'est vraiment là que tu vas ou est-ce que tu
essaies de me ménager en ne me disant pas
que tu as un rencart avec quelqu'un d'autre ?

COUPER LES CHEVEUX, S'EN FICHE

Je vais vraiment dîner chez mes parents. Pas
la peine d'être jaloux.

PAPA FROID COMME LA PIERRE

Je suppose que c'est une chose en ma
faveur, ces derniers temps.

COUPER LES CHEVEUX, S'EN FICHE

Qu'est-ce qui se passe de si terrible ?

PAPA FROID COMME LA PIERRE

J'ai eu un problème avec mon fils. On a fini
par se disputer.

COUPER LES CHEVEUX, S'EN FICHE

Je suis désolée d'apprendre ça. Ça ne doit
pas être facile d'être un père célibataire.

PAPA FROID COMME LA PIERRE

Non, ça ne l'est pas. Mais je ne changerais
ça pour rien au monde. J'adore être père.

COUPER LES CHEVEUX, S'EN FICHE

C'est bien. Ce n'est pas le cas de tout le
monde.

PAPA FROID COMME LA PIERRE

On dirait que tu parles d'expérience. Tu as
des enfants ?

COUPER LES CHEVEUX, S'EN FICHE

Non. Mais j'ai toujours voulu en avoir.
Peut-être un jour.

PAPA FROID COMME LA PIERRE

Je ne voulais pas te plomber le moral. C'est
vraiment ce que je fais ces derniers temps.
Déverser ma mauvaise humeur et gâcher
celle de tout le monde.

COUPER LES CHEVEUX, S'EN FICHE

Tu n'as rien gâché, promis. Mais je dois y
aller, il faut que j'aille dîner. Je suis déjà en
retard.

PAPA FROID COMME LA PIERRE

Désolé de t'avoir mise encore plus en retard.
Je suis content de ne pas avoir à être jaloux
ce soir. Même si je suis certain que j'aurai
bientôt plein de raisons de l'être. Une femme
comme toi ne reste pas célibataire
longtemps.

COUPER LES CHEVEUX, S'EN FICHE

Alors peut-être que tu devrais y faire quelque
chose.

Trois petits points ont dansé sur l'écran, puis ont disparu. J'ai inspiré un grand coup. J'étais allée trop loin. Mais au moins, j'étais fixée. Je ne l'intéressais pas tant que ça. Flirter ? Bien sûr. Mais passer à l'acte ? Son silence voulait tout dire.

J'ai coupé le son et rangé mon téléphone. De toute façon, je n'aimais pas l'utiliser quand j'étais avec mes parents. Quelques minutes plus tard, je me suis garée dans l'allée, derrière la place de Maman dans le garage, et je me suis dépêchée vers la porte. J'avais quinze minutes de retard. J'étais toujours en retard, mais rarement de quinze minutes.

Je suis entrée en trombe dans la maison de mon enfance, en faisant du bruit pour qu'ils sachent que j'étais là.

— Chelsea ? C'est toi ? lança maman.

— Oui, maman. J'ai été retenue au travail. Désolée d'être en retard. C'était plus ou moins vrai.

— Le travail, c'est important, dit papa, sa voix se joignant à celle de maman alors que je traversais la maison en direction de la cuisine. Il se tenait près de l'îlot et attendait mon arrivée. — Les clients devraient aussi respecter ton temps. S'ils ne le font pas, tu devrais leur dire que ce n'est pas acceptable.

— Je le ferai, papa, ai-je menti. Il était hors de question que je dise à un client que mon temps était plus important que le sien. Pas alors que je travaillais pour les pourboires et que j'étais la propriétaire du salon.

— Les gens n'ont plus aucun respect les uns pour les autres. Papa avait passé toute sa carrière à distribuer le courrier, sans interagir avec les gens. Si quelqu'un se plaignait ou avait un problème, il n'avait jamais à y faire face. Et les gens n'avaient que peu d'autres options.

— Comment ça se passe avec le salon ? Tu as déjà embauché une nouvelle coiffeuse ? demanda maman.

J'ai hoché la tête et j'ai pris une assiette. Maman avait tout disposé en buffet dans la cuisine, et la table de la salle à manger était mise pour que nous y mangions. Même si j'étais en retard, je ne voulais pas retarder le repas davantage. — Oui. Elle commence la semaine prochaine. Alexis a trois enfants. Son plus jeune vient d'entrer en maternelle et elle cherche quelque chose à temps partiel.

Maman secoua la tête. — On dirait que ça va être un problème pour qu'elle vienne tous les jours. Si l'école est fermée ou si un enfant est malade, elle ne sera pas fiable. Tu devrais peut-être penser à quelqu'un d'autre.

— C'était la meilleure candidate. Haley et moi étions d'accord pour dire qu'elle est douée et qu'on s'entend bien avec elle. En plus, elle loue le fauteuil, donc ce sera son problème si elle ne vient pas.

— Mais ça te retombera dessus si elle n'est pas fiable.

— Je pense que ça ira. J'espérais que cela mettrait fin à la conversation.

J'ai porté mon assiette dans la salle à manger et je me suis assise. Ils ne tardèrent pas à me rejoindre. J'adorais mes parents, mais je les aimais encore plus quand ils n'essayaient pas de me dire comment tout faire.

C'était un combat de tous les jours pour moi.

— Comment va Dozer ? a demandé maman.

J'ai souri. J'adorais mon chien, et j'étais si heureuse que mes parents me l'aient offert. — Il va bien. Vous devriez venir le voir un de ces jours.

— Il le faut. Le Dr Harris a dit que tout allait bien, n'est-ce pas ?

J'ai hoché la tête. — Il est en parfaite santé.

— On a bien choisi ce chien, a dit maman.

— Ouais, il me faut juste une nouvelle chatière. Il ne veut plus l'utiliser depuis qu'il est resté coincé.

— Tu vas mourir de froid quand tu feras remplacer cette porte. Tu aurais dû le faire dès que tu as emménagé, a dit papa.

— Je n'avais pas prévu de prendre un chien, et je l'adore, mais je ne savais pas non plus qu'il serait trop grand pour la chatière. Même vous, vous avez dit que vous pensiez que ça irait quand vous l'avez eu.

— C'est ce qu'on pensait. Je ne comprends toujours pas comment il a fait pour se coincer là-dedans. Tu as de la chance qu'il n'ait pas arraché la porte de ses gonds, a dit papa.

— C'est vrai.

— Peut-être qu'il y a une porte en stock que tu peux simplement échanger. Tu as demandé à Knox ? a demandé papa.

J'ai secoué la tête. — Non. Il faut que je le fasse, mais j'ai dépensé beaucoup d'argent pour acheter la maison et tout ce dont j'avais besoin, sans parler de la reprise du salon. Je ne sais pas si j'ai l'argent pour une nouvelle porte.

— Ce n'est peut-être pas aussi cher que tu le penses. Et… Papa et maman se sont échangé un regard avant que papa ne continue, — on pourrait peut-être t'aider. Puisque c'est nous qui t'avons offert Dozer.

— Non, jamais je ne vous demanderais ça.

— On sait bien, mais tu ne te soucierais pas du tout de la porte si on ne t'avait pas offert Dozer, a dit maman.

— Je l'adore. Je suis ravie que vous me l'ayez offert.

— Tant mieux. Mais on s'en veut quand même de t'avoir imposé une dépense que tu n'avais pas prévue. On savait que tu as toujours voulu un chien, et on s'est dit qu'il te préparerait peut-être à avoir des petits-enfants un jour. Quand tu seras prête, bien sûr. Mais d'ici là, on veut s'assurer que notre petit-chien-fils a tout ce dont il a besoin, a dit maman avec un sourire qui se voulait innocent, comme si elle ne venait pas de glisser une allusion à propos des enfants.

Loin de là.

— Sérieusement, maman ?

— Quoi ? a-t-elle demandé en feignant une innocence qui ne m'a pas dupée une seule seconde.

J'ai ri en secouant la tête. — Voyons combien coûte une porte et on avisera à partir de là, leur ai-je dit.

— C'est tout ce qu'on demande, a dit papa.

— Pour l'instant, a ajouté maman.

Oh, mon Dieu. Ou ma déesse, qui sait. Au moins, je savais qu'ils ne seraient pas fâchés si je tombais enceinte par accident. Bien sûr, il aurait fallu que j'aie des relations sexuelles pour ça, mais ce n'était qu'un détail.

7

Mes parents ont laissé tomber le sujet des bébés pour le reste du dîner et nous avons profité de notre soirée. Je savais la chance que j'avais de si bien m'entendre avec mes parents. Ils soutenaient mes choix et ils étaient toujours là pour m'aider quand j'en avais besoin.

Non pas que je veuille qu'ils fassent les choses à ma place. Je m'efforçais de devenir une adulte totalement indépendante. Je n'y arrivais pas toujours, mais j'essayais. Et payer pour ma maison était important pour moi. Mes parents approchaient de la retraite, et ils devaient économiser pour leurs dépenses. Ce n'est pas parce qu'ils étaient en bonne santé maintenant que cela durerait toujours.

Mais s'ils insistaient autant pour cette porte, ce n'était qu'une question de temps avant que mon père en achète une et l'installe sans ma permission.

J'étais en congé le lendemain et je suis allée chez Al's Hardware pour parler à Knox. Je n'étais pas une habituée de la quincaillerie, mais Knox était devenu un ami depuis qu'il sortait avec Haley. C'était un type bien, et il m'avait proposé de m'aider chaque fois que j'aurais besoin de quelque chose pour la maison. Sofia était la responsable de la maintenance de l'immeuble où elle et Haley vivaient et elle m'avait aussi offert son aide, mais je n'avais jamais accepté leurs propositions. Être une adulte et tout ce qui va avec.

Le magasin était bondé quand je suis arrivée, avec des clients qui faisaient la queue à la caisse, et trois hommes assis au comptoir qui discutaient entre eux et avec quiconque passait par là et engageait la conversation. J'ai contourné toute cette agitation et j'ai essayé de me faire invisible pendant que je cherchais dans le magasin des portes d'extérieur avec une chatière intégrée.

Après avoir erré pendant dix minutes sans trouver ce que je voulais, j'étais sur le point d'abandonner et de rentrer chez moi. La frustration commençait à monter. Je n'aimais pas me sentir si déplacée et… bête. Je ne connaissais rien au bricolage, et le fait de déambuler dans un magasin entièrement consacré à la construction et aux travaux manuels me donnait les larmes aux yeux de frustration.

— Salut, Chelsea, a dit Knox en arrivant au bout du rayon juste au moment où j'essuyais les larmes qui perlaient à mes cils. — Waouh. Ça va ?

J'ai ri en secouant la tête. — Je suis juste frustrée et c'est ridicule.

— Je peux t'aider avec quelque chose ? Tu veux que j'appelle Haley ?

J'ai souri, j'ai reniflé et je me suis redressée. Je refusais de m'effondrer en public, et certainement pas devant un type qui ne saurait pas comment gérer ma crise. — Ça va aller, Knox. Je te promets. C'est juste que je n'aime pas ne pas savoir ce que je fais.

— On ne sait jamais ce qu'on fait tout le temps, Chelsea. Tu m'imagines en train de te couper les cheveux ? Knox a soulevé une de mes mèches et a fait semblant de la couper avec ses doigts.

J'ai ri, comme je suis sûre qu'il l'espérait, et je me suis sentie mieux. — Tu as raison. D'accord. Merci.

Il a souri, ses yeux se plissant aux coins. — De rien. Bon, qu'est-ce qui t'amène ? Parce que je sais que ce n'est pas pour écouter ces vieux schnocks au comptoir radoter sur le bon vieux temps.

— On a tout entendu ! ont crié les vieux à l'avant du magasin.

— Qu'est-ce qu'il a dit ? a demandé l'un d'eux.

— Monte le son de ton sonotone, Tony, a dit un autre. — Il se moque de nous.

Knox m'a fait un clin d'œil et a ri. — Ignore-les.

J'ai gloussé, me sentant plus à l'aise dans le magasin que quelques minutes auparavant. — Il me faut une nouvelle porte. Pour l'arrière. Une par laquelle Dozer puisse passer.

— Tu cherches une porte entièrement neuve ou juste une nouvelle chatière ?

J'ai soupiré. — Je crois qu'il me faut une nouvelle porte. Il s'est retrouvé coincé et a presque arraché les gonds de ma porte actuelle.

— Il est costaud, ce chien.

J'ai reniflé. — Ouais. Et c'est une mauviette, alors il a paniqué quand il s'est retrouvé coincé et il s'est débattu comme si ça allait l'aider. Heureusement, il ne s'est pas blessé.

— Ç'aurait été bien pire, c'est sûr. Knox a commencé à descendre l'allée d'où il venait, vers l'arrière du magasin. — Je n'ai pas de portes avec chatière intégrée, mais on a des portes et on a des chatières, donc on peut faire tout ce que tu veux.

Je l'ai suivi en hochant la tête. — C'est bien ce que je me disais.

Il a tourné au coin, puis a parcouru quelques allées et a tourné de nouveau. Il s'est arrêté devant un présentoir de portes que je n'avais pas encore atteint. — Voilà celles que j'ai en stock. J'ai aussi un catalogue sur lequel je peux commander, s'il n'y a rien qui te plaît ici. Tu sais ce que tu cherches ?

J'ai feuilleté le catalogue de portes et secoué la tête. — Pas vraiment. La maison est marron avec des boiseries blanches, donc quelque chose qui ne jure pas avec ça. Évidemment, une porte entièrement vitrée, ça ne marchera pas.

— Tu pourrais mettre une vitre sur la partie supérieure, par contre. Ça laisse entrer un peu de lumière, et tu peux surveiller Dozer sans avoir besoin de sortir ou de laisser la porte ouverte. Mais tout le monde n'aime pas le verre.

J'ai hoché la tête. Je n'avais pas pensé à cette option, mais comme la porte de derrière donnait sur la cuisine, ce serait bien d'y avoir plus de lumière et de pouvoir garder un œil sur Dozer. — Je crois que ça me plaît. Mais la priorité numéro un, c'est que ce soit assez grand pour Dozer. Si je dois renoncer à la vitre, ça me va. Le prix sera un facteur déterminant pour moi.

— On peut trouver quelque chose dans ton budget, quel qu'il soit. Regardons les options et établissons un plan. Tu as quelqu'un pour installer la porte ?

— Mon père menace de le faire, mais je ne veux pas qu'ils y consacrent leur temps ou leur argent.

— C'est vraiment gentil de sa part, cela dit.

— Oui, c'est vrai. Knox n'avait pas tort. Même si je ne voulais pas que mes parents dépensent leur argent pour ma maison, c'était vraiment génial qu'ils veuillent m'aider.

J'ai passé l'heure suivante avec Knox, à passer en revue toutes les options et à choisir une porte que je pouvais facilement me permettre. C'était plus abordable que ce à quoi je m'attendais, et j'ai regretté de ne pas y être allée plus tôt.

Dozer allait être un chien heureux. Et j'allais de nouveau pouvoir faire la grasse matinée.

Knox m'a proposé d'installer la chatière dans la porte arrière pour moi avant de la livrer. Il a dit que ce serait plus facile de le faire à l'avance, et qu'il passerait d'abord chez moi pour prendre les mesures, puis qu'il lancerait tout le projet.

J'avais un sentiment d'accomplissement. Même si je ne faisais rien moi-même, j'avais pris des décisions et j'allais me faciliter la vie.

Quand je suis rentrée à la maison, j'ai emmené Dozer en promenade, puis je me suis installée sur mon canapé pour me détendre, payer mes factures et parler à Dozer de sa nouvelle porte. Je savais qu'il ne me comprenait pas, mais je voulais croire qu'il y avait une petite partie qu'il saisirait.

Après le déjeuner, nous nous sommes assoupis ensemble, puis Dozer m'a réveillée pour sortir. Nous sommes allés dans le jardin et Dozer courait partout et poursuivait sa balle quand Jude a jeté un coup d'œil par-dessus la clôture.

— Salut, Dozer ! a crié Jude.

Dozer a couru vers la clôture, s'arrêtant juste devant pour aboyer après Jude.

— Est-ce que je peux venir jouer avec lui, madame Chelsea ? a demandé Jude.

— Tant que votre père est d'accord, lui ai-je dit. Voulez-vous aller lui demander ?

Jude a haussé les épaules, gardant son regard fixé sur Dozer plutôt que sur moi. — Il n'est pas là.

— Vous êtes seul à la maison ?

— Non. Madame Walsh est là. Mais papa ne veut pas que j'aille dans le jardin de quelqu'un d'autre.

J'ai failli lui demander pourquoi, mais je savais que ce n'était pas une question juste à poser. Derek n'avait pas besoin d'avoir une raison pour empêcher son fils de venir dans mon jardin pour jouer avec mon chien. Il était le père de Jude, et cela signifiait qu'il avait le dernier mot sur tout ce qui concernait Jude. Un point c'est tout.

— Et si nous allions dans le jardin de devant ? Vous pensez que ce serait d'accord ?

— Vous pouvez ? a demandé Jude, ses yeux s'illuminant et son visage se transformant avec le sourire qui éclairait tout son visage.

— Bien sûr. Je dois juste prendre sa laisse. Ce n'est pas prudent s'il court partout en liberté. Mais nous allons passer par la maison et vous retrouver devant. Pourquoi n'allez-vous pas dire à madame Walsh où vous allez ?

— D'accord. À dans une minute, Dozer !

Jude est parti en courant, se hâtant vers sa maison et appelant madame Walsh avant même d'être rentré.

Dozer m'a regardée et a aboyé.

— On y va, lui ai-je dit en lui ouvrant la porte pour qu'il entre.

Dozer est entré en courant et est allé à la porte d'entrée, comme s'il comprenait vraiment ce qui se passait. Je l'ai suivi, j'ai attaché sa laisse, puis j'ai ouvert la porte d'entrée.

Dozer s'est précipité dehors, me tirant vers le côté de la maison, où Jude nous attendait. Dozer a dérapé pour s'arrêter juste devant Jude, léchant le bras du garçon avant que celui-ci ne tombe à genoux et n'enlace le cou de Dozer de ses bras.

— Salut, mon pote, murmura Jude contre le collier de Dozer. Comment ça va ?

Dozer aboya doucement, en guise de réponse.

Jude eut un petit rire et se redressa. Il leva les yeux vers moi. — Puis-je tenir sa laisse ?

Je hochai la tête et la lui tendis. — Absolument. Il est assez sage, mais s'il s'emballe, lâchez-la. Je ne veux pas que vous vous fassiez mal.

— Je ne veux pas qu'il se blesse non plus.

— Il est presque indestructible. Je ne suis pas sûre que quoi que ce soit puisse le blesser.

Jude rit. — Viens, Dozer. Allons jouer dans le jardin de devant.

Dozer leva les yeux vers moi. Je fis un signe de tête, les suivant tandis que nous allions dans le jardin. Il n'y avait pas autant d'espace que derrière, mais c'était ouvert et cela signifiait qu'ils pouvaient jouer tous les deux.

Je souris en les regardant jouer. Jude faisait attention à garder la laisse en main tout en sautant avec Dozer. Une minute plus tard, la porte de la maison de Derek se referma.

Je me tournai pour voir Mme Walsh marcher vers moi. Elle portait un gros pull avec une veste par-dessus. Elle sourit en voyant Jude et Dozer jouer, puis s'approcha de moi. — J'aurais dû me douter que c'était pour ça que Jude voulait jouer devant. Cela m'inquiétait un peu, mais si j'avais su qu'il venait vous voir, je n'aurais pas hésité une seconde.

— C'est très gentil de votre part. Je lui ai demandé s'il voulait venir dans le jardin de derrière, mais il a dit que son père ne voulait pas qu'il aille dans les jardins des gens. Je me suis dit que c'était plus simple ainsi.

— Vous êtes une bonne personne, Mlle Chelsea. Derek ferait bien d'y prêter attention.

— J'essaie d'être une bonne voisine.

— Je sais bien. Allez-vous à la fête chez les Davidson ce week-end ?

— Oui. Ça devrait être amusant. Je suis contente que vous m'ayez convaincue de venir à la fête ici il y a quelques semaines. C'était super de rencontrer autant de voisins. Quand Dozer et moi nous promenons, ça prend deux fois plus de temps maintenant, mais c'est tellement plus agréable de s'arrêter pour discuter avec les gens.

— C'est comme ça que devrait être un quartier, a dit Mme Walsh.

— Je suis entièrement d'accord. C'est ce que j'espérais en achetant cette maison.

— Vous êtes un excellent ajout pour le quartier.

Nous nous sommes tues un instant, en regardant Dozer et Jude.

— Alors, mademoiselle Chelsea, y a-t-il quelqu'un de spécial dans votre vie ?

J'ai ri. — Juste mon chien fou.

— Vous n'avez pas rencontré la bonne personne, ou ça ne vous intéresse pas ?

— Si, ça m'intéresse. J'ai toujours voulu me marier et avoir des enfants. C'est juste que je n'ai pas encore trouvé quelqu'un qui me corresponde.

— Les Davidson ont un fils, vous savez. Il a à peu près votre âge. Célibataire, et il cherche quelqu'un. Je pourrais peut-être vous le présenter à la fête, ce week-end.

Mon premier réflexe a été de dire non, mais qu'avais-je à perdre ? Je voulais rencontrer quelqu'un. Si c'était ma voisine qui nous présentait, où était le mal ? — Bien sûr. Je pense que c'est une excellente idée.

— Parfait. Je pense qu'il pourrait vous plaire. Andre est un homme très gentil.

J'ai souri. — Merci, Mme Walsh. J'ai hâte de le rencontrer. Il est du coin ?

— Il vit toujours chez ses parents.

Mon estomac s'est noué. — Quel âge a-t-il ?

— Je crois qu'il a une trentaine d'années. M. Davidson a eu un AVC il y a quelques années, et Andre est revenu vivre à la maison pour l'aider.

— Je ne le savais pas. Il avait l'air en bonne santé quand il est venu à la fête.

— Il s'est bien remis. Les premiers mois ont été difficiles, mais il s'est presque complètement rétabli.

— Mais Andre vit toujours là-bas ?

— De petits imprévus sont survenus chaque fois qu'Andre était prêt à déménager. Je pense qu'ils font tout leur possible pour le garder à la maison.

J'ai ri. — Mes parents auraient fait la même chose si j'avais vécu avec eux.

Mme Walsh a ri, son rire se transformant en une quinte de toux. — Oh, j'espère que je ne suis pas en train d'attraper un rhume d'automne. Mais oui, j'aurais fait la même chose avec mes enfants. C'est difficile de les laisser partir et d'accepter qu'ils aient leur propre vie et qu'ils puissent prendre soin d'eux-mêmes.

— Vous allez bien ?

Elle a fait un geste de la main. —Je vais bien. C'est juste un chatouillement dans la gorge, je pense. Le froid me pèse parfois, mais je ne pourrais pas m'imaginer vivre ailleurs. Cette ville est vraiment trop spéciale.

— Je suis d'accord, ai-je dit en regardant Dozer et Jude. Un couple est passé et nous a fait un signe de la main. Des enfants jouaient dans la rue à quelques maisons de là, et leurs rires parvenaient jusqu'à nous. C'était paisible et parfait.

J'ai pris deux chaises dans mon jardin et je les ai traînées dans l'allée pour que Mme Walsh et moi puissions nous asseoir et regarder Dozer et Jude. Elle s'est enroulée dans une couverture et m'a parlé de sa famille et de sa vie à L'anse MacKellar quand elle était jeune.

Quand le camion de Derek s'est engagé dans l'allée, il a semblé tout sauf ravi de nous voir assises là.

— Bonjour, Derek, a dit Mme Walsh.

— Bonjour, Mme Walsh. Il a mis ses clés dans sa poche et s'est approché de nous. — Comment allez-vous aujourd'hui ?

— Bien. Nous passons un après-midi amusant. Jude voulait jouer avec Dozer, mais il savait que vous n'approuveriez pas qu'il aille dans le jardin de Mlle Chelsea, alors nous sommes ici.

Derek m'a accordé un regard. Bref.

Je ne l'avais pas vu depuis une semaine, depuis le jour où il était venu chez moi quand Jude avait été laissé sur le porche. Le jour où j'avais réalisé que j'étais attirée par mon con de voisin.

Et le pire dans tout ça, c'est que j'attendais désespérément quelque chose de sa part. Un sourire. Une marque de reconnaissance. Quelque chose qui dirait que je n'étais pas la seule à avoir été touchée ce jour-là.

Non. Je n'allais pas m'aventurer sur ce terrain. Je ne voulais pas y aller. Je voulais un homme qui ne me fasse pas tout remettre en question.

Même si, en y réfléchissant, je n'avais reçu aucun mot de Derek depuis que Jude était resté avec moi l'après-midi. Pas un seul mot. Était-ce mieux ou pire ?

— Chelsea, a finalement dit Derek.

La façon dont mon nom, rauque, s'est échappé de sa bouche et a vibré le long de ma colonne vertébrale a suffi à me faire souhaiter des piles de rechange pour mon vibromasseur. Mon Dieu, cet homme avait un sacré effet, quand il le voulait.

Et j'étais dans de beaux draps.

— Derek, ai-je dit. Je n'allais pas lui donner plus que ce qu'il m'avait donné.

— Papa, regarde ! J'ai appris un tour à Dozer.

Les trois adultes se sont tournés pour regarder Dozer et Jude.

Jude nous a de nouveau regardés, s'assurant qu'il avait l'attention de tout le monde, puis s'est redressé devant Dozer.

— D'accord, Dozer, assis.

Son derrière s'est immédiatement affaissé. Pas une surprise, puisque c'était la première chose que je lui avais apprise.

— Couché.

Dozer s'est allongé sur le sol, la tête sur ses pattes avant.

— Et maintenant, secoue-toi ! a crié Jude.

Dozer s'est relevé d'un bond et a remué tout son corps comme s'il se séchait après un bain.

Jude a gloussé de joie et s'est secoué avec Dozer, tous deux tournoyant et s'agitant.

Mme Walsh, Derek et moi avons ri en regardant les garçons.

Le grondement profond du rire de Derek m'a envoyé une autre décharge. Ce n'était pas juste. Pas du tout. Cet homme n'était pas censé être une tentation. Il était censé être mon ennemi. C'est lui qui avait fait de lui mon ennemi.

— Je ne crois pas que ce soit comme ça qu'on donne la patte, a dit Derek. Mais c'est plutôt cool que tu lui aies appris ça.

— C'est un bon chien. Je peux rester dehors encore un peu ?

J'ai bien vu que Derek s'apprêtait à dire non. Je l'ai regardé, sans me dérober à son regard, et j'ai été surprise quand il a ouvert la bouche.

— Bien sûr. Si Mademoiselle Chelsea est d'accord.

Jude a tourné son regard vers moi et a joint les mains. — S'il vous plaît, Mademoiselle Chelsea ?

— Bien sûr, ai-je dit. — Dozer s'amuse beaucoup.

— Merci, merci, merci ! a crié Jude en tournant autour de Dozer, qui a aboyé joyeusement et sauté avec lui. — Je devrais rentrer chez moi, a dit Mme Walsh. — Derek, pourquoi ne prenez-vous pas ma place ?

— Je vais vous raccompagner de l'autre côté de la rue, lui a dit Derek en lui offrant son bras une fois qu'elle s'est levée. — Jude, écoute Mademoiselle Chelsea et reste ici.

— D'accord, papa ! a dit Jude.

J'ai regardé Derek et Mme Walsh traverser jusqu'à sa maison. Il l'a raccompagnée jusqu'à sa porte et a ri à quelque chose qu'elle a dit avant qu'elle ne rentre. Il a secoué la tête en souriant tandis qu'elle refermait la porte.

Il a retraversé la rue en courant, mais au lieu de s'asseoir dans le fauteuil que Mme Walsh avait occupé toute la journée, il a pris quelque chose dans sa camionnette. — Ça vous dérange si je rentre pour ranger ces affaires ?

J'ai secoué la tête. — Pas du tout. Je vais les surveiller.

— Merci.

Je n'ai absolument pas regardé Derek s'éloigner. Et je n'ai absolument pas souhaité qu'il s'assoie sur le fauteuil à côté de moi et entame la conversation. Nous n'avions pas besoin d'être amis. Nous n'étions que des voisins.

8

DEREK

Putain, j'étais dans la merde. Garder mes distances était la meilleure solution, mais ma voisine était assise dans son allée, à regarder mon fils jouer avec son chien. Je n'avais pas d'autre choix que de m'asseoir près d'elle et de discuter.

Discuter.

Avec une femme sur laquelle je m'étais branlé un nombre incalculable de fois. Putain.

J'ai profité de l'occasion pour rentrer poser mon sac, mais je ne pouvais pas traîner. Sinon, il aurait été flagrant que j'essayais de lui échapper. Je mourais d'envie de prendre une douche, mais cela aurait engendré bien trop de pensées. Et la tentation de l'inviter à dîner aurait été trop forte. Et à plus encore.

Non. Hors de question. Absolument pas.

J'ai descendu un verre d'eau d'un trait et l'ai reposé trop brutalement sur le comptoir. J'ai soufflé un grand coup et secoué la tête. Ce n'était qu'une femme. Une femme avec un chien qui me rendait fou et un sourire qui me torturait.

— Gah ! ai-je crié. Elle n'était pas une option. Je ne voulais pas qu'elle en soit une. Elle était irrespectueuse et frustrante. À cause d'elle, mon quartier était trop bruyant et animé. Jude en payait le prix en se couchant souvent plus tard que d'habitude. Je n'allais pas passer là-dessus pour apprendre à la connaître.

Je suis ressorti, souriant en voyant Jude et ses singeries avec le chien. La laisse était enroulée autour de son poing, retenant fermement l'animal. Je me suis approché de la chaise que Mme Walsh avait libérée, en essayant de garder à l'esprit le discours que je venais de me tenir.

Chelsea s'est agitée sur son siège quand elle m'a vu approcher, se redressant et s'éloignant de la chaise vide. Elle a effacé son sourire pour m'en adresser un, poli mais distant, qui m'a donné envie de la bousculer.

C'était elle, l'indésirable, pas moi. Elle n'avait pas à me traiter comme si j'étais le problème.

— Il est plus sage que d'habitude, ai-je dit, sachant qu'une pique sur son chien l'énerverait.

Le petit hoquet a eu l'effet contraire de ce que j'espérais. Bien sûr, elle était furieuse, mais ce petit son a envoyé une décharge de désir dans ma queue qui m'a fait me demander si elle ferait le même bruit quand je la remplirais.

— Il est très doux avec Jude, a-t-elle dit, ne mordant pas à l'hameçon aussi bien que ma bite se réveillait.

— Les chiens sentent bien les gens.

— Ouais, c'est vrai, grogna-t-elle.

— Tu es en train de dire que ce n'est pas mon cas ?

— Tu es un chien ? demanda-t-elle.

J'ai froncé les sourcils. — Je suppose que la plupart des femmes célibataires diraient que tous les hommes en sont.

— Tu ne sais rien de moi. Alors ne fais pas semblant.

— C'est faux. Je sais que tu laisses ton chien courir en

liberté dans ton jardin. Je sais que tu te fiches d'être prévenante avec tes voisins. Je sais que tu as pris un quartier calme et familial et que tu l'as transformé en autre chose. Quelque chose qui me déplaît.

— Alors peut-être que tu devrais envisager de déménager, parce que je ne vais nulle part. Elle s'est levée, enlevant de son corps la couverture que Mme Walsh utilisait. Elle portait un pantalon de yoga qui épousait chacune de ses courbes voluptueuses.

J'ai failli m'étouffer avec ma salive. Elle était à croquer. Mes doigts me démangeaient de la toucher. De caresser ces courbes et de découvrir si elles étaient aussi douces qu'elles en avaient l'air.

— Levez-vous, s'il vous plaît, dit-elle, sa voix froide comme la glace et dirigée vers moi.

Je l'ai regardée, prenant mon temps pour admirer sa silhouette plantureuse. J'adorais une femme qui avait l'air de pouvoir me tenir tête. Qui n'était pas si maigre qu'elle disparaissait si elle se tournait de profil. Chelsea, on pouvait la voir à des kilomètres avec ses cuisses épaisses et sa poitrine généreuse. Ses longs cheveux flottaient autour de ses épaules. Son visage s'est tordu en un rictus méprisant.

— Pardon ? ai-je demandé, ayant manqué les dernières secondes à force de la fixer.

— S'il vous plaît. Levez. Vous. Je rentre Dozer pour ne plus avoir à rester assise ici à vous écouter, siffla-t-elle.

Je me suis levé, ses mots n'arrivant à mon cerveau que quelques secondes trop tard. Elle a attrapé la chaise sur laquelle j'étais assis, l'a empilée avec l'autre et s'en est allée avec avant que je puisse protester.

Quand elle est revenue, elle a appelé son chien. — On rentre, Dozer. Désolée, Jude. Il a besoin de dîner. J'imagine que vous aussi.

— Encore quelques minutes. S'il te plaît ? supplia Jude.

Jude savait bien qu'il ne fallait pas contredire un adulte, mais avant que je puisse le réprimander pour son comportement, Chelsea prit la parole.

— Et si vous rejouiez ensemble jeudi ? Je ne travaille que le matin, donc je serai rentrée quand tu descendras du bus. Je pourrai repasser voir Mme Walsh.

— Vraiment ? C'est trop génial. Merci, Mme Chelsea ! Vous êtes la meilleure. Jude se précipita vers elle et passa ses bras autour de sa taille. Sa tête reposa contre les coussins moelleux de sa poitrine pendant une demi-seconde, juste assez longtemps pour la serrer fort dans ses bras avant de la lâcher.

Elle le serra dans ses bras en retour, fermant les yeux juste assez longtemps pour cacher son émotion, mais pas assez pour que ça m'échappe. — Dozer adore passer du temps avec toi. Il ne se dépense pas autant avec moi.

Cette pique subtile à propos de son poids m'a mis en colère. Jude ne l'avait sans doute pas remarquée, mais moi, je l'ai entendue.

— Je jouerai avec lui n'importe quand. Merci, Mme Chelsea. À jeudi, Dozer ! s'écria Jude alors que Chelsea tirait son chien vers sa maison.

— Papa, il était pas génial ? demanda Jude, arrachant mon attention de la silhouette de Chelsea qui s'éloignait pour la reporter sur mon fils. La seule personne qui comptait.

— Ouais, il était super. Je suis content que tu t'amuses.

— Tellement. J'ai fini mes devoirs, alors Mme Walsh a dit que je pouvais jouer dehors aussi longtemps que je voulais. Quand j'ai vu Dozer, j'ai su que ça valait le coup de faire mes devoirs en avance. Mince, ce serait tellement génial si on avait un chien.

Jude entra le premier, parlant avec animation de Dozer et de tout ce qu'ils avaient fait. Ils passaient plus de temps ensemble que je ne le pensais, mais il était heureux et sage, même s'il faisait un peu froid pour rester dehors si longtemps.

— Je vais prendre une douche, puis je prépare le dîner. D'accord ?

— Okay. Je vais regarder la télé.

— Ça marche. Je t'aime, Jude.

— Moi aussi, je t'aime.

Ces mots-là voulaient tout dire.

Je me suis précipité à l'étage et j'ai sauté sous la douche, réglant l'eau aussi chaude que possible pour chasser le froid que j'avais attrapé dehors. L'atelier se refroidissait la nuit, et cette fraîcheur persistait le matin. L'automne était arrivé.

Je me suis savonné et je me suis forcé à chasser Chelsea de mes pensées. Peu importait que je l'aie contrariée. Ou qu'elle ne se trouvât pas magnifique. Ce n'était pas ma femme, ni ma petite amie, ni personne à qui je tenais. C'était juste ma voisine. Et elle et son chien destructeur avaient tout intérêt à rester de leur côté de la clôture branlante.

Le lendemain après-midi, c'était plus calme ; Jude et Mme Walsh étaient à l'intérieur quand je suis rentré. La voiture de Chelsea n'était pas là, ce qui m'a indiqué qu'elle était au travail, avant que je ne me souvienne qu'elle avait proposé que Jude et Dozer jouent à nouveau ensemble le jeudi. J'ai redouté ce moment jusqu'à ce que je me gare dans mon allée le jeudi après-midi et que je trouve Mme Walsh et Chelsea assises dehors avec Jude et Dozer. Si tous les jours devaient se passer comme ça, j'allais devenir fou.

Le vendredi, Jude et Mme Walsh étaient de retour à l'intérieur. Dieu merci. Mais Mme Walsh avait plus d'un tour dans son sac.

— Il y a une petite fête chez les Davidson demain soir.

Jude et toi devriez venir, dit-elle, alors que Jude était juste à côté. Bien sûr, il a entendu la conversation.

— Je dois travailler demain, dis-je avant que Jude ne puisse me supplier de l'emmener.

— Beaucoup de familles du coin y seront. Peut-être que Jude pourrait venir avec Chelsea et moi. Nous comptions y aller ensemble.

— Non, ai-je dit avant qu'elle ait fini sa phrase.

Les sourcils gris de Mme Walsh se haussèrent. Et elle attendit ma réaction.

— Je n'aime pas à quel point nous nous reposons sur vous. Ce n'est pas juste pour vous.

— C'est Chelsea qui a proposé. Pas devant Jude, bien sûr. Elle est plus délicate que ça. J'ai oublié ce genre de choses avec l'âge.

Je reniflai. Il n'y avait rien d'oublié dans cette conversation. Elle était pleine d'intentions cachées. Et nous le savions tous les deux. — J'en suis sûr.

— Jude m'a dit qu'il n'avait pas souvent l'occasion de voir ses camarades de classe le week-end à cause de ton travail. Je me suis dit que ce serait bien pour lui d'avoir une journée de libre pour s'amuser un peu.

— Ça va vous faire une très longue journée à passer avec lui.

— C'est vrai, mais on a un programme. On va promener Dozer pour Chelsea, car elle travaille. Et on va aller déjeuner au restaurant. On pourrait même essayer d'aller voir un film. Jude a dit qu'il était ami avec l'aîné de Sebastian et Zoey Parks. Cameron ?

J'ai hoché la tête, devinant où elle voulait en venir avant même que Mme Walsh ne continue.

— Sebastian est allé à l'école avec mon aîné. C'est un homme bien. J'allais les contacter pour voir si on pouvait se retrouver au cinéma ou faire quelque chose ensemble.

— Madame Walsh.

— C'est ça, être voisins, Derek. On s'entraide. Je t'ai laissé tranquille pour la fête dans le jardin de Chelsea parce que je commençais à peine à t'avoir à l'usure, mais ça fait des semaines. Laisse-moi emmener Jude. C'est un seul jour dans le mois.

— Vous l'avez cinq jours par semaine.

— C'est vrai. Ce qui veut dire qu'on se connaît bien.

Je perdais la bataille, et je le savais. Je ne voulais pas abuser de sa gentillesse, mais Jude adorerait ça. Un samedi entier avec ses amis, Dozer, et pas une minute à l'atelier ?

— D'accord, mais vous m'appelez si ça devient trop difficile.

— Je le ferai, mais ça n'arrivera pas. La fête ? Tu nous rejoindras là-bas après ta journée ?

— J'essaierai, ai-je accepté, sachant que je ne pourrais pas résister, même si je n'avais aucune envie d'y aller.

Jude fut de bonne humeur le reste de la soirée, et quand je l'ai réveillé tôt le lendemain matin en partant au travail, il a sauté du lit et s'est habillé sans un mot de protestation.

— Mange ton petit-déjeuner avant d'aller chez Mme Walsh. Je dois récupérer le plateau de fruits pour la fête, et je vais lui donner de l'argent aussi. Je ne veux pas qu'elle paie pour tout.

— D'accord, a dit Jude, encore à moitié endormi mais bien plus heureux que n'importe quel autre samedi matin.

J'ai bu mon café et j'ai mangé un toast. Je n'étais pas très petit-déjeuner, et comme d'habitude on commandait à manger pour la boutique le samedi, j'attendais ce moment avec plus d'impatience que le repas du matin.

Quand Jude a été prêt, nous sommes sortis, pour nous retrouver nez à nez avec Chelsea.

— Salut, madame Chelsea ! a lancé Jude d'un ton joyeux.

Elle lui a souri. — Bonjour, Jude. Comment vas-tu ?

— Je vais bien. Je vais chez Mme Walsh aujourd'hui.

— J'ai entendu. Et tu viens avec nous à la fête cet après-midi ?

— Ouais. J'ai hâte. Est-ce que Dozer vient ?

Chelsea a ri, d'un rire doux et amusé, sans aucune moquerie. — Il adorerait ça, mais je ne l'emmènerais pas chez quelqu'un d'autre.

— Oh.

— Tu vas le promener pour moi aujourd'hui, et tu pourras lui dire bonjour avant qu'on parte.

— Ah oui ?

— Bien sûr.

— Ce serait génial. Merci, madame Chelsea !

— Je t'en prie.

Les sourires qu'elle adressait à mon fils suffisaient à faire de moi un connard de jaloux. De mon propre gamin. Parce qu'il lui plaisait, à elle, et pas moi.

— On devrait y aller, chez Mme Walsh, ai-je dit d'un ton un peu trop sec.

— D'accord. À plus tard, Madame Chelsea ! lança Jude, en dévalant l'allée avant de s'arrêter au bout, m'attendant avant de traverser la rue.

Je fis un signe de la main à Chelsea, en pinçant les lèvres pour former ce que j'essayais de prendre pour un sourire.

Elle me rendit à peine mon expression, agrémentée d'un roulement d'yeux qu'elle pensait sans doute que je n'avais pas vu.

Je rattrapai Jude et lui fis traverser la rue. Mme Walsh nous attendait, ouvrant la porte avant même que nous ayons atteint son porche.

— J'imagine que j'aurais dû proposer de venir chez toi. Je n'y ai pas pensé, dit-elle. Elle était habillée pour la journée, ses cheveux coiffés en son chignon signature à la base de sa nuque et un pull chaud pour combattre le froid matinal.

— Vous pouvez y aller si vous le souhaitez. Vous avez une clé. C'est à vous de décider de votre programme de la journée, lui dis-je, pour m'assurer qu'elle comprenne que sa présence chez moi ne me posait aucun problème.

— On fera peut-être ça. On verra. Tu as pris ton petit-déjeuner, Jude ?

— Ouais, dit-il.

— Eh bien, peut-être que tu auras de nouveau faim dans un petit moment. J'ai fait trop de pancakes ce matin.

— Des pancakes ? Les yeux de Jude s'écarquillèrent. J'adore les pancakes.

Elle le regarda d'un air songeur. — Tu les aimes avec des pépites de chocolat ?

— C'est mes préférés.

— Va me dire s'ils sont bons. Si tu arrives à en faire rentrer un dans ce petit ventre.

— D'accord ! Salut, Papa ! cria Jude avant de disparaître dans la maison.

— Vous n'étiez pas obligée de faire ça.

Elle a secoué la tête. — Tu n'arrêtes pas de faire comme si tu me dérangeais. C'est agréable d'avoir un peu de vie par ici. Toi, mademoiselle Chelsea et certains des autres jeunes voisins. C'est une bonne chose d'avoir de nouveau des jeunes ici.

— Je vous suis vraiment reconnaissant de le garder aujourd'hui. Je devrais avoir terminé vers dix-huit heures. Ce n'est pas trop tard ?

— Pas du tout. Nous serons à la fête. Passe quand tu auras fini. C'est Chelsea qui va nous conduire. Si ça te va ?

J'ai hoché la tête, sachant que je n'avais pas vraiment le choix. Je lui ai tendu le plateau de fruits. — Bien sûr. Merci encore, madame Walsh.

— Je t'en prie. À tout à l'heure. Je vais voir combien de

pancakes il reste. Elle m'a fait un clin d'œil et a souri, l'air parfaitement ravie de sa manigance.

Elle connaissait manifestement assez bien mon fils pour savoir que le chocolat constituait pour lui un groupe alimentaire à part entière. C'était probablement son plan depuis le début.

Chelsea fermait sa porte d'entrée à clé quand j'ai traversé la rue. Nous sommes arrivés à nos véhicules à peu près en même temps. Je n'étais pas sûr qu'elle allait dire quelque chose ou pas, mais je voulais la remercier pour tout le temps qu'elle avait passé avec Jude.

— Jude adore vraiment Dozer, ai-je dit.

Elle m'a souri. — C'est un gamin vraiment bien.

— Merci. Je ne suis pas sûr d'y être pour grand-chose.

— Je ne te donnais pas vraiment le crédit. Je me dis qu'il tient de sa mère, peut-être ?

Une étincelle de rage s'est allumée en moi. — La femme qui a eu des enfants parce que ses amies en avaient, puis qui a décidé qu'elle ne voulait pas vraiment être mère et qui est partie alors qu'il n'avait même pas deux ans ? Oui, c'est vraiment un modèle à suivre.

Pour une fois, elle a eu l'air désolée de ce qu'elle avait dit. — Je ne savais pas.

— Comment le pourrais-tu ? Nous ne sommes pas amis.

— Tu me l'as bien fait comprendre.

J'ai soupiré. — Je ne voulais pas me disputer avec toi.

— Maintenant, ou toutes les fois où tu as laissé un mot sur ma porte ?

— Les deux ? Les mots, c'était juste… La chambre de Jude donne sur ton jardin. Quand tu veilles tard, il ne dort pas. Quand il ne dort pas, il est infernal.

— Et ça ne t'est jamais venu à l'esprit de frapper à ma porte pour me demander de faire moins de bruit ? Tu voulais juste me menacer d'appeler la police ?

— Je n'ai jamais eu l'intention d'appeler la police. C'est juste que…

— Ce n'est pas grave, a-t-elle dit. « Je vais m'assurer de ne violer aucune réglementation, ce que je n'ai pas fait jusqu'à présent, et je garderai mes distances avec vous.

— Je… Je me suis arrêté quand elle a ouvert la portière de sa voiture.

Elle a soupiré, tout son corps se soulevant avant que ses épaules ne s'affaissent. Elle est restée immobile une seconde avant de se tourner vers moi. Elle a haussé un sourcil. Elle était différente quand elle était prête pour le travail. Les vagues infinies qui cascadaient sur ses épaules étaient rassemblées en une tresse qui tirait ses cheveux en arrière et révélait la courbe de sa nuque. Ses vêtements étaient à la mode mais confortables, avec des baskets aux pieds et un jean qui moulait ses jambes. Sa veste couvrait son haut, mais le tissu rose qui dépassait sous le bord de son manteau m'a donné envie de la déballer et de découvrir quel autre rose elle cachait sous ses vêtements.

Elle s'est éclairci la gorge, attirant mon regard sur son visage. Elle attendait que je parle. Attendait et m'observait.

— J'apprécie que tu emmènes Jude à la fête ce soir. Mme Walsh m'a dit que tu allais conduire.

— Elle ne voit pas bien la nuit. J'espérais que ça ne pose pas de problème. Si ce n'est pas le cas…

— Ça ne pose aucun problème. Merci.

Elle a hoché la tête.

— Tu sais…

Je me suis encore arrêté quand elle a fait mine de monter dans sa voiture. Elle s'est retournée une fois de plus et m'a regardé.

— Désolé. Je voulais juste te dire que je ne suis pas aussi horrible que tu le penses.

Elle a haussé un sourcil et a ri sans joie. — Ça va dans les deux sens. Tout comme le respect et la considération. Mais je ne suis pas sûre que tu comprennes quoi que ce soit à tout ça.

— Je…

Cette fois, elle ne s'est pas arrêtée quand j'ai parlé. Elle est simplement montée dans sa voiture, a reculé dans son allée et s'est éloignée avant que je puisse me ridiculiser.

C'était probablement une bonne chose.

9

J'ai passé une journée de merde au travail. Je n'arrêtais pas de me repasser la brève interaction que j'avais eue avec Chelsea ce matin. Je ne voulais pas la désirer, mais c'était bien plus que ça.

Elle n'avait pas tort. Je l'avais jugée en me basant sur une seule journée. Parce que j'enviais sa communauté. Cette même communauté dont je voulais faire partie, mais pour laquelle je n'ai rien fait pour m'y intégrer.

J'étais un hypocrite et un connard.

— Hé, patron ? demanda Connor, frappant à ma porte tout en l'ouvrant.

— Ouais ? Qu'est-ce qui se passe ? Je lui ai fait signe d'entrer.

— Ramsey Holland est ici. Il a demandé si vous êtes disponible.

Je me suis levé, me dirigeant vers la porte avant de parler. — Bien sûr. Est-ce qu'il a un véhicule ici ? En ce moment ?

Connor a hoché la tête. — Jason s'occupe du véhicule de Mme Holland.

— Assurez-vous que tout est en ordre avant qu'il ne le rende. Ils ont un enfant.

— Nous le savons, a dit Connor.

J'ai expiré lentement. — Désolé. Je sais que vous le savez. Je ne suis juste pas dans mon assiette aujourd'hui.

— On a tous des jours comme ça, Derek. Mais on est tous dans le même bateau. Ce n'est pas parce que vous êtes le patron qu'on ne vous apprécie pas.

Sa formulation m'a fait sourire. — Je suppose que c'est une bonne chose.

Connor m'a donné une tape dans le dos. — Pas de souci, patron. Mais vous devez vous ménager parfois. Vous faites trop d'heures. Nous autres, on a des jours de congé. Vous devriez en prendre aussi.

— Ça me gêne que vous soyez là alors que je n'y suis pas.

— Ce n'est pas comme ça que ça marche. Vous avez des responsabilités différentes des nôtres. Et vous savez que nous sommes capables de faire ce qui doit être fait.

— Je n'en ai jamais douté, l'ai-je assuré.

— Je sais bien. Mais vous avez besoin d'une pause. Le temps passe si vite. Bientôt, Jude ira à des soirées tout seul parce qu'il saura conduire, il partira à l'université et il amènera ses propres voitures ici. Croyez-moi sur parole, travailler tous les jours pendant qu'il est petit, c'est le meilleur moyen de ruiner toute chance d'avoir une bonne relation avec son gamin.

— Toujours des ennuis avec Lexi ?

— Elle parle tout le temps à sa mère, mais pas à moi. Au moins, je sais qu'elle est en sécurité.

J'ai hoché la tête, peiné pour Connor que sa fille aînée l'ait rayé de sa vie. Elle lui avait dit qu'il n'avait jamais été là pour elle et qu'elle ne voulait pas de lui auprès de ses enfants, de peur qu'il ne leur apprenne à être comme lui. Connor avait admis ne pas avoir été le meilleur mari ni le meilleur père pendant des années, mais il s'efforçait de changer. Trop peu, trop tard, disait-il. Avec Lexi, du moins. Sa femme, Rebecca, ne l'avait jamais abandonné.

— Je suis désolé qu'elle vous tienne toujours à l'écart. Peut-être qu'un jour, elle reviendra sur sa décision.

Connor a croisé les doigts en poussant la porte de la salle d'attente. — J'espère bien.

Je lui ai donné une tape sur l'épaule, en guise de remerciement et d'encouragement. Il avait raison. Mais autre chose m'inquiétait.

Est-ce que ça s'arrêtait un jour ?

Connor a franchi la porte menant à l'atelier, et je me suis dirigé vers Ramsey. Il était adossé à une fenêtre à l'autre bout de la salle d'attente et fixait son téléphone.

— Ramsey Holland, ai-je dit en approchant.

Il a rangé son téléphone en levant les yeux. — Derek Bailey. J'étais sûr que tu ne serais pas là un samedi. Comment vas-tu ?

Je lui ai serré la main, en résistant à l'envie de le prendre dans mes bras. Ramsey et sa femme, Melody, étaient des voisins et des amis, mais j'avais un peu négligé de garder le contact. Je n'arrivais pas à me souvenir de la dernière fois où nous nous étions vus en dehors d'une rencontre fortuite ou professionnelle.

— Je vais bien. Bien. Occupé avec Jude. Et toi, comment tu vas ? Comment vont Melody et Amber ?

Les lèvres de Ramsey s'étirèrent en un sourire. — Elles vont bien toutes les deux. Amber va avoir dix ans cet hiver et chaque jour, elle a une nouvelle idée pour sa fête.

— J'imagine que Melody adore ça, ai-je dit.

Melody était organisatrice de fêtes. Elle créait des kits de fête avec des décorations et des jeux assortis pour les enfants, mais à mesure qu'Amber grandissait, elle avait ajouté d'autres articles de fête à sa liste de produits. Non seulement elle vendait des kits de fête en ligne, mais elle travaillait aussi avec des familles locales pour organiser et animer leurs fêtes sur place, moyennant des frais supplémentaires. Jude m'avait demandé plusieurs fois si on pouvait engager Melody, mais les fêtes, ce n'était pas mon truc.

Un échec de plus en tant que parent célibataire.

— Mel s'en sert pour trouver de nouvelles idées, mais je sais qu'elle est ravie qu'Amber s'intéresse encore aux fêtes. Elle tient vraiment de sa mère de ce côté-là.

J'ai ri. Ramsey et Melody avaient failli divorcer quelques années auparavant. Ramsey m'avait confié que beaucoup de choses lui avaient manqué chez Melody et qu'il avait presque fini par la perdre à cause de son incapacité à voir sa femme dans sa totalité. Il semblait que non seulement il la voyait, mais qu'il voyait aussi Amber plus clairement ces derniers temps.

— Jude veut toujours une fête. Je devrais lui organiser quelque chose un de ces jours.

— Il n'a jamais eu de fête pour son anniversaire ?

J'ai secoué la tête, sachant que Ramsey ne me jugerait pas pour mon échec en tant que père. — Je n'avais pas l'énergie de tout gérer.

— J'ai de la chance que Melody s'occupe de tout ça pour Amber. Je ne saurais pas comment faire. Melody s'en occuperait pour toi si tu voulais.

— Je devrais. Mes manquements n'arrêtent pas de s'accumuler ces derniers temps.

— J'ai du mal à le croire.

— L'année scolaire a commencé, il allait au centre aéré et il détestait ça. Maintenant, il reste chez Mme Walsh et finit par jouer avec le chien de la voisine tous les après-midi parce que je refuse de lui en acheter un.

— Dozer ? a demandé Ramsey en riant doucement.

J'avais oublié que Melody était amie avec Chelsea. J'ai hoché la tête. — Il adore cette bestiole.

— Chelsea aussi est super. Hyper intelligente et l'une des personnes les plus gentilles qui soient.

— Je ne savais pas que tu étais ami avec elle, toi aussi. Juste Melody.

— J'ai travaillé avec Chelsea et Haley quand elles ont repris le salon. J'ai appris à bien les connaître toutes les deux. Chelsea est créative et talentueuse, et Haley est un peu plus réservée, mais elles forment une équipe formidable. Tu n'as pas eu l'occasion de faire plus ample connaissance avec Chelsea ?

J'ai secoué la tête, reconnaissant que ma peau mate ne trahisse pas la chaleur qui me montait aux joues en pensant à ma voisine si jeune et si tentante. —Je suis souvent ici.

— Si tu as l'occasion d'apprendre à la connaître, tu devrais.

— Pourquoi ? ai-je lâché, me demandant où il voulait en venir.

Ramsey, à qui rien n'échappe jamais, a marqué une pause. Il m'a observé attentivement, son regard s'attardant sur mes poings serrés, puis remontant pour détailler ma mâchoire contractée. —Y a-t-il une raison pour laquelle tu ne devrais pas faire connaissance avec ta voisine ?

J'ai secoué la tête. —On dirait que tout le monde l'adore.

— Tu n'es pas d'accord ?

— Je ne la connais pas, ai-je dit pour noyer le poisson. C'était vrai, mais ce n'était pas toute la vérité.

— Ramsey Holland, a appelé Jason, interrompant notre conversation.

— Tu devrais apprendre à la connaître. Je pense que vous vous entendriez bien. Et ce serait bien d'avoir une autre personne sur qui compter pour Jude. Il faut tout un village, ce genre de choses.

J'ai hoché la tête et j'ai serré la main que Ramsey me tendait. — Je vais y réfléchir.

— Bien. Dis, tu vas à la petite fête ce soir ? Chez les Davidson ?

— Jude y sera avec Mme Walsh et Chelsea. J'ai dit que je passerais après le travail.

— Alors, on se verra là-bas. Melody a aidé à organiser ça.

J'ai souri. — J'ai hâte de voir ce qu'elle a fait.

Ramsey m'a donné une tape sur l'épaule en passant. — À ce soir.

Je l'ai salué de la main, en haussant les sourcils en direction de Jason.

Jason a hoché la tête, m'indiquant qu'il avait inspecté le véhicule avec soin pour s'assurer que tout était en ordre. Ils le faisaient pour tous les véhicules que nous recevions, mais ils redoublaient de vigilance quand il s'agissait de quelqu'un avec un enfant.

Ramsey a passé sa carte et a pris ses clés des mains de Jason. Il a dit au revoir à tout le monde dans le garage en sortant, faisant sans aucun doute partie de cette communauté dont je restais en marge.

C'était fini. Ramsey avait raison. Connor avait raison. Je me retenais, ne comptant sur personne d'autre. J'avais passé la majeure partie de la vie de Jude à me répéter que je ne pouvais pas compter sur les autres. Mais il y avait des gens qui me montraient que ce n'était pas le cas. Mme Walsh, Connor et mes autres employés, ainsi que Ramsey et ses amis.

J'allais aller à la fête après le travail, et ensuite j'allais embaucher quelqu'un pour gérer le bureau du garage.

Et j'allais organiser un rendez-vous avec la femme avec qui je parlais. Celle qui m'avait laissé la porte ouverte, mais je m'étais dégonflé.

Je suis retourné dans mon bureau et j'ai fermé la porte.

C'était déjà assez difficile de proposer un rendez-vous à une inconnue. Je ne pouvais pas le faire si quelqu'un risquait d'entrer.

Le dernier message entre Couper les cheveux, s'en fiche et moi datait d'il y a cinq jours. Je lui avais dit que j'étais jaloux qu'elle ait quelque chose de prévu, mais quand elle avait confirmé que ce n'était pas un rendez-vous galant, j'avais été soulagé. Elle avait dit que je devrais faire quelque chose contre ma jalousie, et je n'avais jamais répondu.

Parce que j'avais encore plus peur que je n'étais jaloux.

Terminé.

PAPA FROID COMME LA PIERRE

> Je devrais y remédier. Je devrais vous inviter à sortir. Qu'en pensez-vous ?

J'ai appuyé sur Envoyer et j'ai relu le message, grimaçant en réalisant à quel point j'avais l'air d'un idiot. Autoritaire et vague. Étais-je en train de l'inviter à sortir ou de lui demander si je devais l'inviter à sortir ?

Pff.

Dommage que je ne puisse pas annuler l'envoi avant qu'elle ne le voie. Il allait s'afficher sur son téléphone et lui révéler quel crétin j'étais.

PAPA FROID COMME LA PIERRE

> C'était censé être une invitation à sortir. J'aimerais vous rencontrer. En personne. Si vous êtes d'accord et toujours intéressée. Je sais que je n'ai pas été très présent, et j'en suis désolé.

J'ai appuyé sur Envoyer et j'ai fixé l'écran. Encore. Rien. Pas de réponse, aucune indication qu'elle avait lu le message.

Elle m'ignorait.

J'ai secoué la tête. Non. Elle pouvait être occupée. Tout le monde ne passait pas son week-end à ne rien faire.

Un bruit métallique provenant de l'atelier m'a rappelé que je ne traînais pas non plus. Je travaillais. Et je devais m'y remettre.

J'ai glissé mon téléphone dans le tiroir du haut pour qu'il ne me dérange pas et je suis retourné dans l'atelier. Mieux valait finir le travail et aider tout le monde à partir plus tôt que de rester planté là à attendre qu'une femme me réponde par texto.

LA DERNIÈRE VOITURE EST PARTIE, et tout le monde s'est dépêché de ranger pour rentrer à la maison. Nous terminions la journée un peu en avance, ce qui était un changement agréable. Je leur ai emboîté le pas, rentrant chez moi pour prendre une douche et me changer avant de me rendre à la fête que je redoutais et attendais avec impatience à la fois.

Je n'avais jamais été quelqu'un de très sociable. J'avais plutôt tendance à me faire intégrer qu'à m'imposer dans un groupe. J'avais quelques amis, mais de toute évidence pas beaucoup si je peinais à me souvenir de la dernière fois que j'avais vu Ramsey et sa famille.

La maison était silencieuse. Je ne me souvenais pas de la dernière fois où j'avais été seul à la maison. Jude n'allait pas souvent chez ses amis, un autre de mes échecs. Je ne voulais pas que mon fils devienne un homme seul et aigri comme j'étais en train de le devenir. Je voulais mieux pour lui.

J'ai été tenté de profiter de ma douche un peu trop longtemps, mais je ne voulais décevoir ni Jude ni Mme Walsh, alors je me suis dépêché et je me suis habillé. Chelsea avait pris sa voiture, et j'ai décidé de faire de même. Le premier week-end d'octobre était trop froid pour une promenade dans le quartier, surtout après la tombée de la nuit. Même si ce n'était pas loin, il valait mieux rentrer en camionnette plutôt qu'à pied.

La rue devant la maison des Davidson était bondée. J'ai eu de la chance et j'ai trouvé une place deux maisons plus loin, et je me suis garé le long du trottoir. J'ai verrouillé ma camionnette et je me suis dirigé vers la fête.

J'ai frappé et j'ai souri lorsque Wendy Davidson m'a ouvert la porte.

— Derek ! On espérait que tu viendrais. Merci pour le plateau de fruits que tu as envoyé. Il a eu un franc succès. Jude s'amuse comme un fou. Et tu arrives juste à temps pour le gâteau.

Il m'a fallu une minute pour assimiler ce flot de paroles. — Je voulais m'assurer qu'on participait, et comme je savais que je serais en retard, j'ai demandé à Mme Walsh d'apporter les fruits. Je ne savais pas qu'il y aurait un gâteau.

— C'est l'anniversaire de Chelsea lundi. Faith a apporté un gâteau hier pour que Chelsea ne le voie pas. Mais Chelsea n'a aucune idée qu'on va chanter. Allez, entre pour qu'on puisse commencer.

J'ai hoché la tête et j'ai accroché mon manteau à l'un des nombreux crochets juste à côté de la porte. J'ai suivi Wendy dans la maison, saluant de la tête certains voisins que je reconnaissais et souriant aux autres. Jude parlait avec trois garçons qui semblaient avoir à peu près son âge. Mme Walsh était assise sur une chaise près de la table de la salle à manger. Et Chelsea riait de quelque chose qu'Andre Davidson lui disait.

Je n'avais aucun droit de m'énerver pour ça, mais je n'étais pas content.

— Ooh, Tom apporte le gâteau maintenant, a dit Wendy. — Joyeux anniversaire.

Elle a entonné la chanson, et tout le monde s'est joint à elle. Quand Chelsea a commencé à chanter en cherchant des yeux pour qui était l'anniversaire, je me suis surpris à sourire à Mme Walsh pour avoir réussi la surprise. Mme Walsh m'a fait un signe de la main et un clin d'œil.

Quand la foule a scandé le nom de Chelsea, ses joues sont devenues roses et elle y a pressé les mains. Tom a fait un signe de tête à Chelsea pour qu'elle se dirige vers la table, et Andre était juste derrière elle, les mains sur ses épaules, pendant qu'ils avançaient vers la salle à manger.

Je suis resté à l'arrière, laissant ceux qui avaient été là toute la journée se faufiler vers l'avant.

— Joyeux anniversaire, Chelsea, a dit Wendy. Faith voulait te faire la surprise, et nous voulions tous te remercier de nous avoir tous réunis.

Une main sur mon épaule m'a fait sursauter. Je me suis retourné et j'ai souri à Ramsey, qui avait le bras autour de Melody.

— Tu as réussi à venir, a dit Ramsey.

J'ai hoché la tête et je me suis penché pour embrasser la joue de Melody. — Tu arrives à le tenir à carreau ? lui ai-je demandé.

Melody a ri en secouant la tête. — Je ne suis pas sûre que ce soit possible, mais j'essaie.

— J'ai cru comprendre que tu étais le cerveau derrière cette fête, ai-je dit.

Melody a secoué la tête. — Je ne peux pas m'attribuer tout le mérite. J'ai un peu aidé, mais Wendy est très douée pour organiser des fêtes. Comme tu as probablement pu le deviner à la quantité impressionnante de crochets près de la porte. Ce n'est pas sa première réception.

J'ai souri. — Je me posais la question, mais je n'allais pas demander.

— Wendy organisait plus de fêtes quand ses enfants étaient plus jeunes. Andre est le plus jeune, et il a, quoi, cinq ans de moins que nous ? a-t-elle demandé à Ramsey.

Ramsey a hoché la tête. — Probablement. J'étais dans la même promo que Nate, qui est l'aîné. Ensuite, il y a Nicole, c'est ça ?

Melody a acquiescé. — Nicole avait un an ou deux de moins que moi. Je crois que nous sommes venus à l'une de leurs fêtes du 4 juillet, une année. — Oui, c'est vrai. Je m'en souviens, maintenant. Nous avions passé la plupart du temps dans le jardin. Un super endroit. Ils ont une piscine et avaient une tonne de jeux de plein air. Wendy avait mis les petits plats dans les grands. Ramsey a regardé autour de lui dans la maison, comme s'il la découvrait.

— C'est drôle de se dire qu'on venait ici quand on était adolescents et que maintenant, on revient avec notre fille et toute une nouvelle génération d'enfants, a dit Melody.

Ramsey l'a attirée contre lui et lui a embrassé la racine des cheveux. — On se fait vieux.

Elle lui a donné une tape sur le ventre. — Parle pour toi. Derek et moi, on est encore jeunes.

J'ai ri. — Je suis plus vieux que vous deux.

— Vraiment ? a demandé Melody.

— J'ai quarante-trois ans.

— Je ne savais pas, a dit Ramsey.

— Mon ex ne voulait pas vraiment d'enfants, mais toutes ses amies en avaient, alors elle a décidé qu'elle était prête. C'était un peu maintenant ou jamais, et tout le monde lui mettait la pression. Moi, je voulais des enfants plus jeune, mais les gens pensent toujours que je suis beaucoup plus jeune que je ne le suis, parce que Jude n'a que onze ans.

— Ça, et puis tu fais jeune. Pas de cheveux gris, ni rien, a dit Melody en passant la main sur les tempes grisonnantes de Ramsey.

— Oh, doucement, a dit Ramsey en lui prenant les mains pour les embrasser. — Ce n'est pas gentil.

Melody a ri.

— On ne peut pas changer sa génétique, ai-je dit. — Mon grand-père n'a jamais eu de cheveux gris. Il est mort à plus de quatre-vingts ans. Chauve, par contre.

— Dis-moi qu'au moins tu deviens chauve. Un truc pour que je me sente moins mal avec mes cheveux gris, a dit Ramsey.

J'ai souri et secoué la tête. — Désolé, mais pas encore.

Ramsey a gémi. — C'est pas juste. Il y en a qui ont toute la chance du monde.

J'ai promené mon regard entre lui et Melody en haussant un sourcil. — À mon avis, c'est plutôt moi qui devrais dire ça.

Melody a eu un petit hoquet de surprise et m'a souri. — C'est peut-être la chose la plus adorable qu'on m'ait jamais dite, Derek. Merci.

Je lui ai fait un clin d'œil. — Quand tu en auras marre de celui-là…

— D'abord mon âge, et maintenant ma femme ? a lancé Ramsey, la voix pleine d'humour, sachant que je plaisantais.

— Je ne m'interposerais jamais entre un couple heureux. Mon regard s'est de nouveau posé sur Chelsea et Andre. J'aurais aimé avoir quelque chose à faire pour cacher mon malaise de la voir flirter avec un autre homme.

— Je pensais que vous ne vous connaissiez pas bien, a dit Ramsey.

J'ai secoué la tête, arrachant mon regard de Chelsea. — Non, pas vraiment. Mais c'est elle qui a amené Jude, alors je dois la remercier pour ça.

— Tu devrais y aller maintenant, a dit Melody. — Salue Andre aussi.

J'ai hoché la tête. — Je vais le faire. Merci. N'oubliez pas de dire au revoir avant de partir.

— On ne part pas tout de suite, a dit Melody. — Valentina a fait ce gâteau, alors je vais certainement en prendre une part.

— Comme tu voudras, mon amour, a dit Ramsey en me suivant vers le gâteau.

Et vers Chelsea.

10

CHELSEA

J'étais de très bonne humeur. Mon partenaire m'avait invitée à sortir, le travail se passait bien, et ma soirée était amusante. J'adorais les bonnes fêtes, et Wendy en avait organisé une super. Ça ne me dérangeait même pas qu'Andre me colle d'un peu trop près ou que Mme Walsh m'ait surprise avec un gâteau d'anniversaire. C'était une bonne soirée.

Même Derek ne pouvait pas la gâcher.

— Derek Bailey. Vous êtes Andre, n'est-ce pas ? Derek a tendu la main à Andre.

Le bon côté, c'est que ça a obligé Andre à cesser de me toucher pour serrer la main de Derek. — C'est bien moi. Je suis l'un de vos clients. Ravi de vous rencontrer. Votre fils est celui qui est venu avec Chels ?

Derek m'a jeté un regard et a hoché la tête. — C'est bien lui. Je venais juste remercier Chelsea. Il s'est tourné vers moi. — J'apprécie vraiment que vous ayez amené Jude et Mme Walsh ce soir. Ça compte beaucoup pour moi.

J'attendais la chute. L'insulte ou le compliment à double

tranchant, ou tout ce à quoi je m'étais habituée durant mes interactions avec Derek. — De rien ?

— Je ne savais pas que votre anniversaire approchait, a-t-il dit.

Mais qu'est-ce qui se passait, bon sang ? — Euh, oui. Je ne savais pas non plus que Mme Walsh était au courant pour mon anniversaire. D'habitude, je ne fais pas grand-chose pour mon anniversaire, cela dit.

— Je suis pareil, a admis Derek. — Je parlais à Ramsey et Melody à propos de quelque chose pour Jude. Il n'a jamais eu de vraie fête pour son anniversaire. Je pense que je vais lui en organiser une cette année.

— Je suis sûre que ça lui plaira énormément, ai-je dit. Qu'est-ce que j'aurais pu dire d'autre ? Jude adorerait une fête parce que c'est un adorable gamin qui avait probablement une tonne d'amis, mais je savais d'expérience que, pour une personne sans enfants, dire à des parents ce qu'ils devaient faire était une mauvaise idée. Bon sang, même un parent ne devrait pas commenter les décisions d'un autre parent concernant ses enfants.

— Je l'espère.

— Ma mère a toujours organisé des fêtes. Elle était ravie de faire ça pour Chels, a dit Andre.

J'ai grimacé. J'avais presque oublié qu'Andre était là.

— Depuis quand vous connaissez-vous ? a demandé Derek.

— Nous venons de nous rencontrer aujourd'hui. C'est Mme Walsh et ma mère qui nous ont arrangé ça. Je trouve que ça se passe bien, n'est-ce pas, Chels ?

Je lui ai souri, ne voulant pas lui avouer qu'il commençait à m'étouffer.

— Pensez-vous que je pourrais emprunter Chelsea une minute ? a demandé Derek. « Je vous promets que ce ne sera pas long. »

Andre a hoché la tête. — Bien sûr. Je vous attendrai.

Au secours. C'était un type bien, mais il était beaucoup trop entreprenant à mon goût. Il m'étouffait d'une manière qui ne me plaisait absolument pas.

J'ai suivi Derek à quelques pas de là, même si l'idée de me retrouver en tête-à-tête avec lui ne m'enthousiasmait guère plus. Nous n'étions pas vraiment amis.

— J'ai mal interprété la situation ? a-t-il demandé.

— Pardon ?

Derek a jeté un regard vers Andre. — J'ai juste eu l'impression que vous aviez besoin de prendre l'air.

J'ai reniflé avant de reprendre contenance. — Je… Oui. Je ne pensais pas être si transparente, cela dit. C'est un type bien, mais je n'aime pas être coincée à ne parler qu'à une seule personne.

— Vous n'étiez pas transparente. C'est moi qui suis un crétin. Et je voulais prendre une seconde pour vous dire que je suis désolé de ne pas avoir été le meilleur des voisins.

J'ai pris du recul et je l'ai regardé de plus près. Toujours le même homme séduisant que j'avais toujours vu. Les mêmes yeux marron infinis et la même peau brune et riche. Les mêmes bras puissants sous le coton qui semblait sur le point de craquer.

Mais il se passait quelque chose d'étrange. Il n'avait pas l'air d'être le voisin qui me faisait vivre un enfer depuis mon emménagement.

— J'ai dû inhaler trop de fumée de ces bougies d'anniversaire pour avoir une hallucination ?

Il eut un petit rire, et la peau au coin de ses yeux se plissa sous l'effet de cette action trop peu fréquente. — Suis-je vraiment si terrible que ça ?

— Pour moi ? Oui. Vous avez été très clair sur le fait que vous ne m'appréciez pas.

— Mon fils vous adore, et je sais que ce n'est pas seulement parce que vous avez un chien et qu'il en veut un. Il n'a pas arrêté de parler de vous pendant des jours après que vous l'avez trouvé sur le porche ce jour-là. Et je ne vous ai jamais remercié comme il se doit d'avoir été là pour lui alors que je n'y étais pas. Ou de ne pas m'avoir passé un savon quand je suis finalement arrivé.

— Je ne suis pas…

— Je sais, m'interrompit-il. — Ce n'est pas votre genre. Tant de gens me l'ont dit, mais il m'a fallu beaucoup de temps pour vraiment me le mettre dans le crâne. J'ai été un crétin, et j'en suis désolé.

— Je ne sais pas vraiment quoi dire, ai-je avoué.

Derek sourit de nouveau. À moi.

Mon cœur s'emballa bien trop vite. Ce n'était pas bon. Je ne cherchais pas à tomber amoureuse de lui.

— Maintenant, vous n'avez plus à faire semblant d'apprécier Andre.

— Qui a dit que je faisais semblant ? C'est un type bien. Peut-être un peu trop intense pour moi, mais ça ne veut pas dire que ce n'est pas quelqu'un que je suis prête à mieux connaître.

— Vous vous attendez vraiment à ce que je croie ça ? Il n'est pas votre genre.

Je me suis moquée. — Comment pourriez-vous savoir quel est mon genre ? C'est la plus longue conversation que nous ayons jamais eue.

— Eh bien, je sais que votre genre, ce ne sont pas les toutous. Quoique, peut-être que si. C'est peut-être pour ça que vous avez Dozer.

J'ai inspiré brusquement et j'ai expiré lentement. — Et dire que je commençais à penser que vous étiez quelqu'un de bien, et non un parfait crétin.

Il a froncé les sourcils. — Il faut croire que vous vous trompiez.

J'ai secoué la tête et je me suis éloignée. Pourquoi avais-je essayé ? Pourquoi avais-je cru qu'il était gentil avec moi ? Non, il cherchait juste à se comporter comme un connard. À jouer avec mes nerfs. J'aimerais tant savoir pourquoi.

— Joyeux anniversaire ! a dit Melody en se mettant sur mon chemin une seconde plus tard. — Espèce de cachottière. Tu n'as dit à personne que c'était ton anniversaire.

Je me suis forcée à sourire et j'ai serré Melody dans mes bras. Elle et sa sœur, Willow, étaient de bonnes amies de ma cousine, Elise, alors Melody et moi nous connaissions depuis un certain temps. Ce n'est que ces derniers mois que j'avais appris à mieux la connaître. Elle était une cliente et, en tant que voisine, elle était en train de devenir une amie.

— Elise est au courant. Elle et Colin viennent dîner chez mes parents lundi soir.

Melody a claqué la langue. — Elle ne m'a rien dit. Peut-être qu'elle prépare quelque chose pour demain. Tu seras là au club de lecture ?

— Je pense que oui, ai-je dit. J'essayais d'y aller plus souvent. J'adorais les femmes qui y participaient, et avec Elise, Haley et Sofia, je me sentais plus à l'aise que la première fois que j'y étais allée.

— Il faut que tu viennes. Ça va être amusant.

— Je n'ai aucune raison de ne pas y être, lui ai-je dit. — Tu as pris du gâteau ?

— Bien sûr. C'est Valentina qui l'a fait.

J'ai gémi. — Pas étonnant qu'il soit si bon. Je vais peut-être aller voir s'il en reste.

— Je viens avec toi, a dit Melody en passant son bras sous le mien et en me guidant vers le gâteau. — Une part pour chacune de nous, s'il vous plaît.

Tom Davidson était amical et gentil. Il était l'assistant parfait pour Wendy, se précipitant pour faire tout ce qu'elle lui demandait sans sourciller. Comme couper le gâteau et le servir aux invités.

— Merci, Tom, lui ai-je dit.

— Je vous en prie. Joyeux anniversaire.

— Merci.

Melody a pris une bouchée de son gâteau et m'a entraînée vers deux sièges libres dans un coin de la pièce. — C'est vraiment un bon week-end quand je peux manger du gâteau deux fois.

J'ai gloussé. — Tellement vrai. Je suis tout à fait d'accord. Qu'est-ce qui compte à part profiter de la vie ?

— Exactement, non ? La vie est trop courte pour être malheureux.

— Oui, elle l'est.

Melody a pris une autre bouchée de son gâteau, puis m'a regardée.

— Quoi ?

— Andre Davidson ?

J'ai levé les yeux au ciel. — Mme Walsh et sa mère nous ont arrangé le coup.

Melody a haussé un sourcil brun. — À ta fête d'anniversaire ?

— Eh bien, je ne savais pas qu'il y aurait du gâteau ici, ou qu'ils chanteraient, mais oui, j'imagine.

— Aucune pression, du tout.

J'ai reniflé. — C'est ça, ouais.

— Que penses-tu de lui ?

J'ai haussé les épaules. — Il est gentil.

— On dirait un bon commentaire pour un chauffeur VTC, pas vraiment pour un rencard potentiel.

J'ai éclaté de rire, le son bien trop fort attirant l'attention de plusieurs personnes.

Melody m'a souri.

— C'est vrai, mais ce n'est pas ce que je voulais dire.

— Alors, qu'est-ce que tu voulais dire ?

J'ai de nouveau haussé les épaules. — Je ne sais pas. Je parle avec un type depuis quelque temps.

— Derek ?

— Quoi ? Non. Pourquoi tu dis ça ?

— Je vous ai vus discuter. J'ai juste pensé… Laisse tomber. À qui d'autre parles-tu ?

— Sur À la Recherche du Héros Littéraire Parfait.

— Oh là là.

— Je sais, je sais. Je connais la chanson. Mais vous avez toutes eu des correspondances avec des partenaires qui n'étaient pas les bons, alors je profite, c'est tout. Bref, ce type est drôle, sympa, c'est un père célibataire, et ça fait un moment qu'on discute.

— Mais ?

— Mais… il a dit qu'il était jaloux, un soir. Je lui ai dit qu'il devrait y faire quelque chose. Ensuite, il lui a fallu presque une semaine pour m'inviter à sortir.

N'est-ce pas une bonne chose ?

— Je suis contente qu'il veuille me rencontrer, mais il a mis longtemps à se décider à le faire en personne. Est-ce que ça veut dire qu'il hésite ?

— Ou qu'il n'est juste pas du genre à enchaîner les rencards.

— Ouais, peut-être.

— Tu sais quelque chose sur lui ?

— Non. On a fait attention de ne rien partager de trop personnel.

— Sauf que c'est un père célibataire.

— Ouais.

— Quand est-ce que vous allez vous voir ?

— Je ne sais pas encore. Il doit probablement trouver quelqu'un pour garder son enfant.

— C'est logique. Mais c'est une bonne chose, non ?

— Ouais, je pense. J'ai hâte, parce que j'aime vraiment discuter avec lui. J'espère juste que ça se fera.

— Et tu n'en es pas sûre ?

— Je ne suis sûre de rien. Je n'ai pas beaucoup de chance en amour. Commencer quelque chose de nouveau me rend plus qu'un peu anxieuse.

— C'est pour ça que tu dois venir au club de lecture demain. On va te remonter le moral à tel point que tu ne douteras plus jamais de toi.

Je gloussai. — On dirait bien que j'en ai vraiment besoin.

— On a toutes besoin d'amies. C'est quelque chose que je n'acceptais pas jusqu'à ce que Blake me traîne dans leur groupe. C'est à elle que je dois la vie que j'ai maintenant. Y compris d'avoir retrouvé mon mari.

— C'est un sacré compliment.

— Elle le mérite. Et tu mérites de savoir que tu es formidable. Montre à ce type que tu vaux la peine qu'il trouve une baby-sitter.

— Merci, Melody.

Les paroles rassurantes de Melody tournaient encore dans ma tête le lendemain après-midi, quand j'ai reçu un message de Papa froid comme la pierre me demandant si je pouvais le retrouver mardi ou mercredi pour déjeuner.

— Déjeuner ? ai-je dit à voix haute. Je savais ce que ça voulait dire, un déjeuner. Les déjeuners, c'était pour les rendez-vous auxquels on n'avait pas vraiment envie d'aller.

Je travaillais mardi mais j'étais de repos mercredi, donc même si je n'étais pas sûre de vouloir déjeuner avec Papa froid comme la pierre, je lui ai envoyé un message pour accepter.

J'ai hésité tout le reste de la journée, me demandant si j'avais fait le bon choix. J'ai décidé d'en parler au club de lecture pour avoir leur avis à toutes.

— Alors, tu as un rendez-vous ? m'a demandé Melody quand je suis entrée.

Tous les regards se sont tournés vers moi.

— Un rendez-vous ? Avec qui ? a demandé Elise. Ma cousine a passé son bras autour de mes épaules et m'a donné un petit coup de hanche.

— Chelsea discute avec quelqu'un sur « À la Recherche du Héros Littéraire Parfait », a répondu Melody à ma place.

— Toudoum toudoum, un de plus qui mord la poussière, a chanté Willow.

J'ai levé les yeux au ciel pendant que les autres riaient. — Même pas en rêve.

— Il a dit qu'il était jaloux quand elle avait quelque chose de prévu, puis il l'a invitée à sortir quelques jours plus tard, a raconté Melody aux autres.

— Euh, ça ne me plaît pas, ça, a dit Blake.

— C'est aussi un père célibataire, a dit Melody.

— Ce qui signifie qu'il a peut-être dû trouver une baby-sitter, a dit Anna.

— Ça, je peux le comprendre, a ajouté Zoey.

— Je comprends, mais est-ce que ça suffit ? Est-ce que c'est le genre de type qui est juste un crétin et qui pense pouvoir la mener par le bout du nez ? La jalousie, ce n'est pas un très bon début, a dit Elise. Ma cousine avait vécu une relation abusive avec son petit ami de l'université. Elle n'avait parlé à personne de la violence qu'il lui faisait subir avant des années plus tard, après l'avoir quitté. Elle était toujours la première à déceler les choses qui pouvaient être préoccupantes.

— Je suis d'accord, mais je deviens jalouse quand des

femmes draguent Hudson, a dit Anna. Son mari possédait le meilleur bar du coin, et il était canon. Les femmes flirtaient avec lui tout le temps. «Ça ne veut pas dire que je vais y faire quelque chose, mais je suis quand même jalouse.»

— Je comprends. Mais là, c'est un homme que Chelsea n'a jamais rencontré qui lui dit qu'il est jaloux, a dit Elise.

— Je lui ai dit que j'avais quelque chose de prévu, et il a cru que j'essayais de lui cacher que j'avais un rendez-vous galant. Quand je lui ai dit que je dînais avec mes parents, il m'a dit qu'il était content de ne pas avoir à être jaloux. Je lui ai répondu qu'il devrait faire quelque chose à ce sujet, et puis je n'ai plus eu de ses nouvelles pendant des jours, jusqu'à ce qu'il m'invite à sortir, ai-je admis.

Elles m'ont toutes regardée avec plus ou moins de curiosité, essayant de déchiffrer ce que tout cela signifiait.

— C'est pour ça que je suis venue. Vous êtes toutes censées m'aider à y voir plus clair ! ai-je lancé.

Elles ont pouffé de rire.

— Nous ne sommes pas des magiciennes, a dit Elise.

— Et nous ne pouvons certainement pas comprendre les rouages de l'esprit d'un homme, a dit Finley avec un frisson. Elle était la propriétaire de Petits ami du Livre Illimité, la librairie spécialisée en romance où nous nous réunissions pour notre club de lecture. Et elle était heureuse en mariage et mère d'un fils. Comprendre l'esprit des hommes faisait presque partie de son ADN.

Le commentaire de Finley nous a fait rire.

— Quand est-ce que tu sors avec ce type ? a demandé Elise.

— Mercredi, pour le déjeuner, ai-je dit.

— Le déjeuner ? a demandé Melody.

— C'est ce qu'il m'a proposé, lui ai-je répondu.

— Alors, son gamin est à l'école, dit Anna.

— Ah, dit Melody en hochant la tête. C'est logique. Il n'a pas besoin de baby-sitter si son gamin est à l'école pendant la journée.

— C'est ce que je me dis. C'est logique pour un parent célibataire. Si les choses se passent bien, on n'a pas envie de présenter n'importe qui à son enfant. Les rencards du midi ont mauvaise réputation, mais je trouve que c'est un excellent moment pour un rendez-vous. Anna fit un clin d'œil et sourit, nous faisant comprendre à toutes exactement comment elle avait passé sa dernière pause déjeuner.

— Tant mieux pour toi, dit Elise. Et tant mieux pour Hudson.

Anna éclata de rire. — Il n'est jamais déçu, mais oui, quand il n'y a pas d'enfants à la maison, on s'amuse un peu plus.

— Je n'y ai jamais pensé, dit Karissa. Comment est-ce possible que je n'y aie jamais pensé ? Son mari dirigeait le cinéma local, et Karissa était la géniale programmeuse qui avait créé À la Recherche du Héros Littéraire Parfait.

— Pourquoi tu crois que mes parents gardent George même quand je ne travaille pas ? demanda Finley.

Karissa laissa échapper un grognement. — Vous devez toutes me donner plus de conseils de ce genre. Mais d'abord, Chelsea, va t'amuser. S'il est nul, tu le sauras et tu pourras passer à autre chose. S'il est canon, envoie-toi en l'air avec lui. Si tu es indécise, ce n'est pas grave non plus. Mais tu es jeune, tu es magnifique et tout homme qui n'est pas d'accord avec ça ne mérite ni ton temps ni tes draps.

Je gloussai tandis qu'Elise poussait des cris de joie et tapait dans la main de Karissa.

— Oh que oui ! C'est ce qu'on appelle une conclusion parfaite. Tout est dit, approuva Willow.

Le meilleur conseil que j'aie jamais reçu.

LE MERCREDI MATIN, je me suis réveillée avec le sourire aux lèvres. C'était une bonne semaine d'anniversaire jusqu'à présent, et j'étais excitée à l'idée de mon déjeuner-rencard. J'allais rencontrer Papa froid comme la pierre, et voir s'il méritait mes draps.

J'ai laissé sortir Dozer, puis j'ai mis la cafetière en route et je me suis préparé des œufs pour mon petit-déjeuner. J'avais l'estomac noué par l'anxiété, mais c'était toujours le cas avant un rendez-vous.

Quand mon téléphone a sonné alors que je sortais de la douche, j'ai souri en voyant le message qui s'est affiché.

PAPA FROID COMME LA PIERRE

J'ai hâte de vous rencontrer enfin. J'ai hâte de voir votre sourire pour de vrai, et plus seulement l'imaginer.

COUPER LES CHEVEUX, S'EN FICHE

Moi aussi. Je suis contente que ça ait pu se faire.

PAPA FROID COMME LA PIERRE

Je sais qu'un déjeuner n'est pas toujours l'idéal, mais c'est le moment où mon enfant est à l'école. Ce n'est pas ma façon de vous dire que je ne suis pas si intéressé.

COUPER LES CHEVEUX, S'EN FICHE

Je me posais la question, en effet, mais je n'allais pas vous le demander.

PAPA FROID COMME LA PIERRE

Désolé. J'aurais dû le préciser avant aujourd'hui. Je suppose que je devrais m'estimer heureux que vous ayez accepté.

COUPER LES CHEVEUX, S'EN FICHE

J'ai hâte d'être à aujourd'hui, moi aussi.

PAPA FROID COMME LA PIERRE

Tant mieux. Moi aussi.

J'ai posé mon téléphone et j'ai souri à mon reflet dans le miroir. Ça allait être une bonne journée. Jusqu'à présent, avoir trente-deux ans me réussissait. C'était peut-être mon dernier anniversaire en tant que célibataire.

Dozer m'a regardée pendant que je me préparais pour mon rendez-vous. J'ai mis un jean doux et confortable. J'ai ajouté un haut cache-cœur qui moulait ma poitrine et laissait deviner mon décolleté généreux. Les bottines que je m'étais offertes pour mon anniversaire étaient la touche finale parfaite et me donnaient un tout petit peu de hauteur, mais pas trop.

J'ai attrapé ma veste et j'ai sorti Dozer une dernière fois avant de partir.

Le restaurant était un bon choix. Assez chic pour qu'on puisse s'asseoir et discuter, mais pas trop au point de créer un malaise si ça ne se passait pas bien. Je suis entrée et j'ai demandé une table pour deux, puis j'ai envoyé un message à Papa froid comme la pierre.

COUPER LES CHEVEUX, S'EN FICHE

J'ai une table. Je porte un haut noir couvert de fleurs roses et violettes. Je vois la porte d'où je suis, donc je suis sûre que vous me verrez.

PAPA FROID COMME LA PIERRE

Je suis en train de me garer. Je serai à l'intérieur dans quelques secondes.

J'ai pris une grande inspiration pour calmer mon cœur qui s'emballait. Ce type me plaisait. J'étais nerveuse. Il était presque là.

La porte extérieure s'est ouverte. La lumière m'a aveuglée,

si bien que je n'ai pas pu voir qui était là jusqu'à ce qu'il ouvre la seconde porte pour entrer dans le restaurant.

Ses yeux ont balayé le restaurant et se sont arrêtés quand ils se sont posés sur moi.

Non. Impossible. Ce n'était pas possible.

Mon connard de voisin était Papa froid comme la pierre.

Putain.

11

Derek s'est approché de moi lentement. Son regard a glissé sur ma tenue, détaillant les vêtements que je portais. Ceux que je lui avais décrits pour qu'il me reconnaisse en arrivant pour notre déjeuner.

Arrivé à ma table, il s'est arrêté. Il a fait un geste vers l'autre côté de la banquette, attendant un signe de tête de ma part avant de s'asseoir. — Alors, c'est toi Couper les cheveux, s'en fiche ? J'aurais dû m'en douter.

Et voilà la confirmation. Pendant une fraction de seconde, j'ai espéré que ce n'était qu'une coïncidence, qu'il était seulement venu me voir parce qu'il m'avait reconnue, et non parce que nous avions rendez-vous. — Et toi, tu es Papa froid comme la pierre.

Il a marqué une pause d'une seconde, puis a hoché la tête.

Putain, putain, et doublement putain.

— Comment est-ce que ça a pu arriver ? ai-je lâché.

Il a eu un petit rire. — Comment as-tu pu te retrouver avec quelqu'un que tu détestes ?

J'ai levé les yeux vers lui. Ses mots m'ont frappée. Durement. — Je ne te déteste pas, Derek. Ce n'est pas moi qui ne t'aimais pas avant même qu'on se rencontre. C'est toi qui as laissé des mots sur ma porte. Qui as refusé d'apprendre à me connaître. Qui as rendu les choses difficiles entre nous.

— Je…

— Bonjour. Vous êtes prêts à commander ? a dit la serveuse, avec un entrain bien trop joyeux pour la conversation qu'elle venait d'interrompre.

Derek m'a regardée en haussant un sourcil. Un défi ou une question ? Je n'en étais pas sûre. Mais au diable. J'avais faim, et c'était ma chance de manger quelque chose. Bien sûr, je pouvais rentrer à la maison et me préparer un plat, mais j'avais prévu de manger au restaurant, alors c'est ce que j'allais faire.

— J'aimerais le club sandwich à la dinde avec des frites de patate douce et une salade d'accompagnement, s'il vous plaît, ai-je dit à la serveuse avec un faux sourire.

— C'est mon préféré, a-t-elle dit en tapotant l'écran de sa tablette pour entrer ma commande. — Et à boire ?

— Juste de l'eau, s'il vous plaît.

— Du citron ?

— Volontiers. Merci.

Elle a souri, puis s'est tournée vers Derek. — Et pour vous ?

Il m'a fusillée du regard, une véritable guerre faisant rage dans ses yeux. Finalement, il a levé les yeux vers la serveuse et a souri.

Bon sang, j'étais jalouse qu'il lui sourie à elle et pas à moi.

— Je vais prendre le sandwich au cordon bleu avec un supplément de frites, s'il vous plaît. Et une carafe d'eau, sans citron.

— Ça marche. Je lance la commande pour vous deux tout de suite.

— Merci, a dit Derek.

La serveuse s'est éloignée et Derek s'est installé dans la

banquette. Son genou a heurté le mien, et une décharge électrique m'a parcourue.

À la façon dont il a eu le souffle coupé, je me suis demandé si ça lui avait fait le même effet.

— Je m'excuse pour la façon dont je me suis comporté avec toi.

Je l'ai jaugé du regard. Je ne le croyais pas. Où voulait-il en venir ? Certes, il s'était déjà excusé, mais il s'était aussitôt retourné pour m'insulter à nouveau.

— Je veux une belle vie pour mon fils. C'est la personne la plus importante pour moi. Il l'a toujours été.

— Et en quoi est-ce que je l'en empêche ?

— Les gens à qui tu as acheté la maison étaient calmes. Ils n'invitaient jamais personne. On savait à peine qu'ils étaient là. Mais toi… Le premier soir, tu as fait une fête.

— Et je suis désolée que nous ayons été bruyants. Mais après ça ?

— La chambre de Jude donne sur ta maison. Quand tu veilles tard, ça l'empêche de dormir.

— Je… je vais faire de mon mieux pour ne pas faire de bruit.

— Merci.

La serveuse nous a apporté nos boissons et a dit que nos plats arriveraient tout de suite.

Derek lui a fait un signe de tête et a bu une gorgée de son eau.

— Pourquoi est-ce que tu m'as invitée à sortir ? lui ai-je demandé.

— Pas du tout !

J'ai fait un geste vers la table.

— Oh. Eh bien, j'aime bien la personne en ligne. J'aime discuter avec elle.

— C'est juste qu'en personne, tu ne m'apprécies pas.

Il a ouvert la bouche pour dire quelque chose, puis l'a refermée brusquement.

— Quoi ?

— Quel âge as-tu ?

— Pardon ?

— Quel âge as-tu ?

— Trente-deux ans, pourquoi ?

— J'ai quarante-trois ans.

J'ai haussé les épaules, ne sachant pas où il voulait en venir avec cette remarque. — Et alors ?

— Ça ne te dérange pas ?

— Ton âge ? Pourquoi est-ce que ça me dérangerait ?

— Tu sortirais avec un homme de mon âge ?

— Je sortirais avec un homme qui m'attire. Un homme qui serait bon pour moi. Un homme qui me traiterait comme je mérite de l'être. Un homme avec qui j'aimerais passer du temps.

— Comme Andre ? a-t-il craché.

— Andre… Qu'est-ce que ça peut te faire ?

Il a expiré d'un souffle rauque. Il a détourné le regard et secoué la tête. Le tressaillement de sa mâchoire indiquait qu'il se passait autre chose, quelque chose qu'il se retenait de dire.

Oh. J'ai enfin compris.

Il voulait que je lui facilite les choses. Il voulait que ce soit moi qui parte. Pour ne pas avoir à dire ce qu'il pensait vraiment de moi. Ce qu'il voulait vraiment dire.

Il ne voulait pas de moi.

Je me suis mordu la lèvre inférieure avec force. Les larmes me montaient toujours aux yeux, alors j'ai mordu plus fort. Je n'allais pas le laisser voir à quel point son opinion me dérangeait. Il n'était pas le premier homme à me rencontrer en personne et à ne pas être intéressé. Il ne serait pas le dernier. Mais c'était le seul qui avait jamais habité à côté de chez moi et que j'étais obligée de voir régulièrement.

J'ai fait signe à la serveuse. Elle s'est approchée de notre table. — Tout va bien ?

— Pourriez-vous plutôt emballer mon déjeuner à emporter ? Je dois partir.

— Bien… bien sûr. Elle a jeté un regard mal à l'aise entre Derek et moi.

Je lui ai souri pour tenter de lui dire que tout allait bien.

Elle m'a rendu mon regard et s'est dirigée vers la cuisine.

— Pourquoi est-ce que tu pars ?

Je me suis concentrée sur la tâche de sortir mon portefeuille de mon sac à main et d'en retirer de l'argent. Je ne voulais pas attendre plus longtemps que nécessaire. Je savais à peu près combien coûtait mon déjeuner, et j'ai sorti assez de billets pour le couvrir et laisser un pourboire à la serveuse.

— Tu ne vas même pas me dire pourquoi tu me laisses tomber ?

— Tu n'as pas envie d'être ici. Tu m'as bien fait comprendre que je ne te plaisais pas. Et tu m'as bien fait comprendre que ça ne t'intéressait aucunement de sortir avec moi.

— Tu n'as pas la moindre idée de ce que je veux.

— Peut-être. J'ai hoché la tête, m'accordant une minute pour refouler mes émotions là où était leur place. Enfouies là où il ne pourrait pas les voir. Loin sous la surface. Je pourrais les laisser remonter plus tard, quand je serais seule, et il ne saurait jamais à quel point il m'avait blessée.

— Qu'est-ce que ça veut dire, « *peut-être* » ? a-t-il demandé.

J'ai dégluti difficilement, ravalant mes larmes. — Tu n'entendras plus parler de moi. Je garderai mes distances avec toi et Jude. Puisque tu me trouves si… épouvantable, si peu appétissante, je ferai en sorte que tu n'aies plus à te soucier de mon existence.

— De quoi tu parles ?

— Je parle du fait que je ne t'attire pas. Que tu me trouves repoussante, Derek. Je parle du fait que tu essaies de t'assurer que je ne me fasse pas d'idées, que je comprenne bien que ce n'était rien de plus qu'une erreur. Ne t'en fais pas. Message reçu. Je sais que tu ne veux pas de moi. Je resterai loin de toi. Et de Jude, pour qu'on ne se croise pas par accident.

Dieu merci, la serveuse est arrivée avec notre commande au moment où je finissais de parler. Je lui ai tendu l'argent liquide pour payer ma part et lui ai pris le sac, glissant hors de la banquette avant que Derek ne puisse répondre.

Il a crié mon nom, mais je n'allais pas rester dans les parages. Je n'avais plus rien à dire, et je ne voulais pas entendre les conneries qu'il allait essayer d'inventer.

La première larme a coulé alors que je rentrais chez moi en voiture. Je détestais avoir fondé le moindre espoir en lui. En cette compatibilité que je croyais bonne. Je voulais apprendre à connaître l'homme avec qui j'avais discuté, mais il était comme tant d'autres.

J'étais sortie avec toutes sortes d'hommes. Des hommes en surpoids et des hommes minces. Des hommes athlétiques et des hommes maigrichons. Je me souciais plus de l'intérieur que de l'extérieur, mais beaucoup de gens n'étaient pas comme ça.

Qu'on me le rappelle me faisait toujours mal. Je savais que j'étais grosse. Je savais que tout le monde ne me trouvait pas attirante. Je savais que mes hanches étaient larges, que mes cuisses étaient épaisses et que mes seins étaient trop gros. Je savais que je ferais bien de perdre du poids. Mais après le lycée, j'ai arrêté d'essayer. Mon corps n'avait pas besoin d'être différent. Je m'en sortais très bien à la salle de sport, et je pouvais profiter des choses dont j'avais envie. Que ce soit la nourriture ou une activité.

Mais les hommes comme Derek ne me voyaient pas comme une personne à part entière. Ils me voyaient comme une personne qui avait besoin de changer. Qui avait besoin de perdre du poids pour être complète.

Qu'il aille se faire foutre.

Je me suis garée dans mon allée et j'ai pris mon repas. J'allais savourer mon déjeuner. J'allais m'asseoir sur mon canapé et regarder la télé avec mon chien, qui était heureux de me voir.

Dozer a aboyé quand je suis entrée, et je lui ai roucoulé des mots doux.

— Je n'ai besoin d'aucun homme à part toi, lui ai-je dit. Toi, tu ne me juges pas.

Je suis allée dans la cuisine et je me suis versé un grand verre d'eau. Je l'ai bu d'une traite, puis j'ai rempli à nouveau le verre et l'ai ramené dans le salon.

Je venais à peine de m'asseoir quand on a frappé à ma porte. Pas vraiment frappé. Quelqu'un martelait ma porte.

Mon cœur a bondi dans ma gorge, et la peur m'a envahie. Qui martelait ma porte comme ça ? Et pourquoi ?

J'ai attrapé mon téléphone pour regarder l'interphone vidéo.

— Chelsea ! Ouvre ! a crié Derek.

La colère a remplacé la peur, et la fureur m'a poussée vers la porte. Je l'ai ouverte d'un coup sec, devant à nouveau me baisser pour ne pas qu'il me frappe au visage. — Mais qu'est-ce que…

Je n'ai pas eu le temps de finir ma question que ses mains m'enserraient la mâchoire et que ses lèvres s'écrasaient sur les miennes. Il m'a fait reculer dans la maison et a refermé la porte d'un coup de pied derrière nous.

Mes mains se sont posées sur sa chemise, agrippant le tissu. Le repousser ou l'attirer à moi ?

— Dis-moi d'arrêter, murmura-t-il contre mes lèvres. Dis-moi d'arrêter ou je vais te montrer à quel point je te trouve repoussante.

— Quoi ?

— Putain, Chelsea, j'ai envie de toi depuis le premier matin où tu es sortie dans ton jardin avec un de ces débardeurs minuscules et ce short quasi inexistant. Je n'ai fait que rêver de toi. Dis-moi d'arrêter.

J'ai plongé mon regard dans le sien, y lisant la vérité que je n'avais jamais perçue auparavant. — Non.

Il s'est rué sur moi, les lèvres en avant. Il m'a serrée plus près de lui, mes mains piégées entre nos corps.

Mon dos a heurté le mur juste à l'entrée du salon, et Derek s'est plaqué contre moi. J'ai senti la preuve de son désir contre mon ventre. Il n'a pas reculé ni ne m'a laissé une chance de reprendre mes esprits. Il m'a simplement embrassée jusqu'à ce que j'arrête de penser. Jusqu'à ce que j'arrête de me demander s'il était sérieux.

Il s'est reculé et a arraché son t-shirt, le jetant de côté avant de couvrir à nouveau mon corps.

Mes mains se sont étalées sur sa poitrine, les poils dru et bouclés grattant mes paumes. Sa peau était chaude, lisse. Je voulais la sentir contre la mienne.

Je l'ai repoussé. Ses yeux étaient sombres, suivant chacun de mes mouvements. J'ai tiré sur le cordon qui retenait mon haut, laissant le tissu glisser de ma poitrine. Ses paupières se sont abaissées à mi-chemin, mais c'était la seule partie de lui qui a bougé.

Il a déboutonné son jean, le rattrapant avant qu'il ne tombe au sol. Il a fouillé dans sa poche et en a sorti son portefeuille.

Je savais où cela nous menait, et j'étais totalement

partante. Ce n'était pas comme ça que j'avais prévu, ou même espéré, que le déjeuner se passerait, mais je n'en étais pas déçue.

— Montre-toi tout entière, Chelsea, a-t-il murmuré.

J'ai dégluti face à la promesse épaisse dans sa voix. Mon haut a glissé de mes épaules et j'ai porté la main dans mon dos pour dégrafer mon soutien-gorge.

Son regard est tombé sur mes seins nus et s'y est attardé. Il s'est léché les lèvres et a serré et desserré les poings.

— Mon Dieu, tu es magnifique.

J'ai reniflé. — Tu n'es pas obligé de dire ça.

Il a expiré. — Tu n'en as vraiment aucune idée, n'est-ce pas ? Tu penses vraiment que tu avais raison. Que je n'étais pas attiré par toi. Que je ne le suis toujours pas. Il a laissé tomber son jean et a empoigné son érection à travers le boxer noir qu'il portait. — Ce n'est pas à cause d'une autre femme. Ce n'est pas parce que je ne veux pas te baiser. Ça fait des mois que j'ai envie de te baiser, Chelsea. Si tu veux que je m'en aille, je le ferai, mais ce ne sera pas parce que c'est moi qui dis non. C'est à toi de décider. Je respecterai ta décision, sans aucun doute, tu peux me dire non. Tu peux me dire de dégager, et je le ferai. Mais crois-moi quand je te dis que tu es putain de belle.

J'ai inspiré brusquement, laissant ses mots s'imprégner en moi. Aucun homme ne m'avait jamais dit ça avant. J'avais eu ma part de partenaires et j'appréciais le sexe, mais d'habitude, ce n'était que quelques galipettes rapides sous les draps avant que l'on passe à autre chose. Je n'avais jamais eu de relation qui dure assez longtemps pour qu'un homme me dise que j'étais belle.

— Alors, qu'est-ce que tu décides, ma belle ? Tu enlèves le reste de tes vêtements ou je me casse d'ici ?

J'aurais pu lui demander pourquoi il me voulait, mais je

m'en fichais. Même si c'était la seule et unique fois que nous passions ensemble, je le voulais.

Au lieu de lui répondre avec des mots, j'ai accroché mes pouces dans mon jean et ma culotte et j'ai fait glisser les deux jusqu'au sol.

Ses yeux se sont écarquillés. Il s'est caressé. Il s'est écarté de son jean et s'est approché de moi. — Laisse-moi te sentir. Il a tendu la main vers moi, posant le préservatif sur la table près de la porte avant que sa main ne touche ma peau. Il a effleuré mon ventre du dos de sa main.

J'ai coupé ma respiration, contractant la partie la plus flasque de mon corps.

— Ne te cache pas de moi, a-t-il chuchoté. Il a passé sa main sur mon ventre, taquinant l'entre-deux de mes cuisses du bout de ses doigts. — Ouvre-toi pour moi, Chelsea. Tu es mouillée ?

J'ai écarté les jambes et je l'ai laissé sentir.

Il a gémi. « Je suis content de ne pas être le seul à vouloir ça. » Il a glissé un doigt en moi, le retirant pour étaler ma moiteur sur mon clitoris.

Une seule caresse sur mon clitoris et mes hanches ont tressauté.

— Putain, a-t-il sifflé. Il a plaqué sa main contre le mur derrière moi, me coinçant entre son corps et le mur. — Enroule tes bras autour de moi.

J'ai fait ce qu'il m'a dit, mon corps s'affaiblissant tandis qu'il me caressait le clitoris. J'étais déjà sur le point de jouir. Trop proche après seulement quelques secondes. Mais une fois la machine lancée, impossible de l'arrêter, et la mienne tournait à plein régime.

Derek m'a embrassée dans le cou, penchant ma tête en arrière pour avoir un meilleur accès. Il a léché la courbe de ma gorge et a de nouveau enfoncé ses doigts en moi.

J'ai gémi, m'agrippant plus fort à lui tandis que mon orgasme gagnait en intensité.

— Jouis pour moi, Chelsea. Laisse-moi te sentir.

Mon cerveau a cessé de se battre pour garder le contrôle. Mon corps a pris le dessus, abandonnant immédiatement les commandes à Derek. J'ai haleté et gémi et je me suis laissée aller, jouissant fort et bruyamment. — Oui, oui. Oh, putain, oui.

— Oui, a-t-il gémi avec moi. — Putain, oui.

Le seul son que j'ai entendu par-dessus le rugissement dans mes oreilles a été le bruit du sachet de préservatif qui se déchirait. Je me suis accrochée à Derek comme un singe-araignée, à peine capable de me tenir debout après le TGV orgasmique qui venait de me renverser.

— Le canapé, a-t-il dit, retirant sa main du mur et m'encourageant à aller vers le canapé.

J'ai ouvert les yeux pour traverser la pièce et j'ai ri en voyant Dozer assis dans son panier, en train de nous regarder.

— Qu'est-ce qui te fait rire ? a demandé Derek.

— On dirait que Dozer est perplexe.

Derek a regardé dans sa direction, gloussant en voyant l'expression de Dozer. La tête penchée, les yeux écarquillés, un soupçon de peur.

— C'est comme s'il n'avait jamais vu des gens faire l'amour.

— Il ne m'a assurément jamais vue faire l'amour.

— Quoi ? a demandé Derek.

— Je ne l'ai que depuis quelques mois.

— Oh, je n'avais pas réalisé.

Nous nous sommes arrêtés à côté du canapé. Parler de mon chien avait calmé l'excitation que je ressentais, mais je ne voulais pas que ça s'arrête.

Le regard que Derek m'a lancé me disait qu'il ressentait la

même chose. Il a fait un pas vers moi, me cachant Dozer.

— Tu veux que je parte ?

J'ai lentement secoué la tête.

— Bien. Il m'a embrassée avec fougue, à m'en couper le souffle. Ses mains ont exploré mes courbes, avec un mélange de respect et de tentation. En quelques secondes, j'étais de nouveau happée par l'instant, prête pour la suite.

Il a fait un autre pas vers le canapé. Mes jambes ont heurté le bord, et nous avons interrompu notre baiser. Je me suis assise, me retrouvant nez à nez avec l'entrejambe de Derek.

Je me suis léché les lèvres, et sa bite a tressauté. Il portait encore son caleçon. J'ai tendu la main, tirant sur le tissu pour accommoder sa taille.

— Wow, ai-je murmuré une fois qu'il a été libéré. Je me suis penchée en avant et lui ai léché la bite.

Il a sifflé entre ses dents, une de ses mains se portant à mes cheveux. Il les a tirés en arrière, resserrant son poing autour de la queue de cheval qu'il venait de créer. — Chelsea.

Je l'ai pris dans ma bouche, incapable de l'avaler en entier, mais gémissant devant son odeur et son goût. Il y avait une pointe de savon de sa douche matinale, mais son odeur virile a suffi à inonder mon intimité. Je le voulais. Terriblement.

Je l'ai sucé et léché juste assez pour le taquiner, et quand il s'est reculé, je n'ai ni protesté ni résisté. Il a déroulé le préservatif et s'est agenouillé sur le canapé, me poussant à m'allonger. Il s'est positionné et a glissé doucement en moi.

Mon corps s'est étiré pour lui faire de la place, mes muscles peu sollicités ayant besoin d'un encouragement constant pour l'accueillir. Chaque coup de rein frôlait mon clitoris et me donnait plus d'encouragement que nécessaire.

— Derek, ai-je murmuré, sentant un orgasme monter.

Il se maintenait en appui sur une main posée sur le dossier du canapé. Il a glissé l'autre entre nous et a appuyé sur mon clitoris. Il s'est enfoncé plus profondément alors que je commençais à jouir, déclenchant un autre orgasme.

— Putain ! Derek ! ai-je hurlé, la soudaineté et l'intensité me choquant et me procurant un plaisir si intense que je n'étais pas sûre d'en connaître un jour un autre aussi délicieux.

— Oh, putain, grogna-t-il en s'enfonçant complètement en moi. Ses hanches reculèrent, puis s'abattirent en moi avec force, imposant un rythme qui me faisait cambrer le dos et inondait mon corps, de nouveau prête pour lui.

J'essayais de suivre ses coups de reins, me soulevant pour aller à sa rencontre une fois sur trois ou quatre. Ça ne semblait pas le déranger, et il grognait à chaque poussée jusqu'à ce qu'il s'enfonce profondément et s'immobilise.

— Chelsea, gémit-il, un grognement et un soupir s'ajoutant aux autres sons avant qu'il ne s'abaisse sur moi.

Je tremblais sous son corps, le poids de son être réconfortant mon cœur jusqu'alors meurtri. Il venait définitivement de me prouver que j'avais tort de croire qu'il ne voulait pas de moi.

Et ce sentiment était presque aussi bon que les orgasmes qu'il me donnait.

12

Nous sommes restés allongés sur le canapé pendant quelques minutes, le souffle doux de Derek sur mon cou et son poids m'enfonçant dans les coussins.

Je ne voulais pas qu'il parte. Je ne voulais pas que notre déjeuner soit terminé. Mais je savais que c'était temporaire. Il devait retourner au travail, et le fait que nous ayons couché ensemble ne signifiait pas que tout allait bien entre nous.

Bon sang, je ne savais même pas s'il y avait quelque chose entre nous. Voulait-il me revoir ? Est-ce que je voulais le revoir ? Était-ce une aventure secrète ? Allions-nous sortir ensemble ?

— Je t'entends penser, murmura-t-il en s'écartant de moi pour me regarder dans les yeux. Au bout d'une seconde, il a évité mon regard. — Je devrais y aller.

— D'accord, ai-je dit.

Il est descendu de moi, la tête basse, pour récupérer ses vêtements. — Euh, ça te dérange si j'utilise ta salle de bain ?

— Oui, bien sûr. Elle est à côté de la cuisine.

Il a hoché la tête et a emporté ses vêtements en direction

de la cuisine. Dozer l'a regardé partir, ne se tournant vers moi que lorsque Derek a disparu de sa vue.

— Je sais, ai-je sifflé à l'intention de mon chien. J'ai inspiré un grand coup et je me suis roulée hors du canapé. Nue. J'étais nue dans mon salon en plein milieu de la journée parce que je venais de coucher sur mon canapé avec mon voisin, avec qui j'étais en guerre depuis le jour de mon emménagement.

Mais qu'est-ce qui n'allait pas chez moi, bon sang ?

Je me suis précipitée pour attraper mes vêtements et me rhabiller avant le retour de Derek. La porte de la salle de bain s'est ouverte au moment même où j'enfilais mon haut. J'ai tripoté le lien, me dépêchant de le nouer avant qu'il ne revienne.

— Je... je n'ai aucune idée de ce que je suis censé dire, là, tout de suite, a-t-il dit.

Je me suis forcée à sourire et je me suis tournée pour le regarder. — Tu n'as rien à dire.

Il a plissé les yeux en m'étudiant. Quand il a fermé les paupières et soupiré, j'ai su que cela signifiait qu'il était soulagé que je ne le pousse pas à en dire plus. — Ce n'est pas pour me débarrasser de toi, Chelsea.

Eh bien, ce n'est pas ce que je pensais. «D'accord ?»

— Je pensais ce que j'ai dit. Ça fait des mois que je te désire. Je suis... Merde. Je savais que je n'aurais pas dû débarquer ici comme je l'ai fait.

— Pourquoi ? Parce que maintenant tu penses que je'vais te créer des problèmes ?

— Bon sang. Putain. J'aimais la femme à qui je parlais. La femme de cette stupide application. Celle qui était honnête, gentille et drôle. Et je désirais ma voisine avec ses formes généreuses, son côté sexy et la tentation qu'elle représentait. Découvrir que tu'es la même personne, c'est comme si on m'offrait une voiture de sport. C'est le meilleur des deux mondes.

— Je ne suis pas… Je ne veux pas que tu te sentes obligé de dire des choses pareilles.

Il a traversé la pièce si vite que je n'ai pas eu le temps de reculer pour me mettre hors de sa portée. Ses lèvres ont couvert les miennes, sa langue forçant mes lèvres à s'entrouvrir avec une facilité à laquelle je n'aurais pas dû céder. Il m'a coupé le souffle, et en même temps, il a calmé le chaos dans ma tête alors que sa langue balayait l'intérieur de ma bouche, me faisant comprendre qu'il n'en avait pas fini.

— Je te veux, Chelsea. Je veux la femme qui aime son travail et se soucie de ses amies, et je veux la femme qui a adopté ce chien qui est une vraie plaie et qui va détruire mon calme et perturber ma sérénité. Je veux la femme qui me donne envie de tout envoyer balader et de dire à mes employés que je'ne reviens pas travailler. Je veux la femme qui recueille mon fils quand il'est seul et effrayé et qui fait tout son possible pour s'assurer qu'il'va bien. Je veux toutes tes facettes. Si tu es d'accord pour découvrir où cela pourrait nous mener.

— Personne'ne m'a jamais dit des choses comme ça.

— Ce sont tous des idiots. Et j'ai de la chance d'être le premier assez intelligent pour voir qui tu es. Même s'il m'a fallu beaucoup trop de temps pour le comprendre.

— Est-ce que tout ça est réel ? Tu n'es pas en train de te jouer de moi ?

Il a secoué la tête lentement. «Absolument pas. Je suis désolé de t'avoir donné cette impression.»

J'ai inspiré profondément en hochant la tête. «D'accord.»
— D'accord, quoi ?
— D'accord, découvrons où ça peut nous mener.
— Ah oui ?
J'ai de nouveau hoché la tête.

Il s'est de nouveau penché vers moi, puis il s'est arrêté et a reculé. — Je... Je déteste te demander ça, mais est-ce qu'on peut garder ça entre nous ?

— Pourquoi ? Toutes ces craintes que j'essayais d'ignorer, les doutes qui résonnaient dans mon esprit, se sont amplifiés à sa demande.

— À cause de Jude. Il n'y a pas d'autre raison. Sa mère... je ne lui ai jamais présenté une femme avec qui je sortais. Je ne veux pas qu'il s'attache à quelqu'un pour qu'elle s'en aille comme sa mère l'a fait.

Ça ne me plaisait pas, mais je comprenais. Ça semblait raisonnable. Il n'y avait qu'un seul problème. — Jude me connaît déjà. Il adore Dozer. Comment... ?

— Je sais. Et je ne sais pas. Mais... Est-ce qu'on peut essayer ? Pour lui. C'est la seule raison.

— D'accord.

— Tu es sûre ?

— Si c'est ce qu'il y a de mieux pour Jude, alors oui. Je comprends.

— Merci. Je sais que c'est beaucoup demander, mais ça compte énormément pour moi.

J'ai hoché la tête, mal à l'aise avec cette demande, mais incapable de trouver un argument qui ne me ferait pas passer pour une garce. Peut-être qu'il était sincère. Et peut-être qu'il ne voulait pas que quiconque sache qu'il sortait avec moi. Quoi qu'il en soit, j'allais suivre ses règles.

Pour le moment.

J'AI EU des nouvelles de Derek de façon sporadique au cours des jours suivants. Je n'étais pas sûre de toute cette histoire, mais il m'a contactée plusieurs fois pour savoir comment j'allais. Rien de bouleversant ou de personnel, mais c'était mieux que pas de contact du tout, alors j'étais prudemment optimiste.

Haley m'a convaincue d'aller au club de lecture le dimanche soir, même si elle n'a pas eu besoin d'insister beaucoup, et elle a proposé de passer me prendre. J'avais le sentiment qu'elle voulait me parler de quelque chose.

J'avais raison.

— J'ai trouvé une bague, souffla-t-elle quand je suis montée dans sa voiture.

— Comment ça ? haletai-je.

Haley fit marche arrière pour sortir de mon allée et s'engagea dans la rue. Elle serrait le volant si fort que ses jointures en étaient blanches. — Knox a une bague. Une bague qui a tout l'air d'une bague de fiançailles. Qu'est-ce que je fais ? Sa voix frôlait la panique, teintée de terreur.

— Tu ne veux pas l'épouser ?

— Si. Mon Dieu, tellement. Mais si je me trompe ? Ou s'il la garde pour Daniel ou quelqu'un d'autre ? Et s'il change d'avis ?

— Oh là. D'où sort tout ça ? Knox et toi, vous êtes solides. Votre couple va si bien depuis des mois. Je pensais que toutes ces folies étaient derrière vous.

— C'est ce que je pensais aussi. Elle resta silencieuse un instant, se concentrant sur la route au lieu de partager ses pensées. — Je l'aime.

— Mais ?

— Mais rien. C'est juste que... Dawson m'a vraiment retourné le cerveau. Et tous les hommes avant lui. Avec Knox, j'ai toujours eu l'impression qu'il était trop beau pour être vrai. Et le mariage ?

— Tu veux te marier ?

Elle hocha la tête, pinçant ses lèvres entre ses dents.

— Tu es tellement excitée que tu en as peur, n'est-ce pas ? demandai-je.

Elle déglutit difficilement et hocha de nouveau la tête. Elle trouva une place de parking près de Petits ami du Livre Illimité et coupa le moteur. — J'ai toujours voulu avoir le sentiment d'appartenir à un endroit. À quelqu'un. Il a tellement fait partie de cette ville toute sa vie que j'ai eu peur que tous ceux qui ne m'aimaient pas le fassent changer d'avis.

— Oh, Haley. Il t'aime. Ça ne me surprend pas du tout qu'il veuille t'épouser. Mais tu dois te défaire de ces craintes. Si tu veux ta place ici, elle est à toi. Tu vis ici depuis assez longtemps pour que les gens te connaissent. Et les gens t'apprécient. Mince, même Madeline a fini par t'apprécier.

Haley laissa échapper un rire. Madeline était une cliente de notre ancien patron, une de celles qui détestaient Haley. Mais Madeline a fini par lui donner sa chance, a découvert qui elle était vraiment, et est devenue sa cliente.

— Si Madeline a pu changer d'avis, tu sais bien que toute la ville t'adore.

— Je suppose.

— Y compris Knox. Il sait que te laisser partir serait une énorme erreur.

— Tu crois ? demanda Haley.

J'ai hoché la tête. — Maintenant, parle-moi de la bague.

Haley a soupiré. — Elle est sublime. Absolument parfaite pour moi. Et beaucoup trop chère. Il n'avait pas besoin de dépenser autant.

— Tu le vaux bien, Haley. Jusqu'au dernier centime. Et je suis sûre que Knox serait d'accord.

— Merci, Chelsea. Elle a pris une inspiration. — Et merci de me laisser paniquer sans me dire que je suis stupide.

— Jamais.

Haley a souri et s'est élancée pour me serrer dans ses bras. J'ai ri et l'ai étreinte à mon tour.

Haley s'est reculée et a ouvert sa portière. Je l'ai rejointe sur le trottoir, et nous avons marché jusqu'à Petits ami du Livre Illimité.

Avant que Finley nous laisse entrer, Haley m'a tirée par le bras. — Est-ce que je devrais le dire aux autres ?

— C'est à toi de voir. Quelqu'un pourrait savoir quelque chose et gâcher la surprise que Knox a prévue. Mais tu sais qu'elles seront toutes très heureuses pour toi. Que tu leur dises maintenant ou plus tard.

Haley a hoché la tête, une lueur de peur brillant dans ses yeux. — Je vais peut-être garder ça pour moi pour l'instant.

— Tu l'as dit à Sofia ?

Haley secoua la tête. — J'avais peur que ce soit une bague pour elle et je ne voulais pas lui gâcher la surprise.

— Alors, ça reste notre secret pour l'instant.

Je me suis forcée à sourire et j'ai essayé de ne pas penser à l'autre secret que je gardais. Je n'ai jamais été très douée pour garder les choses pour moi. C'était une sensation désagréable.

— Salut, les filles, dit Finley en nous accueillant chacune d'une accolade.

— Comment vas-tu ? demanda Haley à Finley.

— Bien. C'est calme par ici maintenant qu'on est en octobre.

— Et c'est une bonne chose ? lui ai-je demandé.

Finley a hoché la tête. — Pour moi, oui. Avant, je luttais contre ça, mais maintenant je peux lire davantage et passer plus de temps à la maison avec George.

— Comment va George ? a demandé Haley.

— Il est parfait, dit Finley d'une voix rêveuse. — Il nous fait courir.

— Un petit frère ou une petite sœur pour George ? ai-je demandé.

— J'ai posé la même question ! a dit Elise quand nous

sommes arrivées dans la section au fond du magasin que nous utilisions pour le club de lecture.

Finley a secoué la tête, mais ses joues ont rougi.

— Tu essaies, a dit Blake, anéantissant la tentative de Finley de cacher la vérité. — Nous aussi ! Peut-être qu'on aura à nouveau des cousins du même âge.

— Ce serait trop génial, a dit Finley. — Et oui, on essaie, mais Trent ne voulait pas que tout le monde le sache. On est tombés enceints de George par accident, et ça fait quelques mois, alors il stresse.

— chaque grossesse est différente, a dit Zoey. Et il n'y a aucune raison de s'inquiéter.

— Essaie de lui dire ça, a grommelé Finley.

— Je suis tombée enceinte de Cameron en quelques mois, mais ça a été un peu plus long pour Alexis. Nina a été la plus grande surprise. Nous n'étions ensemble que depuis quelques mois quand je suis tombée enceinte d'elle, a dit Zoey. Et s'il te stresse, distrais-le. Fais quelque chose qui consiste à profiter l'un de l'autre au lieu d'essayer de faire un bébé.

— Ooh, j'aime bien cette idée. Ian n'est pas stressé, vu qu'on a mis du temps à concevoir Maddox, mais on y pense tout le temps. Ça te dit d'aller faire les boutiques cette semaine ? a demandé Blake à Finley.

— Je crois qu'il le faut. Quelque chose pour lui changer les idées, a dit Finley.

— Ça vous dérange si je me joins à vous ? a demandé Melody. On est un peu dans une routine, ces derniers temps.

— Absolument, a dit Finley. Quelqu'un d'autre ?

— Je suis toujours partante pour acheter des trucs amusants pour pimenter les choses, a dit Elise. Chelsea ? Tu veux te joindre à nous ?

— Quoi ? Pourquoi est-ce que je voudrais venir ? ai-je lâché.

— Je pensais que tu avais eu un rendez-vous avec ton partenaire la semaine dernière. Ce serait bien d'avoir quelque chose sous la main pour votre prochain rendez-vous. Elise a remué les sourcils dans ma direction.

J'ai secoué la tête. — Ça va aller, merci.

— Tu n'as pas eu ton déjeuner la semaine dernière ? a demandé Elise.

Mince. J'avais oublié que je leur avais parlé du rendez-vous. — Ouais, je ne suis pas sûre pour lui.

— Mais tu as eu un rendez-vous ? a demandé Haley. Il était mignon ?

J'ai hoché la tête. —Il est mignon. Il est gentil. Mais je ne suis pas sûre de le revoir.

— C'est nul, dit Elise. Tu as au moins eu un orgasme à ce rencard ?

— Elise ! haleta Blake.

— Quoi ? demanda Elise, qui avait l'air choquée que sa remarque puisse surprendre qui que ce soit.

Je me suis contentée de secouer la tête et de rire, en espérant que quelqu'un changerait de sujet.

— Comment ça se passe avec Derek ? demanda Melody. Ce n'était pas le changement de sujet que j'espérais.

— Quoi ? Qu'est-ce que tu veux dire ? ris-je nerveusement. Savait-elle quelque chose ? Je pensais que notre… quoi que ce fût, était secret.

Melody a regardé toutes les autres dans la pièce. Elles me fixaient toutes comme si j'étais folle.

— Je voulais juste savoir si vous aviez parlé et trouvé un terrain d'entente. La dernière fois que tu as parlé de lui, tu n'étais pas fan. Melody a parlé lentement et distinctement.

— Je… Euh… Oui, enfin, rien n'a changé. On n'est toujours pas amis. Euh, Jude est super. Mais Derek est… pénible, balbutiai-je.

— J'espérais vraiment que vous vous entendriez. Je ne comprends pas pourquoi il est si difficile. Je sais qu'il aimait bien les gens qui possédaient la maison avant toi, mais ce n'est pas comme s'il était proche d'eux, dit Melody.

— Ouais, je... Je ne sais pas, dis-je, m'enfonçant encore plus. Il fallait que je me taise et que je laisse la conversation se dérouler sans moi.

— Il finira par s'adoucir. C'est un type bien, dit Melody.

— Il l'est vraiment. Cameron et Jude sont copains depuis qu'on a emménagé ici, et Derek a toujours été super. Tiens, je vais peut-être le contacter pour voir s'il peut venir à la soirée entre mecs cette semaine. Peut-être que les autres gars pourront lui dire à quel point Chelsea est géniale et le faire changer d'avis, dit Zoey, cherchant l'approbation des autres du regard.

Tout le monde a hoché la tête, acceptant en silence de demander à leurs petits amis et maris de dire du bien de moi à l'homme que je fréquentais plus ou moins, peut-être ? Oh là là. Quel désastre.

— Les filles, ce n'est pas la peine de faire ça. Ça va. Il ne peut rien me faire. Mon rire était aigu et nerveux, même à mes propres oreilles.

J'ai scruté les autres du regard, cherchant celle qui allait voir clair dans mon jeu, mais aucune d'entre elles n'a semblé remarquer ma tentative un peu trop empressée de prendre la défense de Derek.

Sauf Haley. Ses yeux se sont plissés et son menton s'est relevé. Elle était méfiante. Elle a pris une autre bouchée de gâteau, puis s'est dévouée pour me sauver la mise et a dit :

— J'ai trouvé une bague dans le tiroir de Knox.

— Tu as fait quoi ? ont-elles toutes lancé, en se jetant sur la nouvelle de Haley.

Après notre discussion dans la voiture où elle m'avait dit

qu'elle ne voulait pas en parler aux autres, j'ai su qu'elle le faisait pour me sauver. Peu importait qu'elle ne sache pas de quoi elle me sauvait, elle le faisait pour moi. Ce qui s'est confirmé quand elle a croisé mon regard et m'a fait un clin d'œil.

Ce qui signifiait qu'elle me demanderait des détails. Mince.

J'ai essayé de trouver une excuse pendant le reste du club de lecture, mais chaque pensée était embrouillée par la vérité. Je n'aimais pas mentir, et mentir à mon amie et associée me semblait mal. C'est pourquoi j'ai tout déballé à Haley dans la voiture sur le chemin du retour.

— Oh là, attends, tu as couché avec Derek ? s'est-elle écriée alors qu'elle se garait dans mon allée.

J'ai hoché la tête.

— Ça mérite un verre de vin. Et plus de temps. Je peux entrer ?

J'ai hoché la tête. — Oui. Je crois que j'ai besoin de parler à quelqu'un.

— Ça ne présage rien de bon, a dit Haley.

J'ai secoué la tête. — Tout n'est pas rose.

J'ai déverrouillé la porte et allumé les lumières. Dozer s'est précipité pour nous accueillir, aboyant et sautant sur Haley avant de nous tourner autour et de nous guider vers la cuisine.

Haley a accordé de l'attention à Dozer pendant que je prenais une bouteille de vin et nous servais un verre à chacune. Je lui ai tendu le sien, et nous sommes retournées dans le salon.

— Reprends depuis le début. Qu'est-ce qui se passe ?

J'ai pris une grande inspiration et j'ai tout raconté à Haley, depuis notre rencontre sur « À la Recherche du Héros Littéraire Parfait » et les mois que nous avions passés à discuter sur le site, jusqu'à nos interactions limitées depuis que j'avais emménagé. Je lui ai parlé de sa jalousie, ce dont elle était déjà au courant, puis du fait qu'il m'avait invitée à sortir et de notre déjeuner qui s'était transformé en partie de jambes en l'air sur le canapé. Et enfin, de sa demande de garder notre relation secrète, et de ma peur qu'il ait honte de moi.

— Oh, Chelsea, il serait idiot d'avoir honte de toi.

J'ai laissé échapper un rire sans joie. — On sait toutes les deux que tous les hommes n'assument pas toujours qui les attire. Il pourrait très bien se détester de me désirer.

— D'accord, certains hommes sont des connards, et je suis d'accord que c'est tout à fait possible. Tu penses vraiment que c'est ça ? Et le sexe, c'était comment ?

Je lui ai lancé un regard qui en disait long.

Haley a ri. — OK, incroyable. Elle a fait un geste circulaire avec sa main en direction de mon visage. — J'aime bien cette expression. Et un homme ne donne pas cette expression au visage d'une femme qu'il ne trouve pas vraiment attirante. Tu as dit qu'il t'observait dans le jardin ?

— C'est ce qu'il a dit. Que quand je laisse sortir Dozer, ça le rend fou.

— Même si c'est un peu flippant, je pense que c'est plutôt bon signe.

— Je n'ai jamais su qu'il pouvait voir dans mon jardin. J'aurais dû m'en douter, mais je ne l'ai jamais vu aux fenêtres et j'ai supposé qu'il n'allait pas juste rester là à me regarder. Si j'avais su qu'il pouvait me voir, j'aurais mis autre chose.

— On dirait que tout s'est bien goupillé. Sauf que tu paniques toujours.

J'ai expiré longuement. — N'est-ce pas mauvais signe qu'il ne veuille le dire à personne ?

— Pas si c'est vraiment à cause de son fils.

— Mais comment savoir si c'est vraiment la raison ?

Haley a souri. — Tu ne vas pas aimer ma réponse.

— Quoi ? ai-je grommelé.

— Tu dois lui faire confiance.

— Tu as raison. Je n'aime pas cette réponse, lui ai-je dit.

Elle s'est contentée de rire. Mais elle avait raison. Je devais lui faire confiance. Si je voulais être avec lui.

13

DEREK

Je n'ai vu Chelsea qu'une seule fois dans la semaine qui a suivi notre déjeuner. Une seule fois. J'avais l'impression qu'elle m'évitait. Je lui ai envoyé des messages pour lui demander si nous pouvions nous revoir, mais elle est restée évasive.

Du moins, elle n'a rien proposé qui m'arrangeait et qui me permettait de cacher notre relation à Jude.

Quand Zoey m'a demandé si je voulais déposer Jude jeudi soir pour que je puisse aller à la soirée entre gars chez O'Kelley's, j'ai été tenté de laisser tomber les autres et de retrouver Chelsea. Très tenté. Mais Zoey a aussi proposé que Sebastian vienne avec moi à la soirée.

Mon plan est tombé à l'eau.

— Jude ! Tu es prêt ? ai-je lancé vers l'étage.

— J'arrive ! Les pas de Jude au-dessus de moi ont été suivis par sa course autour de la rampe avant qu'il ne dévale les escaliers. Il arborait un immense sourire. Il n'avait jamais le droit de sortir un soir d'école, et le fait de pouvoir non seulement sortir, mais aussi passer du temps avec Cameron, rendait Jude fou de joie.

Zoey avait déjà proposé de garder Jude, mais lorsqu'elle était enceinte, puis quand Nina était bébé, je n'avais pas accepté son offre. Ça ne me paraissait pas correct de lui laisser un autre enfant pour que je puisse sortir boire un verre avec des amis. Elle n'était pas ma femme, et elle n'avait pas à s'occuper de mon fils.

Mais maintenant que Nina avait deux ans, et que Zoey insistait sur le fait que la présence de Jude lui faciliterait la soirée, j'ai accepté.

— Cameron m'a dit qu'il avait un nouveau jeu vidéo. On va y jouer ce soir, m'a annoncé Jude alors que nous sortions. J'ai parlé de Dozer à Cameron et je lui ai demandé s'il pouvait venir à la maison un de ces jours. Espérons que Mme Chelsea nous laissera jouer avec Dozer. Si Cameron peut venir.

— Je suis sûr qu'elle sera ravie de vous laisser faire.

— Elle est trop cool, papa.

— Je ne savais pas que tu la voyais si souvent.

— Quand elle ne travaille pas, elle sort Dozer lorsque je suis à la maison pour qu'on puisse jouer dans le jardin de devant. Elle sait que tu as des règles.

Son ton laissait entendre qu'il trouvait ridicules mes règles lui interdisant d'aller dans le jardin de qui que ce soit.

Il était peut-être temps d'assouplir cette règle, du moins en ce qui concernait Chelsea. — Je pourrais peut-être parler à Mme Walsh pour que tu ailles dans le jardin de Chelsea. Puisqu'elle est juste à côté, que le jardin est clôturé et qu'on la connaît un peu.

— Vraiment ? Ce serait trop génial. Mme Chelsea m'oblige à garder Dozer en laisse dans le jardin de devant, mais si on pouvait courir dans son jardin, ce serait trop cool.

— Je vais parler à Mme Walsh, ai-je promis.

— Génial.

Il y avait longtemps que je n'avais pas laissé Jude aller

quelque part sans moi. J'assistais à la plupart de ses activités. C'était en partie pour ça qu'il n'en faisait pas beaucoup. Le collège entraînait des changements pour nous deux. Je n'arrêtais pas de penser à ce que M. Laurel avait dit quand je lui avais parlé du fait que Jude descendait du bus sans surveillance. Jude grandissait. Il allait devenir indépendant. Il allait avoir besoin de plus de liberté. Je n'étais pas obligé d'aimer ça, mais ça allait arriver, que ça me plaise ou non, alors autant m'y faire.

Je me suis garé devant la maison de Zoey et Sebastian, et à peine avais-je coupé le contact que Jude sautait du camion et se précipitait vers la porte. Elle s'est ouverte alors qu'il était à mi-chemin de l'allée, Cameron lui souriant et lui faisant signe d'entrer. Ils ont disparu au moment où je contournais mon véhicule.

— Tu veux entrer ? a demandé Sebastian, apparaissant dans l'embrasure de la porte que les garçons avaient laissée ouverte.

— Ouais, je vais passer dire bonjour à Zoey. Si ça ne dérange pas.

— Bien sûr, a dit Sebastian. — Ces garçons sont des terreurs.

J'ai gloussé avec lui, son sourire trahissant ce qu'il pensait vraiment.

Zoey descendait le couloir en direction de la porte d'entrée quand je suis arrivé sur le porche. — Salut, Derek. Je me suis dit que vous ne deviez pas être loin, car j'ai entendu les pas vers le donjon.

— Le donjon ? ai-je demandé.

Sebastian a secoué la tête. — C'est comme ça qu'elle appelle la salle de jeux. On la garde dans le noir pour que les effets soient meilleurs.

— Et c'est au sous-sol, a ajouté Zoey.

— Jude est ravi d'être ici. Merci de l'accueillir.

Zoey a souri. — Avec plaisir. C'est un garçon formidable, toujours respectueux et gentil. Il empêche même Cameron d'embêter ses sœurs, ce qui n'est pas une mince affaire.

— Je suis content d'apprendre qu'il ne vous pose pas de problèmes.

— Jamais, a dit Zoey.

— Tu es prêt ? m'a demandé Sebastian.

— Ouais. J'imagine que Jude a oublié que j'existe, alors dites-lui au revoir de ma part s'il refait surface avant notre retour.

Zoey a ri en hochant la tête. — Je lui dirai. J'ai des pizzas pour eux quand ils auront faim, et je sais que le nouveau jeu va bien les occuper.

— Il n'y a pas de doute. Merci, Zoey.

— De rien. Passez une bonne soirée.

J'ai hoché la tête et lui ai fait un signe de la main, me dirigeant vers mon pick-up pour qu'elle et Sebastian aient une minute pour se dire au revoir sans que je les observe. Sebastian est monté dans mon véhicule quelques secondes après moi.

— Tu es sûr que ça va pour conduire ? m'a-t-il demandé.

— Ouais. Je dois rentrer chez moi en voiture après de toute façon, donc c'est logique que je conduise maintenant.

— Merci, mec. Mais ce n'est pas pour ça que Zoey a proposé de garder Jude, cela dit.

— À t'entendre, on dirait qu'il y a une raison pour laquelle elle a fait cette proposition. Je n'avais pas envisagé de motif caché, mais maintenant que tu m'as mis cette idée en tête, je ne pouvais plus penser à autre chose.

— Les femmes se croient si malignes. Elles ont manigancé tout ça pour essayer de te convaincre de ne pas détester ta voisine, Chelsea.

— Pourquoi pensent-elles que je la déteste ?

Les sourcils de Sebastian ont tressailli à ma question,

suggérant soit que j'étais fou de la poser, soit que j'étais fou de la détester.

— Eh bien, pour commencer, il y a les mots sur sa porte et les menaces d'appeler les flics.

— Je me suis excusé pour ça.

— Vraiment ?

— Ouais. Tout va bien entre nous maintenant.

— Est-ce que Chelsea est au courant ?

— Qu'est-ce que tu veux dire ?

— Tout ce plan a été élaboré dimanche soir, quand elles étaient au club de lecture.

— Sérieux ? C'était une surprise, et un peu frustrant. Surtout après la semaine dernière. On a couché ensemble. Je lui ai dit que je voulais la voir. Et elle racontait aux gens que je la détestais ?

— Tu as l'air surpris. Tu es sûr que Chelsea sait que tout va bien entre vous ?

— Je ne vois pas comment elle pourrait l'ignorer après…

— Après quoi ? a demandé Sebastian.

J'ai pris une grande inspiration et j'ai expiré lentement. C'en était fini de garder notre relation pour nous. J'ai lancé à Sebastian un regard qui disait tout ce que je ne formulais pas à voix haute.

— Vous avez couché ensemble. Eh bien… Ça ne veut pas toujours dire que tout va bien. Zoey et moi, on a couché ensemble pendant des mois avant de se remettre ensemble. J'étais tellement furieux contre elle. Je me disais que je la détestais. Mais je la désirais tellement que j'étais prêt à essayer de me la sortir du corps en la baisant. Ça n'a pas marché, de toute évidence. Je l'ai épousée.

— Ce n'était pas ça.

— Alors c'était quoi ?

J'ai garé mon pick-up et j'ai coupé le contact. — On a été mis en relation. Sur cette application. On a discuté pendant un moment, mais elle n'était pas comme les autres femmes que j'y ai rencontrées, qui ne cherchaient qu'un coup d'un soir. J'aimais bien discuter avec elle. Je n'avais aucune idée que c'était Chelsea avant qu'on se retrouve pour déjeuner la semaine dernière.

— Bon, cette histoire, il faut la raconter autour d'un verre et avec plus de monde pour l'entendre.

— Je ne peux pas leur raconter ça à tous.

— Mec, c'est pour ça qu'on est là. On parle de nos compagnes, ou de celle qu'on voudrait voir devenir la nôtre pour les gars célibataires, et on s'entraide pour ne pas tout foutre en l'air. Fais-moi confiance, tu en as besoin.

La main de Sebastian était sur la poignée de la portière, attendant que j'accepte. J'ai hoché la tête, et il a ouvert la porte, est sorti et m'a attendu sur le trottoir.

J'avais l'impression d'aller au peloton d'exécution. Ils aimaient tous Chelsea. Elle faisait partie du groupe de femmes que leurs compagnes fréquentaient. Pour toutes les choses que j'appréciais dans le fait d'élever Jude dans une petite ville, ce groupe soudé où tout le monde veillait les uns sur les autres était un vrai défi.

Parce que je ne faisais pas partie du groupe. J'étais en marge. Inclus quand ça les arrangeait, mais pas quelqu'un qu'on invitait à la plupart des événements.

Et j'entrais dans le camp de base, sur le point de leur dire à tous que l'une des leurs était en danger. Que nous étions ensemble. Être dans le groupe et en dehors ne marchait pas. Ian et Blake, ça marchait. Ramsey et Melody, ça marchait. Zoey et Sebastian, ça marchait. Moi et Chelsea ?

Au moins, j'avais mon propre pick-up pour pouvoir rentrer chez moi quand ils me mettraient à la porte.

Sebastian m'a ouvert la voie jusqu'au bar, s'emparant d'un siège à une extrémité et me laissant le tabouret libre au milieu de la mêlée. Jeté aux loups.

Les regards échangés le long du bar m'ont indiqué qu'ils étaient tous dans le coup pour me faire apprécier Chelsea. Ce qui signifiait qu'ils aimaient tous Chelsea, et que j'avais raison. J'étais vraiment foutu.

— Il sait pourquoi on est là, et il a des nouvelles, a dit Sebastian une fois que tout le monde s'est salué et que la conversation en cours à notre arrivée s'est éteinte.

— Des nouvelles ? a demandé Ian. Il était assis à ma droite. Nous avions discuté quelques fois du fait d'être de petits entrepreneurs en ville. J'appréciais et respectais Ian, mais il avait de l'influence. Un mot de sa part, ou de presque n'importe lequel des hommes présents, et mon entreprise ferait faillite.

J'ai ouvert la bouche pour leur raconter ce qui se passait, mais aucun mot n'est sorti. Ce n'était pas aussi simple que de dire que nous couchions ensemble, ni aussi compliqué que d'affirmer que nous étions en couple. Notre relation se trouvait quelque part entre les deux, et je voulais la garder secrète jusqu'à ce que je sache moi-même où nous en étions.

— Il a couché avec elle, a dit Sebastian à ma place.

Je l'ai foudroyé du regard.

Il a haussé les épaules. — Tu as besoin d'aide. Ils ont matché et ont discuté un moment, puis ils se sont vus pour déjeuner la semaine dernière. Je n'ai pas réussi à lui en tirer plus, mais il ne voulait en parler à personne, alors commencez à le cuisiner.

J'ai grogné, secoué la tête et envisagé de me lever et de partir.

Hudson a fait glisser un verre devant moi.

— Je conduis.

— Je sais. Il n'y a pas d'alcool, mais c'est bon et ça va te calmer, a dit Hudson.

Je l'ai regardé en haussant un sourcil sceptique.

Il a simplement ricané. — Cette appli t'a à chaque fois.

J'ai expiré, sachant que c'était la meilleure réponse que j'aurais pu obtenir à l'exposé de Sebastian sur ma relation avec Chelsea.

— Melody a dit que tu n'aimais pas Chelsea. Que Chelsea leur avait tout raconté sur les mots et tout ça. Qu'est-ce qui a changé ? a demandé Ramsey.

— Je… Les anciens propriétaires de la maison étaient calmes. Ils ne faisaient jamais de bruit. La chambre de Jude est de ce côté-là, et la nuit où elle a emménagé, il n'a pas dormi. Le bruit l'a tenu éveillé la moitié de la nuit, leur ai-je dit.

— C'est de notre faute, a dit Hudson. — On était plusieurs là-bas et on n'a pas pensé au bruit qu'on faisait.

— À mon avis, tu as besoin de nouvelles fenêtres, a dit Knox.

— Probablement, mais je ne le faisais pas avant qu'elle emménage, ai-je dit.

— Ce n'est pas sa faute, a dit Ramsey. Mais je te le redemande, qu'est-ce qui a changé ?

— Jude n'avait cours qu'une demi-journée il y a quelques semaines. Je n'étais pas au courant, Mme Walsh non plus, et Jude s'est retrouvé sur mon porche, enfermé dehors, ai-je avoué. Personne en dehors de l'atelier n'était au courant pour ce jour-là. Je me suis senti comme un père merdique, et leur raconter ça n'a pas été facile.

— Ces demi-journées sont ridicules, a approuvé Sebastian. Si Zoey n'était pas à la maison à plein temps, je pense que la même chose nous serait arrivée plus d'une fois.

— Mais Zoey, elle, est à la maison. Tu as une femme, quelqu'un pour prendre le relais et s'occuper des choses quand tu n'es pas là, ai-je dit, en essayant sans y parvenir de retenir ma frustration.

— C'est vrai. Alors, tu veux épouser Chelsea ? a demandé Sebastian.

— Non ! Je… Elle a trouvé Jude ce jour-là, l'a emmené chez elle, lui a donné à manger, l'a occupé et s'est assurée qu'il allait bien. Je ne lui ai pas laissé de mot depuis. Je me suis passé une main sur la tête, en essayant de chasser l'idée de Chelsea comme épouse. Ça ne m'intéressait pas de me mettre la corde au cou avec une autre femme qui n'avait aucune envie de rester.

— On dirait que c'est une bonne chose, a dit Ian. Mais il y a autre chose. Accouche. Que s'est-il passé ?

Je l'ai regardé, cherchant un quelconque jugement mais ne trouvant que de la curiosité. — Jude adore son chien, alors elle a passé du temps avec lui et Mme Walsh l'après-midi, pour laisser Jude jouer avec le chien. Je ne savais pas que c'était la femme avec qui on m'avait mis en couple, mais quand on s'est rencontrés, elle a cru que j'étais révulsé par elle.

Chaque homme du groupe s'est tendu à ces mots. Tous étaient mariés ou en couple avec des femmes qui avaient des formes, comme Chelsea. Des femmes qu'ils étaient tous prêts à défendre si je ne corrigeais pas la conclusion hâtive de Chelsea.

— Elle a tort. Elle est partie avant que je puisse le lui dire, et je l'ai suivie jusqu'à chez elle et… je lui ai dit qu'elle se trompait.

Les sourires qui se sont dessinés sur les lèvres de chaque homme présent m'ont fait comprendre qu'ils saisissaient tous les détails que je ne partageais pas à ce moment-là.

— C'était il y a une semaine ? a demandé Ramsey.

J'ai hoché la tête.

— Et après ? a demandé Ian.

— Je lui ai demandé si on pouvait garder ça entre nous.

Ils ont tous grogné.

— On y est. Voilà le problème, a dit Hudson.

— Pourquoi ? J'ai un fils qui n'a jamais connu sa mère. Il

commence déjà à s'attacher à Chelsea, et je voulais le protéger. M'assurer que ça allait marcher entre Chelsea et moi avant de le dire à Jude. Je ne lui ai jamais présenté de femme.

— Je comprends, a dit Xavier en se penchant en avant pour parler pour la première fois de la soirée. Quand on est le seul parent qu'ils connaissent, on se doit de les protéger. Est-ce que tu as expliqué à Chelsea que c'était pour ça que tu voulais que ça reste secret ?

J'ai hoché la tête. — Ouais, bien sûr.

— Combien de fois l'as-tu vue depuis ? a demandé Ian.

— Aucune.

Ils sont tous restés remarquablement silencieux suite à cet aveu.

— J'ai essayé de la contacter. Je lui ai proposé de déjeuner, mais elle dit toujours qu'elle travaille. Jude a dit qu'il la voyait après l'école, mais elle est toujours rentrée quand j'arrive à la maison, leur ai-je dit.

— Elle t'évite, a dit Xavier. Elle pense que tu te fiches d'elle. Que tu ne veux pas que les gens sachent que vous sortez ensemble.

— Pourquoi penserait-elle ça ?

— Combien de temps après avoir couché ensemble lui as-tu dit de ne rien dire sur ta présence ? a demandé Ian.

J'ai haussé les épaules, sachant que je n'avais pas vraiment envie de répondre à la question.

— Trop tôt, a dit Ian. — Si tu n'es pas prêt à nous le dire, c'est que c'était trop tôt. Écoute, je comprends. Tu veux protéger ton gamin. Mais si tu veux que Chelsea te donne une vraie chance, il faut que tu fasses un effort pour la voir à un moment où ça ne sonne pas comme un plan cul en pleine journée.

— Ce n'est pas…

— Peut-être pas. Peut-être que tu voulais dire que c'était le seul moment où tu pouvais t'éclipser. Mais elle, ce qu'elle a entendu, c'est que tu n'es intéressé que par du sexe en secret, quand personne ne peut le savoir, a dit Hudson.

— Je n'ai jamais voulu que ça soit perçu de cette façon.

— Ce qu'on dit, ce qu'on veut dire, et ce qu'elles entendent ne sont pas toujours la même chose, a dit Xavier.

— Ça m'aide beaucoup, ai-je grommelé.

Les autres ont ri.

— Maintenant, tu peux arranger ça. Tu peux être clair avec elle. Plus clair. Bon sang, va la voir tout de suite et explique-lui, a dit Ian.

— Je ne peux pas. Jude est avec Zoey, et je dois ramener Sebastian à la maison, ai-je expliqué.

— On s'occupe de Sebastian, a dit Ramsey. — N'importe lequel d'entre nous sera ravi de le ramener chez lui pour s'assurer que tu arranges les choses avec Chelsea.

— Mais…

— Quoi ? Qu'est-ce qui te retient d'autre ? a demandé Knox.

— Et si elle ne me croit toujours pas ?

— Dans ce cas, tu le lui répètes jusqu'à ce qu'elle te croie, a dit Ian. — Parfois, elles ont besoin d'entendre les choses une bonne dizaine de fois avant que les mensonges qu'elles se sont racontés soient réduits au silence par les vérités que tu leur dis.

— C'est profond, ça, lui ai-je dit.

— C'est l'expérience. Blake ne voulait pas de moi quand on s'est mis ensemble. Elle pensait que j'étais quelqu'un que je n'étais pas. Elle s'est convaincue qu'elle n'était pas assez bien pour moi, et elle m'a gardé à distance. Il a fallu du temps pour la convaincre que j'étais amoureux d'elle et que je ne comptais pas la quitter, a dit Ian.

— Non pas qu'il ait été sûr de leur relation, a ajouté Ramsey. Ian a eu de nombreux moments où il était persuadé que Blake allait le quitter pour de bon.

Ian a hoché la tête. — Chaque fichu jour, je suis reconnaissant de me réveiller et de la voir à côté de moi, parce que
chaque fichu jour, j'attends qu'elle réalise qu'elle pourrait
trouver tellement mieux que moi.

— Elle ne va nulle part, a dit Hudson à Ian.

Ian a souri. — J'espère bien que non. Si jamais elle le fait,
je la suis.

Hudson a levé sa bouteille de bière pour trinquer avec
celle d'Ian. Ils ont échangé un hochement de tête et un regard
qui disait que leurs femmes étaient profondément aimées.

— Va voir Chelsea, a dit Ramsey. — Et si jamais tu as
besoin de quelqu'un pour garder Jude, Mel et moi, on se fera
un plaisir de le faire.

— Nous aussi, ont dit les autres.

Peut-être que je n'étais pas à l'écart, après tout.

Mais à cet instant, savoir si Chelsea me donnerait une
chance m'intéressait plus que de consolider mes amitiés avec
les hommes présents dans la pièce. Je pourrais parler aux
gars plus tard.

— Sebastian, ça va pour toi ? ai-je demandé en croisant
son regard.

Sebastian a levé sa bouteille. — Bonne chance.

— Merci. À vous tous.

— Une seule règle, a dit Hudson.

Je me suis arrêté et je l'ai regardé.

— Tu dois revenir la semaine prochaine pour nous mettre
au courant, a dit Hudson.

J'ai promené mon regard sur la rangée d'hommes et j'ai
hoché la tête. — Marché conclu.

14

Je me suis garé dans mon allée et j'ai fixé la maison de Chelsea. Avais-je tout mal interprété ? Ou est-ce que les mecs avaient raison, et que j'avais merdé ?

Vu mon passif et le leur, je sentais bien qu'ils avaient raison.

J'ai traversé la pelouse jusqu'à sa porte d'entrée. J'ai appuyé sur le bouton de la sonnette, que je remarquais pour la première fois. L'avait-elle installée à cause de moi ? À cause des mots ? Ou avait-elle toujours été là ?

La porte s'est ouverte dans un souffle alors que je me posais ces questions, et elle était là. Ses cheveux étaient relevés en un chignon flou sur le haut de sa tête, et des mèches brunes ondulées tombaient sur ses clavicules, effleurant sa poitrine. Une poitrine contenue dans un débardeur et couverte par un pull qui ne faisait rien pour effacer de ma mémoire le souvenir de ses seins nus. Mon regard a continué plus bas, vers sa taille et ses jambes, des courbes et encore des courbes enveloppées dans un coton qui semblait presque aussi doux qu'elle.

— Tu as besoin de quelque chose ? a-t-elle demandé, me tirant de mon fantasme où je la déshabillais pour la prendre, là, sur-le-champ. Je n'étais pas là pour la baiser. J'étais là pour lui prouver que je voulais plus que ça.

Mais putain, c'était difficile de m'en souvenir alors qu'elle se tenait devant moi, telle une véritable tentation.

— Je peux entrer ? ai-je demandé.

Elle a jeté un coup d'œil dehors, a vu ma voiture dans mon allée, et a reculé d'un pas.

Dozer faisait honneur à son nom, somnolant dans un grand panier pour chien à côté du canapé. Sa télé était allumée, et une série que je ne reconnaissais pas passait à l'écran. J'ai balayé son salon du regard, découvrant l'endroit pour la première fois, même si j'y étais déjà venu deux fois.

— J'aime bien ta maison, lui ai-je dit. Le canapé était d'un bleu foncé avec des coussins roses, verts et violets. Une couverture grise était drapée sur les coussins, comme si elle s'était blottie dessous jusqu'à ce que je vienne troubler sa soirée. La table basse en face était en bois massif et assortie aux placards de sa cuisine. Les lampes sur les tables d'appoint baignaient la pièce d'une douce lueur qui ajoutait à l'atmosphère intime de l'espace. Accueillant. Doux. Un endroit où l'on pouvait se détendre et tout oublier.

— Merci, a-t-elle dit, son ton ne me donnant aucune indication sur ce qu'elle ressentait.

— Écoute, je crois que j'ai tout gâché entre nous.

— Entre nous ?

— Ouais. La semaine dernière. Je t'ai dit que je voulais que ça reste discret, mais on m'a dit que ça pouvait donner l'impression que j'essayais de cacher notre relation.

— Je ne vois pas comment ça aurait pu être interprété autrement. Elle a croisé les bras sur sa poitrine, puis les a décroisés et a resserré son pull, couvrant sa poitrine avant de croiser de nouveau les bras.

J'ai fait un pas vers elle. — La mère de Jude est partie quand il était trop jeune pour s'en souvenir. Pendant quelques années, elle revenait lui rendre visite, mais il ne la considère pas comme sa mère. Je veux dire, il sait que c'est sa mère, mais il n'a aucune relation avec elle. C'est une inconnue qui débarque de temps en temps. Il ne demande pas à la voir, ni pourquoi il n'a pas de mère.

Elle n'a rien dit, elle a juste changé de pied et a continué de me fixer.

— Quand il était en maternelle, il m'a vu parler à sa maîtresse. Elle était jeune, jolie et gentille, et Jude l'adorait. Il m'a demandé si elle allait être sa maman. Il m'a dit que tous les autres enfants avaient des mamans, et comme lui n'en avait pas, est-ce qu'elle pouvait être la sienne parce qu'il l'aimait bien ?

— Oh, Jude, a-t-elle murmuré.

— Ouais. Donc, depuis, je fais attention à garder mes distances avec les femmes. Non pas que je ne sois pas sorti avec certaines d'entre elles, mais Jude est toujours ma priorité. Il passe avant tout.

— Et je t'ai dit que je le comprenais.

— Je sais. J'ai hoché la tête en changeant de pied. — On m'est tombé dessus ce soir.

— Quoi ?

— Je suis allé à la soirée entre mecs.

Elle s'est mordillé l'intérieur de la joue en évitant mon regard.

— Quand je suis allé chercher Sebastian, il m'a demandé pourquoi je ne t'aimais pas. Quand je lui ai raconté ce qui s'est passé la semaine dernière…

À cet aveu, sa tête s'est brusquement relevée.

— Il a eu à peu près la même réaction. Les autres gars aussi. Parce que leurs femmes et leurs petites amies leur ont dit il y a quatre jours que tu as laissé entendre qu'on ne s'appréciait pas.

— Tu m'as demandé de ne le dire à personne. Qu'est-ce que tu voulais que je fasse ? a-t-elle lancé d'un ton sec.

J'ai fait un pas de plus vers elle. — Je n'aurais pas dû te demander de garder le secret. Ne pas vouloir que Jude soit au courant et ne pas vouloir que tu parles à tes amies sont deux choses différentes. Je n'ai pas l'habitude d'avoir des gens à qui parler, mais ce n'était pas juste de ma part de te demander de ne rien dire à tes amies. Je sais que dans une petite ville, il est probable que Jude l'apprenne avant que je sois prêt, mais je ne voulais pas que tu aies l'impression que je nous cachais.

— Derek, il n'y a pas de « nous ». On a couché ensemble une fois. On n'est jamais sortis ensemble. On n'a aucune idée de où ça va mener. Si tant est que ça mène quelque part.

— N'est-ce pas à ça que ça sert de sortir ensemble ? À trouver les réponses à ces questions ?

— Bien sûr, mais pour ça, il faut se voir. Apprendre à se connaître.

— J'ai essayé de te parler. Tu m'as évité.

— Ne me rejette pas la faute. Tu m'as fait me sentir comme une merde. Sa poitrine se soulevait et s'abaissait au rythme de son expiration tremblante.

— Merde, ai-je soufflé. J'ai tendu la main, la laissant voir mon geste avant de m'approcher assez pour la toucher. J'ai glissé une mèche de cheveux derrière son oreille, la laissant filer entre mes doigts.

Elle a fermé les yeux. Ses lèvres se sont pincées. Elle a dégluti difficilement. — Ne fais pas ça.

— J'ai merdé plus que je ne le pensais, et je suis là pour m'excuser. Je veux apprendre à te connaître, Chelsea. Je veux qu'on se voie. Mais oui, je veux le cacher à mon fils qui n'a jamais eu de mère et qui t'apprécie déjà.

— Tu leur as vraiment tout raconté ?

J'ai hoché la tête quand elle a levé les yeux vers moi.

— Ian, Ramsey, Xavier, Sebastian, Hudson et Knox étaient là. Je ne doute pas qu'ils le diront à tout le monde, y compris à leurs femmes et petites amies.

— Et ça ne te dérange pas ?

Je lui ai pris la mâchoire en coupe et j'ai recourbé mes doigts pour l'inciter à se rapprocher. Elle a fait un demi-pas vers moi. J'ai hoché la tête. — Je ne pensais qu'à Jude quand je t'ai demandé de garder ça entre nous. Je n'ai jamais eu l'intention de te faire du mal ou de te faire croire que je ne voulais pas de toi.

— D'accord, a-t-elle murmuré.

— Je peux t'embrasser, Chelsea ?

— Tu me le demandes ?

— Oui, parce que j'ai besoin de savoir que tu me fais confiance. Que tu es d'accord avec ça. Si tu n'es pas sûre, j'ai encore du travail à faire.

— Encore du travail ?

J'ai hoché la tête. — Je ne suis pas là ce soir pour te baiser. Je suis là pour m'assurer que tu saches que j'en ai envie, et que je vais le faire si tu le veux bien, mais pas ce soir.

— Pourquoi pas ?

— Parce que je veux que tu saches que ce n'est pas que ça, pour moi.

— C'est quoi, alors ?

J'ai souri. — C'est moi qui apprends à connaître la femme qui enflamme mon corps avec des shorts minuscules et des débardeurs moulants, et la femme qui me fait rire et qui enflamme mon esprit.

— C'est une très bonne réponse, a-t-elle soufflé.

— C'est la vérité.

— Bien. Elle s'est hissée sur la pointe des pieds et a pressé ses lèvres contre les miennes, me coupant le souffle.

J'ai inspiré, humant son parfum subtil en penchant la tête pour la goûter. J'ai léché ses lèvres, gémissant quand elle a soupiré et m'a laissé entrer. Mes mains se sont resserrées sur son corps, mourant d'envie de se promener.

Elle n'avait pas les mêmes hésitations. Ses mains ont glissé dans mon dos et sont descendues jusqu'à mes fesses. Elle les a serrées et m'a attiré plus près, haletant quand elle a senti la ligne dure de mon érection contre son ventre.

J'ai profité de son halètement pour approfondir notre baiser, plongeant ma langue dans sa bouche et la plaquant contre le mur. Bordel, ce que j'adorais qu'elle ait un mur entièrement nu. Un mur que je pouvais utiliser pour la rendre folle.

Mes mains sont descendues pour lui rendre la pareille, modelant et serrant ses fesses. J'ai glissé une main sur sa cuisse et j'ai soulevé sa jambe pour me caler entre ses cuisses généreuses. J'ai poussé contre elle, et un gémissement surpris lui a échappé, la forçant à interrompre notre baiser.

— Je croyais… que tu avais dit… pas de sexe, a-t-elle haleté, marquant une pause à chaque coup de rein.

— Ce n'est pas du sexe. On est tout habillés, et je ne suis pas en toi. Ça ne veut pas dire que je ne veux pas que tu penses à moi quand tu iras te coucher ce soir. Ou quand tu te réveilleras demain matin. Ou à chaque fois que tu franchiras cette porte.

— Oh, mon Dieu, a-t-elle murmuré dans un gémissement. Comment tu fais pour que ce soit si bon ?

Je me suis frotté à nouveau contre elle, ma taille me donnant l'avantage de frotter mon érection contre son clitoris à chaque mouvement. Ses vêtements ajoutaient à la friction, et ça marchait clairement pour elle. — La prochaine fois, je ne promets pas de ne pas te baiser, Chelsea. La prochaine fois, je vais t'arracher ces vêtements et admirer à nouveau ce corps magnifique. La prochaine fois, tu vas jouir si fort que tu en loucheras et tu ne douteras plus jamais à quel point je te désire.

— J'y suis… presque… maintenant.

— Bien. Il est temps de finir. Je me suis cogné plus fort contre elle, accélérant mon rythme pour qu'elle n'ait pas une ou deux secondes de répit. J'ai soulevé sa jambe plus haut, écartant davantage ses cuisses.

Elle tremblait, sa jambe au sol secouée par l'effort de maintenir son corps droit.

— Appuie-toi sur moi, ma belle. Je peux te soutenir.

Elle a hésité jusqu'à ce que je me frotte de nouveau contre elle, puis son corps s'est affaissé sur le mien.

Je l'ai tenue contre moi, les yeux me piquant presque. Le fait qu'elle s'abandonne à moi, qu'elle me fasse confiance pour prendre soin d'elle, était presque aussi puissant que l'orgasme vers lequel je fonçais. J'allais jouir avec elle, dans mon jean, comme un gamin, et putain, j'adorais ça.

— Vas-y, Chelsea. Lâche-toi, ma belle. Jouis pour moi.

Elle a gémi et tremblé, puis elle a renversé la tête en arrière et a laissé son orgasme prendre le dessus. Ses yeux se sont fermés. Ses seins ont rebondi. Tout son corps était secoué de tremblements.

J'ai serré la mâchoire et j'ai lutté contre l'envie de la suivre, me retenant à grand-peine de jouir avec elle.

Elle était un poids mort dans mes bras, son orgasme lui ayant volé ses dernières réserves.

Je me suis laissé glisser sur le sol avec elle, la tenant dans mes bras pendant qu'elle haletait et tremblait.

— Oh, mon Dieu, c'était dingue, a-t-elle soufflé.

— C'était renversant, lui ai-je dit.

Elle a secoué la tête et a ri doucement. — Je… Tu as joui ?

— Non, ma belle.

Elle a levé les yeux vers moi. — Je… je suis désolée.

— Pourquoi diable serais-tu désolée ?

— Parce que je ne t'ai pas fait jouir.

J'ai ri, la serrant contre moi. — Oh, ma belle, j'étais sur le point de le faire, mais je voulais te regarder. Je vais me repasser cette scène encore et encore pendant très longtemps. Surtout plus tard cette nuit, dans mon lit, la main enroulée autour de ma queue, en souhaitant que ce soit la tienne.

Son hoquetement m'a dit que mes paroles l'excitaient.

— Ça fait des mois que je pense à toi, et avoir une véritable expérience à laquelle me référer a rendu encore plus facile le fait de jouir avec ton nom sur mes lèvres. J'aime penser à tes seins qui rebondissent librement, et à la façon dont tu t'es étirée pour m'accueillir en toi, et à la façon dont tout ton corps tremble quand tu jouis. Oh, Chelsea, tu me fais toujours jouir.

— Je...

— Est-ce que c'est trop ? Ça t'offense de savoir ça ?

Elle a secoué la tête. — Je fais la même chose.

— Oh, putain, Chelsea. Un jour, il faudra peut-être que tu me montres.

Elle a hoché la tête, hésitante.

— Tu n'as jamais fait ça pour personne d'autre, n'est-ce pas ?

Elle a secoué la tête.

Je l'ai embrassée doucement, savourant ses lèvres et mémorisant leur contact sur les miennes. — Tu n'es pas obligée.

— Non, je... Je pense que ça irait.

J'ai souri. Je ne le lui redemanderais pas, mais j'espérerais vraiment qu'elle en reparlerait un jour.

Nous sommes restés assis par terre encore quelques minutes. Elle s'est tortillée et je l'ai lâchée pour qu'elle puisse se relever.

— Je devrais aller chercher Jude. Il est chez Zoey et Sebastian.

— Oh, mon Dieu. Et ils savent que tu es venu ici ?

— Je te l'ai dit, Chelsea, je n'ai pas honte de toi. Pas du tout, ma belle.

— D'accord.

— Tu travailles demain ?

Elle a secoué la tête et s'est levée, ajustant ses vêtements. — Je suis de repos.

— J'espère que je te verrai. Si tu en as envie.

Elle a hoché la tête. — J'aimerais bien.

— Parfait. Passe une bonne nuit, ma belle. Je l'ai embrassée une nouvelle fois, puis je suis allé chercher mon fils.

LE LENDEMAIN APRÈS-MIDI, je me suis garé dans mon allée et j'ai entendu des rires provenant du jardin de Chelsea. J'ai souri. Elle ne l'avait pas renvoyé. Elle avait attendu pour que je puisse la voir.

J'ai déposé mon sac à l'intérieur de ma maison, puis je me suis dirigé vers le jardin de Chelsea, l'appelant avant d'ouvrir le portail pour entrer.

Dozer a foncé sur moi en aboyant pour protéger les siens. Jude était juste derrière lui, se moquant de Dozer. — C'est mon papa !

Dozer s'est arrêté et s'est retourné vers Jude. Il nous a regardés l'un après l'autre, comme s'il essayait de comprendre ce qu'il se passait, puis il s'est posté devant Jude.

— Allez, viens, a dit Jude au chien. — On fait la course.

Dozer a aboyé sur Jude et a attendu qu'il s'élance pour le suivre dans le jardin, me permettant d'entrer.

— Il n'est pas très sûr de vous, a dit Mme Walsh. — Il est très protecteur envers Jude.

— J'espère bien qu'il est protecteur envers Chelsea, lui ai-je répondu. Je me suis assis sur la terrasse, à côté de Chelsea.

— Il n'est pas aussi protecteur avec moi qu'il ne l'est avec Jude, a dit Chelsea. — Je pense qu'après la façon dont ils se sont rencontrés, Dozer a décidé que Jude avait besoin de protection.

Elle ne le pensait pas à mal, mais ça me dérangeait quand même que Jude se soit retrouvé seul sur ce porche. — Je ne crois pas que je pourrai un jour te dire à quel point je te suis reconnaissant de l'avoir trouvé ce jour-là.

Elle s'est tournée vers moi et m'a adressé un grand sourire. — Je suppose que c'est toi que tu dois remercier, alors.

J'ai plissé les yeux en la regardant. — Qu'est-ce que tu veux dire ?

— Je me rendais chez toi ce jour-là à cause d'un autre mot que tu avais laissé sur ma porte. Donc, il semblerait que ce soit grâce à ton attitude de crétin que j'ai trouvé ton merveilleux fils sur le pas de ta porte.

Je lui ai adressé un sourire en coin, lisant l'amusement dans ses yeux bruns. — Alors j'imagine que j'ai bien fait d'être un crétin.

— Je ne comprendrai jamais les jeunes, a dit Mme Walsh. Mais si vous pouvez vous mettre d'accord pour ne pas vous entretuer, je crois que je vais rentrer chez moi pour savourer ces merveilleux restes que vous m'avez donnés, Chelsea.

— J'espère que vous allez vous régaler, a dit Chelsea en mettant sa couverture de côté et en se levant pour raccompagner Mme Walsh.

— Je vais certainement me régaler, a dit Mme Walsh. Passez une bonne soirée, Derek. Au revoir, Jude !

— Au revoir, madame Walsh, a dit Jude en se dépêchant de venir lui dire au revoir correctement. Il s'est arrêté devant elle et a souri. Merci de m'avoir tenu compagnie cette semaine. Et de m'avoir laissé jouer avec Dozer.

— De rien, Jude. J'apprécie de sortir de la maison. Mme

Walsh lui a tapoté la joue, et à ma grande surprise, il n'a pas protesté ni ne s'est éloigné d'elle.

— Je peux vous raccompagner chez vous, ai-je dit à Mme Walsh.

— Je suis déjà debout, a dit Chelsea. Reste ici et détends-toi. À moins que tu ne doives rentrer chez toi.

J'ai soutenu son regard et secoué la tête. — Je n'ai nulle part où aller ce soir.

Ses lèvres se sont étirées en un sourire qu'elle a eu du mal à retenir, mais je l'ai vu. Ma réponse la rendait heureuse.

Jude est retourné en courant vers Dozer, qui s'est arrêté juste assez longtemps pour s'assurer que son maître allait bien, puis ils se sont tous les deux mis à courir partout pendant que Chelsea et Mme Walsh sortaient.

Jude a lancé une balle à Dozer, qui l'a rapportée et l'a laissée tomber devant lui, sans jamais s'opposer à lui ni risquer de le blesser. Jude a ri quand Dozer a bondi par-dessus un parterre de fleurs pour attraper la balle qui avait rebondi de l'autre côté.

Un oiseau est descendu en piqué et a nargué le chien. Celui-ci a lâché la balle et a grogné, pourchassant l'oiseau jusqu'au bout du jardin, les pattes avant contre la clôture au moment où l'oiseau quittait les lieux.

— Dozer ! a crié Chelsea derrière moi.

Le chien est retombé sur ses quatre pattes. La tête et la queue basses, il s'est approché d'elle d'un air penaud, comme s'il savait qu'il avait fait une bêtise.

Je l'ai regardée le fusiller du regard.

Il s'est couché dans l'herbe devant elle et a posé sa tête sur ses pattes.

— Tu vas finir par te blesser ou par blesser quelqu'un. On en a déjà parlé, l'a-t-elle sermonné.

Il a gémi doucement, comme pour marquer son accord.

— Est-ce qu'il te comprend ? ai-je demandé.

Elle a haussé les épaules, puis a fait un signe de tête en direction de Jude. « Va jouer. Et sois sage », a-t-elle dit à Dozer.

Dozer lui a léché la main, puis est reparti en courant vers Jude.

Chelsea a regagné le siège qu'elle occupait avant mon arrivée. Celui qui se trouvait à côté de moi. « On dirait que oui, parfois. Je ne sais pas.»

— C'est bien qu'il t'écoute.

— Ce serait mieux s'il ne le faisait pas du tout. Je n'attends qu'une chose, c'est que la clôture entre nos jardins s'effondre. J'économise pour la remplacer au printemps. Je te le promets.

— Je… je suis désolé d'avoir été un voisin aussi con.

Elle a eu un sourire en coin et a haussé un sourcil.

— Ouais, je sais. Je n'arrête pas de m'excuser pour recommencer à me comporter comme un con. Jude est tout ce qui compte pour moi. Hier soir, les gars m'ont aussi dit que je devais changer mes fenêtres. Ça aiderait pour le bruit. Pour que Jude puisse mieux dormir.

— J'essaie d'être silencieuse la nuit.

— Je n'ai absolument rien entendu *venir* de chez toi hier soir.

Elle laissa échapper un petit cri, comprenant ma plaisanterie. — Derek.

— Pourtant, j'y pensais.

— Je n'ai rien entendu de chez toi non plus.

J'ai hoché la tête en direction de Jude. — Petites oreilles.

Elle eut un petit rire. — La première fois… tu vois… Dozer a pété un plomb et s'est mis à aboyer comme un fou. J'essaie de faire moins de bruit pour qu'il ne pense pas que je suis en train de mourir ou quelque chose du genre.

Un rire m'a échappé. — Tu es sérieuse ?

Elle a gloussé et a hoché la tête. — Ça a complètement cassé l'ambiance.

— Pas étonnant qu'il m'ait regardé comme s'il était prêt à attaquer la semaine dernière.

— Et aujourd'hui, a-t-elle ajouté.

— Tu crois qu'il se souvient de moi ?

Elle a haussé les épaules. — Je ne suis pas sûre, mais je suis contente qu'il ne puisse pas raconter ce qu'il a vu à son meilleur ami.

J'ai regardé Dozer et Jude, qui riaient et jouaient. — Ouais, Dieu merci pour ça.

15

CHELSEA

J'étais gelée. Il faisait froid dehors, et j'étais sortie depuis des heures. Mais à chaque fois que Derek me regardait comme s'il voulait me dévorer, j'oubliais complètement le froid. Presque.

Être assise sur ma terrasse à discuter avec lui pendant que Jude et Dozer s'épuisaient, c'était exactement ce que j'avais espéré trouver en emménageant dans le quartier. Ce n'est pas que je m'attendais à ce que ça prenne la forme d'un père célibataire sexy et de l'enfant le plus adorable de la planète, mais ça ne me dérangeait absolument pas.

— À quoi tu penses ? a demandé Derek.

Je lui ai souri en le regardant. — Que je suis contente que nous ayons enfin trouvé un terrain d'entente.

— Un terrain d'entente ? a-t-il demandé en haussant un sourcil.

J'ai haussé les épaules. — Je me demandais si j'allais devoir déménager. C'est ça que j'espérais trouver en achetant cette maison. Un esprit de communauté.

— Tu as l'air plutôt bien intégrée dans la communauté.

J'ai hoché la tête, en serrant la couverture plus fort autour de moi. Je ne m'étais pas habillée pour le coucher du soleil et les températures fraîches. — J'ai vécu ici toute ma vie, mais j'ai toujours été la fille de Cathy et Ken, ou la cousine d'Elise, ou l'employée de Debby. Je voulais être Chelsea. Je voulais voler de mes propres ailes. Avoir mon chez-moi et ma propre communauté.

— Pourquoi ne voudrais-tu pas compter sur les liens que tu as ? Laisser les gens qui te connaissent faire partie de ta communauté.

— Ce n'est pas que je ne veux pas qu'ils en fassent partie. Elise, ma cousine, et moi étions très proches quand on était petites. Quand elle est partie à l'université, on s'est éloignées. On ne s'est rapprochées de nouveau qu'il y a quelques années. Donc, tous les gens de son cercle ne faisaient pas partie du mien. C'étaient ses amis.

— D'accord… ?

— Quand on s'est de nouveau rapprochées, ils m'ont accueillie, mais ça reste ses gens à elle. Quand j'ai emménagé, la plupart de ceux qui sont venus aider, c'est elle qui les avait invités.

— Mais ils sont venus.

— Oui, c'est vrai. Mais… ce n'est pas pareil. Je les aime bien, mais c'est comme dans n'importe quelle relation. Quand quelque chose tourne mal, les gens choisissent un camp.

— Tu penses qu'Elise va encore arrêter de te parler ?

— Non. Ce n'est pas ce que je veux dire. J'ai marqué une pause, en essayant de trouver comment l'expliquer d'une manière qui ait du sens. — Je veux… je veux avoir mon propre entourage à appeler. Haley et Sofia, et Knox et Daniel par extension, sont mes amis. J'apprends à connaître les autres, mais ils sont venus à cause d'Elise.

— Je crois que je comprends ce que tu veux dire. Tu veux

que les gens dans ton monde soient là pour toi et pas à cause de quelqu'un d'autre.

J'ai hoché la tête, sachant que j'avais l'air ridicule. Est-ce que la façon dont je rencontrais quelqu'un importait ? Était-ce vraiment un problème ?

Peut-être pas, mais je savais aussi que je me poserais toujours la question.

— Et moi ?

— Quoi, toi ?

— Tu penses que je ne suis ici qu'à cause de mes liens avec tous ces hommes ?

J'ai haussé un sourcil. — C'est le cas ?

Il a secoué lentement la tête, ses yeux s'assombrissant encore plus. — Je peux t'assurer que je ne pense à personne d'autre qu'à toi en ce moment.

— Papa, j'ai faim, a dit Jude en courant vers nous, Dozer sur ses talons.

— D'accord. Je crois que Mme Chelsea a froid. On devrait rentrer pour préparer le dîner.

— Est-ce que Mme Chelsea et Dozer peuvent venir dîner ? a demandé Jude.

J'ai levé les yeux vers Derek juste à temps pour voir la panique sur son visage. Il l'a effacée rapidement, mais pas avant que cette expression ne se grave dans mon esprit.

— On ne peut pas ce soir, ai-je répondu avant que Derek ne puisse dire quoi que ce soit.

— Oh, zut, a dit Jude.

Derek a essayé de croiser mon regard, mais j'ai soigneusement évité de le regarder.

J'ai souri quand Jude s'est agenouillé devant Dozer et a passé ses bras autour du cou de mon chien.

— À bientôt, a promis Jude.

Dozer a aboyé en guise d'accord.

— Au revoir, Dozer. Au revoir, madame Chelsea, a dit

Jude en faisant un signe de la main alors qu'il se dirigeait vers le portail.

— Je croyais que tu n'avais rien de prévu ce soir, a dit Derek une fois que Jude a été hors de portée de voix.

— Je ne voulais pas que tu aies l'impression de devoir nous inviter. Je sais que c'est tout le contraire de ce que tu veux.

— Qu'est-ce qui te fait croire ça ? a-t-il demandé.

— Je… j'ai vu l'expression de ton visage quand Jude a posé la question, et tu avais été clair sur le fait que tu ne voulais pas qu'il soit au courant pour nous.

— Dîner avec une voisine, ce n'est pas la même chose qu'un rendez-vous amoureux.

— Derek, ce n'est pas grave. Va passer du temps avec ton fils. Nous trouverons un moment pour nous voir. J'ai forcé un sourire qui devait le tromper. Il le fallait.

Il a soupiré, sachant qu'il ne me ferait pas changer d'avis. — Je me rattraperai.

— Il n'y a rien à rattraper. Passe une bonne soirée.

Il a inspiré un grand coup. — J'ai vraiment envie de t'embrasser, là, tout de suite.

J'ai souri. — Bientôt.

— Je te prends au mot, a-t-il dit. Il est resté encore quelques secondes, puis il a juré et a suivi Jude en passant le portail.

J'ai attendu d'entendre la porte de leur maison se fermer avant de lâcher le souffle que je retenais.

Dozer gémit.

— Ouais, je n'étais pas prête non plus à ce qu'ils partent.

Je n'ai pas vu Derek et Jude samedi, car j'ai travaillé toute la journée. Je suis partie exprès après eux pour ne pas tomber sur eux dehors. Oui, je me cachais. Je me détestais pour ça.

Dimanche, j'ai passé la journée à l'intérieur. Je savais que si je séchais le club de lecture, je m'en prendrais plein la tête, surtout après que Derek a dit à tous les mecs qu'on avait couché ensemble, mais j'étais encore perdue dans mes sentiments et complètement déboussolée.

Je n'ai pas du tout été surprise quand Haley a débarqué chez moi vingt minutes avant le club de lecture.

— J'allais y aller, ai-je grommelé en ouvrant la porte.

— Tu allais essayer de trouver une excuse. Elle a balayé mon salon du regard et a pointé le désordre du doigt. — Qu'est-ce qui s'est passé ?

J'ai passé toute la journée sur le canapé et je n'ai pas assez rangé, loin de là. Dozer n'a touché à rien, mais c'était quand même un carnage. — Journée chargée ?

Haley a pincé les lèvres et a secoué la tête. — Manger de la glace et de la pizza en buvant du vin ?

— Ne me juge pas.

— Tu as vraiment besoin du club de lecture. Tu es prête à y aller ?

— Je ne peux pas y aller comme ça, ai-je protesté.

— Va te changer. Je nettoie. Haley m'a fait signe de monter.

J'ai grogné, mais j'ai obéi et je suis montée en tapant des pieds.

J'ai fermé la porte de ma chambre et j'ai pris trois grandes inspirations. Haley avait raison. J'avais besoin de me changer les idées et de voir du monde. Mais comme je l'ai dit à Derek l'autre soir, ce n'était pas vraiment mes proches. J'avais Haley et Sofia, Elise et ma famille, mais je connaissais à peine les autres femmes. J'avais toujours cette envie de les impressionner pour qu'elles m'apprécient. Pour qu'elles décident que j'étais digne de leur amitié.

Je me suis brossé les cheveux et les ai attachés en un chignon décoiffé. Il était horrible, mais une fois relevés, c'était passable. J'ai quitté le jogging que j'avais porté toute la journée, reconnaissante d'avoir cette habitude inébranlable de prendre ma douche dès le matin. J'ai enfilé un jean et un débardeur doux et confortable qui m'apporterait un peu de réconfort. J'ai ajouté un pull par-dessus et j'ai hésité à mettre des bijoux avant de décider que ce serait en faire trop. J'ai attrapé une paire de bottes chaudes, car le temps s'était encore refroidi pendant le week-end.

Quand je suis descendue, Haley avait déjà nettoyé le salon. Les détritus avaient disparu et la table basse était propre. Même Dozer avait l'air soulagé.

— Merci, lui ai-je dit.

— De rien. Maintenant, raconte-moi ce qui s'est passé.

— Ce n'est rien.

— Ce n'est pas rien, mais si j'ai bien appris une chose sur ce groupe, c'est que parfois les choses ne sortent pas comme on le voudrait. Si tu me le dis maintenant, je peux m'assurer que tu raconteras l'histoire que tu veux raconter.

— C'est la même chose. Il doit faire passer Jude en premier, et ça, je le comprends, vraiment, mais ce n'est pas facile de se faire rejeter et de savoir que ce que je ressens n'a pas d'importance.

— Pourquoi ça n'a pas d'importance ?

— Parce que Jude doit compter plus.

— Je comprends ça, mais tu devrais compter aussi.

— Pas quand ce que je veux est en conflit avec ce que Derek pense être le mieux.

— Qu'est-ce que ça veut dire ?

J'ai soupiré. — Jude et Mme Walsh sont passés ici vendredi après-midi. Quand Derek est rentré, il est venu. On était tous dans le jardin, et Jude a demandé si Dozer et moi pouvions dîner avec eux.

— D'accord ? Et quel est le problème ?

— Derek a eu une tête comme si Jude venait de nous demander si on allait se marier. Il a paniqué. Jude ne l'a pas remarqué, mais j'ai vu l'expression sur le visage de Derek, alors j'ai dit à Jude que nous avions d'autres projets.

— Mais tu n'en avais pas.

J'ai secoué la tête. — Non, et Derek le savait, alors il m'a posé la question.

— Et qu'est-ce que tu as dit ?

— Je lui ai dit la vérité. Et il n'a pas discuté. Il a dit que ce ne serait pas un rendez-vous galant, mais je savais qu'il ne voulait pas que je sois là.

— Je suis désolée, Chelsea. Alors, c'est fini ?

J'ai haussé les épaules. — Tout ça est plus difficile que je ne le pensais. Peut-être parce qu'il est juste là, mais que nous n'avons pas vraiment de temps à passer ensemble.

— Tu veux que ce soit fini ?

J'ai réfléchi à sa question et j'ai lentement secoué la tête. — Non. Je ne veux pas.

— Alors, allons établir un plan d'attaque.

— Tu es sûre que je devrais tout leur raconter ?

— Oui. Maintenant, allons-y.

Je n'ai pas contredit Haley davantage et je l'ai laissée me conduire à sa voiture. J'ai cru voir les rideaux bouger chez Derek, mais je ne me suis pas arrêtée pour regarder de plus près.

Haley et les autres m'ont laissé entrer dans Petits ami du Livre Illimité et m'asseoir avec une part de gâteau avant de se lancer.

— Alors comme ça, vous n'êtes pas ennemis, toi et Derek, hein ? a demandé Elise.

J'étais contente que ce soit elle qui aborde le sujet. Ma cousine était sarcastique et pleine de mordant, mais elle n'était pas cruelle. — Je ne sais pas ce que nous sommes, ai-je admis.

Haley leur a tout raconté sur ce qui s'était passé vendredi soir, puis Zoey a parlé à tout le monde de la soirée de jeudi, quand Derek est passé après sa soirée entre mecs. J'ai comblé les trous, car Zoey savait seulement que Derek était venu, mais pas de quoi nous avions discuté.

Alors, la saison de la chasse à ma vie amoureuse était ouverte.

— Être parent célibataire, ce n'est pas facile, a dit Goldie. Et je sais que tu ne dis pas le contraire, mais est-ce que je peux t'offrir une perspective de son côté ?

J'ai hoché la tête.

— Chaque fois que je sortais avec quelqu'un, je le tenais complètement à l'écart de Paul. En grandissant, il m'arrivait de lui dire que j'avais un rendez-vous, mais jamais avec qui. Quand Patrick et moi avons commencé à nous voir, c'était vraiment difficile parce que lui et Paul s'étaient déjà rencontrés. J'avais l'impression d'être une funambule, cherchant l'équilibre entre eux et tout le reste.

— Mais tu as réussi à le faire, a dit Haley. Tu les as gardés séparés jusqu'à ce que tu sentes que c'était le bon moment pour présenter Patrick comme plus que ton employé.

— C'est vrai, a confirmé Goldie. Mais Paul est plus âgé. Je pouvais lui parler du fait que j'avais une relation et savoir qu'il n'allait pas trop s'y investir tant que je n'étais pas prête à ce qu'il sache ce qui se passait.

— Tu es aussi la maman, a dit Karissa. Et Paul a toujours son père dans sa vie. Pour Jude, c'est un peu comme ce que Xavier et McKenna ont vécu. J n'a jamais connu sa mère, alors elle était prête à s'accrocher. Quand nous nous sommes rencontrées, c'était comme toi et Jude. J'adorais J, et elle s'est immédiatement attachée à moi. Évidemment, comme X et moi avions un passé commun, J avait déjà une raison d'espérer que nous finirions ensemble, mais c'est différent quand ils ont ce vide dans leur vie et qu'ils cherchent, peut-être pas intentionnellement, quelqu'un pour le combler.

— Je pense que mes garçons étaient comme ça avec Hudson. Surtout Joey. Hudson était son héros, ce type qui était toujours là pour lui et qui aurait fait n'importe quoi pour lui, a dit Anna. Matty, c'était pareil quand il a commencé à aller chez O'Kelley et a appris à connaître Hudson. C'est moi qui faisais de la résistance et ne voulais rien avoir à faire avec lui.

— Ça n'a pas duré, a taquiné Finley.

Anna a souri. — Non, en effet. Mais ce n'était pas facile de laisser un homme entrer dans ma vie. Pas après la façon dont Nick nous avait tous blessés. Je ne connais pas vraiment Derek, mais il pourrait aussi penser à ça.

— C'est tout à fait ça, ai-je dit. Il m'a parlé de son ex. En ce qui concerne Jude.

— Il n'a pas parlé de ce qu'il a ressenti à propos du divorce ? a demandé Goldie.

J'ai secoué la tête.

Les femmes divorcées ont échangé un regard.

— Quoi ?

— Il n'est peut-être pas prêt à tourner la page. Il a peut-être encore l'espoir qu'elle revienne. C'est peut-être en partie pour ça qu'il ne veut pas que Jude soit au courant pour toi, a dit Anna. « C'est comme ça que j'étais, les premières fois que Nick est parti. Je me disais qu'il reviendrait, et c'était toujours le cas. En général, c'était pour l'argent et le sexe, mais il revenait. Les garçons étaient déjà honteusement grands avant que j'accepte que leur père n'était pas l'homme que je croyais et que nous étions mieux sans lui dans nos vies. »

— Je ne... Je voulais le défendre, mais je n'étais pas sûre d'en être capable.

— Derek ne nous a jamais parlé de son ex, a dit Melody. « À part pour dire qu'elle ne fait plus partie de sa vie. On le connaît depuis des années et elle n'est venue que quelques fois. »

— Pareil pour moi, a ajouté Zoey. « Je ne suis pas convaincue qu'il espère son retour. C'est possible, mais ce n'est pas l'impression qu'il me donne. »

— Mais tant que tu ne lui demandes pas, tu ne peux pas vraiment savoir, a dit Goldie.

J'ai hoché la tête, sachant qu'elle avait raison et regrettant d'être allée au club de lecture. Ça ne m'avait vraiment pas remonté le moral. Même si le gâteau était vraiment bon.

Knox est arrivé en milieu de journée, le mardi, pour installer ma nouvelle porte de derrière. Il voulait attendre qu'il fasse un peu plus doux dans la journée pour changer la porte. Non pas qu'il fasse beaucoup plus doux, mais c'était mieux qu'à la première heure le matin, après notre première chute de neige.

— Salut, ai-je dit, en ouvrant la porte et en l'invitant à entrer d'un geste de la main. « Je ne sais pas trop à quoi tu as besoin d'accéder. »

— Bonjour. Tout va bien. Je pense que je vais faire passer la porte par derrière. Juste pour que ce soit plus facile. Pas de virages serrés à négocier.

— D'accord, ça marche.

— Teddy est là aussi. Je ne suis pas sûr de t'avoir dit qu'il venait. J'avais besoin d'un coup de main.

J'ai haussé les épaules. — Ça me va. Je ne crois pas que je serais d'une grande aide.

Knox a ri. — Tu vas bien ?

— C'est Haley qui t'a dit de me demander ça ?

Il a secoué la tête. — Non. Tu n'as juste pas ton entrain habituel.

— Je vais bien.

Il m'a regardée de plus près. — Tu veux que j'aille botter le cul de ton voisin ?

J'ai renâclé. — Non. Il n'y est pour rien. C'est moi qui ai besoin de me remettre les idées en place.

— L'offre tient toujours. Je pense que je pourrais l'avoir. Si je le prends par surprise.

J'ai ri et secoué la tête en voyant le sourire en coin de Knox.

— On va s'y mettre pour que tu puisses retourner à tes occupations, a dit Knox.

— Oui, une journée bien remplie, à rester assise sur mon canapé.

Knox a gloussé. — Ça fait du bien aussi de ne rien faire.

J'ai hoché la tête. Knox est sorti par-devant, et je suis allée à l'arrière pour déverrouiller la porte et m'assurer que rien ne les gênerait sur la terrasse.

J'ai coupé le chauffage dans la maison pour ne pas gaspiller d'argent à chauffer l'air extérieur. Je n'étais pas prête à admettre que mon père avait raison et que j'aurais dû remplacer la porte dès mon emménagement. Il n'avait fallu que trois semaines entre le moment où Knox m'avait aidée à la choisir et celui où la nouvelle porte était arrivée et où Knox y avait ajouté la chatière, mais l'hiver approchait à grands pas.

Je me suis blottie sur le canapé sous deux couvertures pour lutter contre le froid. Dozer s'est couché sur mes pieds, tremblant de froid et d'anxiété. À chaque bruit, Dozer gémissait et levait la tête pour regarder Knox et Teddy.

Ils ont rapidement retiré l'ancienne porte, et Knox est entré dans le salon pour me dire qu'ils devaient réparer le chambranle après la tentative de Dozer de s'échapper par la chatière.

— Je ne suis pas surprise, lui ai-je dit.

Knox a eu un petit rire et a caressé la tête de Dozer. — Il a eu peur. Il avait besoin de s'enfuir.

Dozer a bâillé et a aboyé en guise de réponse.

Knox a ri. — Je comprends. Teddy est retourné au magasin chercher ce dont nous avons besoin. Il devrait vite être de retour. Je ne voulais pas te laisser avec un trou béant dans la maison.

— Merci. Tu veux boire quelque chose ?

— Non, merci. Je vais m'asseoir sur ta terrasse pour ne pas mettre de la poussière partout chez toi.

— Ne sois pas ridicule. Il gèle dehors. Tu peux t'asseoir à l'intérieur.

Il a montré ses vêtements d'un geste. — Je suis un peu sale.

J'ai fait un signe en direction de Dozer. — Tu as vu mon chien ?

Knox a ri. Il a pris une chaise dans la cuisine, une chaise en bois qui serait facile à nettoyer. Toujours aussi prévenant, même après que je lui ai dit de ne pas s'en faire.

— Bon, écoute, je sais que tu ne m'as pas demandé mon avis, mais je pense qu'Anna a tort de croire que Derek est toujours accroché à son ex.

— Je ne sais juste pas, ai-je admis.

— Je comprends, mais je sais aussi que beaucoup d'hommes ne sont pas aussi à l'écoute de leurs émotions que les femmes. On ne ressasse pas ce genre de choses. Je ne suis pas père, mais je pense qu'il y a une différence entre un homme qui fait marcher sa femme et une femme qui s'en va. Ils sont divorcés depuis neuf ans ? Je ne pense pas que Derek soit du genre à espérer qu'elle revienne après tout ce temps.

— Mais il ne m'a rien dit à ce sujet.

— Est-ce que tu lui as parlé de ta rupture la plus douloureuse ?

— Eh bien, non.

Knox m'a lancé un regard significatif. — Ce n'est pas agréable de parler des choses que l'on considère comme des échecs. Il veut que tu l'apprécies. Pourquoi partagerait-il ses pires moments avec toi? Surtout celui où une autre femme l'a quitté?

— Je n'avais jamais vu les choses comme ça.

— Ce n'est peut-être pas ça. Knox s'est levé et a épousseté sa chaise. — Je dis juste de ne pas tirer de conclusions trop hâtives pour l'instant.

— Merci, Knox.

— De rien, Chelsea.

Teddy est apparu à la porte de derrière, appelant Knox, qui l'avait de toute évidence entendu avant même son apparition. Knox est retourné travailler et ils se sont rapidement occupés de l'encadrement de la porte et de la porte, puis ils sont partis, alors que les paroles de Knox tournaient encore en boucle dans ma tête.

16

Je suis restée à l'intérieur le reste de la journée, en essayant de convaincre Dozer d'utiliser la nouvelle chatière. Il était inquiet et a beaucoup résisté, mais après un petit moment, il l'a essayée avec hésitation. Et il n'a pas paniqué.

C'était une victoire ! Ma maison tenait toujours debout et mon chien pouvait sortir pour faire ses besoins sans que j'aie à lui ouvrir la porte. J'ai couvert Dozer d'éloges, je lui ai dit combien il avait été sage et je lui ai donné une friandise supplémentaire pour avoir utilisé la nouvelle porte.

J'ai entendu Jude descendre du bus cet après-midi-là, mais ils ne sont pas restés dehors, rentrant dans la maison dès que le bus s'est éloigné. Une partie de moi s'est sentie coupable de ne pas être sortie pour voir Jude et Mme Walsh, mais il faisait trop froid pour que nous restions tous dehors longtemps.

Ce soir-là, j'ai reçu un message de Derek.

PAPA FROID COMME LA PIERRE

Jude était déçu de ne pas vous avoir vus dehors aujourd'hui, toi et Dozer.

COUPER LES CHEVEUX, S'EN FICHE

On m'a installé une nouvelle porte et j'ai eu froid toute la journée. J'expliquerai à Jude la prochaine fois que je le verrai.

PAPA FROID COMME LA PIERRE

Ce n'est pas grave. Il a juste mentionné que ta voiture était dans l'allée mais que tu n'étais pas dehors. Il parle de Dozer constamment.

COUPER LES CHEVEUX, S'EN FICHE

Je crois que jouer avec Jude a manqué à Dozer aujourd'hui aussi.

PAPA FROID COMME LA PIERRE

Qui aurait cru que mon fils et ton chien deviendraient les meilleurs amis du monde ?

COUPER LES CHEVEUX, S'EN FICHE

Les deux sont carrément géniaux.

PAPA FROID COMME LA PIERRE

C'est vrai.

COUPER LES CHEVEUX, S'EN FICHE

MDR

PAPA FROID COMME LA PIERRE

Tu m'as manqué aujourd'hui, aussi. Je suis devenu accro à nos moments de l'après-midi, à m'asseoir et discuter avec toi.

COUPER LES CHEVEUX, S'EN FICHE

Moi aussi, j'adore ça.

PAPA FROID COMME LA PIERRE

Quand est-ce que je peux te voir ?

Mon cœur a raté un battement. Merde. Je voulais me montrer forte et ne pas réagir, mais j'avais tellement envie de le voir. J'avais tellement envie d'être avec lui.

J'ai pris une profonde inspiration avant de répondre, car ma première pensée a été « quand tu veux », mais ce n'était pas la bonne réponse. Une relation devait être un partenariat. Nous devions tous les deux nous investir pour que ça marche.

Ce qui signifiait aussi qu'il fallait que je sache pour son ex, et s'il était encore obsédé par elle. Et il fallait que je lui parle de mes relations passées. Les bonnes comme les mauvaises.

COUPER LES CHEVEUX, S'EN FICHE

Je travaille le reste de la semaine.

PAPA FROID COMME LA PIERRE

Et pour le déjeuner ?

Le déjeuner. Encore.

J'ai pris une grande inspiration. Anna et Goldie disaient que le déjeuner n'était pas un affront. C'était pratique. C'était une occasion de se voir sans avoir à se justifier auprès de Jude.

Le déjeuner était une bonne option pour un parent célibataire.

COUPER LES CHEVEUX, S'EN FICHE

Je peux pour le déjeuner. Je prends une
heure de pause à treize heures tous les jours.

PAPA FROID COMME LA PIERRE

Demain ?

COUPER LES CHEVEUX, S'EN FICHE

Ça me va.

PAPA FROID COMME LA PIERRE

Parfait.

COUPER LES CHEVEUX, S'EN FICHE

Où est-ce que tu veux qu'on se voie ?

PAPA FROID COMME LA PIERRE

Chez moi. Si ça te va. Personne ne se posera
de questions en voyant nos voitures dans
nos propres allées en même temps.

COUPER LES CHEVEUX, S'EN FICHE

À demain, alors.

PAPA FROID COMME LA PIERRE

J'ai hâte.

J'ai fermé l'application et j'ai pris une grande inspiration. C'était comme retenir ses larmes au téléphone, sauf qu'il n'y avait aucune raison de les retenir par texto.

Pourtant, c'est ce que j'ai fait. Et elles se sont mises à couler dès que j'ai posé mon téléphone.

Il me cachait toujours. Il nous cachait. Il ne voulait pas que les gens nous voient ensemble en ville. Ou alors, il voulait juste du sexe. Dans un cas comme dans l'autre, je ne savais pas trop quoi en penser.

Étais-je censée apporter mon propre déjeuner, aussi ? Toute cette frustration et cette confusion commençaient à faire trop pour moi. Peut-être qu'il valait mieux que je mette un terme à tout ça maintenant.

Mais je n'en avais pas envie. Je voulais apprendre à le connaître. Je voulais savoir si l'alchimie que je ressentais quand nous étions ensemble se traduirait dans les autres aspects d'une relation. Si nous nous entendrions bien quand nous ne nous cacherions plus.

Peut-être que ça s'améliorerait. Une fois que Derek se sentirait assez en confiance pour parler de nous à Jude. Une fois que Derek serait prêt à révéler notre relation.

S'il était un jour prêt.

Je ne pouvais pas laisser ça m'arrêter. Pas encore. Cela ne faisait que deux semaines qu'on avait commencé à se voir. Je lui devais du temps.

J'espérais juste ne pas regretter de le lui avoir donné.

J'AI PRÉPARÉ MON DÉJEUNER. Je ne savais pas à quoi m'attendre, alors j'ai préparé mon déjeuner. En arrivant dans mon allée, j'ai hésité sur ce que je devais faire, mais j'ai décidé qu'il était plus logique d'apporter mon déjeuner chez lui plutôt que de le laisser dans la voiture et de devoir ressortir. Surtout qu'un aller-retour à la voiture augmenterait les risques qu'un voisin me voie aller chez Derek au lieu de chez moi.

J'ai traversé la bande d'herbe entre nos deux allées et je me suis dirigée vers son porche, frappant à sa porte d'entrée en arrivant. C'était difficile de croire qu'il y avait à peine un mois que j'avais trouvé Jude à ce même endroit, et que tout avait changé entre Derek et moi.

Derek a ouvert la porte brusquement, me faisant entrer avant de dire un mot. Je n'étais jamais entrée chez lui, et j'ai pris une seconde pour regarder autour de moi avant qu'il me plaque contre la porte qu'il venait de fermer et ne couvre mon corps du sien.

J'ai lâché mon sac à main et mon déjeuner, et mes clés ont tinté en tombant par-dessus avant que je ne lève les mains pour lui prendre le visage entre mes paumes, le maintenant en place.

Sa langue s'est glissée entre mes lèvres, s'emmêlant avec la mienne alors que je soupirais. C'était pour ça que j'ignorais les voix qui me disaient de me méfier de lui. C'était pour ça que je repoussais ce malaise. Quand il me serrait dans ses bras, je pouvais sentir ce qu'il ressentait. À quel point il me désirait. Ce n'est que plus tard, quand je n'étais plus dans ses bras, que ces doutes revenaient s'insinuer et me disaient que ce que je ressentais n'était pas suffisant.

— Salut, a-t-il murmuré contre mes lèvres. Et désolé de t'avoir sauté dessus dès que tu as passé la porte.

J'ai souri. — Je ne me plaignais pas.

Il m'a répondu par un grand sourire et s'est penché pour m'embrasser à nouveau. Plus doucement. Plus tendrement. Comme si nous n'étions pas limités à une heure ensemble. Une heure que nous avions déjà entamée avec le trajet pour rentrer.

— Tu as faim ? J'ai préparé à manger. Je n'étais pas sûr... Tu as apporté ton déjeuner ?

J'ai suivi son regard jusqu'à mon sac-repas posé par terre. Je me suis baissée pour le ramasser ainsi que mon sac à main. — Eh bien, on n'a pas vraiment dit ce qu'on faisait pour le déjeuner, et si je saute un repas, je ne me sens pas bien, vu que je suis debout toute la journée. Alors, j'ai apporté un sandwich, une pomme et un paquet de chips. Je me suis dit qu'au pire, je pourrais le manger dans ma voiture en retournant au travail.

Ma voix s'est éteinte pendant que je parlais, réalisant ce qu'il devait penser. Il m'a invitée à déjeuner, et j'ai apporté ma propre nourriture. N'ayant pas confiance en lui pour me nourrir.

— Je suis désolée. Je... Tout ça, c'est nouveau pour moi.

Derek a soupiré. — Je sais. Je n'ai pas été très doué pour ces choses-là. Une relation secrète, ce n'est probablement pas la façon dont tes meilleures relations ont commencé.

— Eh bien, je veux dire, ce n'est pas comme ça qu'elles ont toutes commencé, mais je voulais surtout dire que je n'enchaîne pas les rendez-vous. Ma dernière relation sérieuse remonte à quelques années, et c'était pratique, d'une certaine manière.

— Tu étais amoureuse de lui ?

J'ai haussé les épaules. — J'étais amoureuse de l'idée que je me faisais de lui. On était amis au lycée. Il est parti à l'université, mais il est revenu s'installer ici quelques années plus tard. Sa mère et la mienne étaient amies, et elles nous ont donné nos numéros respectifs. Il m'a invitée à dîner, et on est sortis ensemble pendant environ six mois.

— Qu'est-ce qui s'est passé ? Derek avait l'air plus curieux qu'inquiet.

— Il était trop ennuyeux pour moi. Ça a l'air horrible de dire ça, mais c'est la vérité. Je voulais aller danser, au cinéma ou même juste dîner au restaurant, et lui, il voulait tout planifier à l'avance. Finalement, ça n'a pas marché entre nous.

— Je… Tu essaies de m'avertir de ne pas trop m'attacher à toi ? a demandé Derek, sur un ton un peu plus dur que ce à quoi je m'attendais.

— T'avertir ?

Derek m'a fusillée du regard. — Je ne suis pas spontané. J'ai un fils. Je dois tout planifier, Chelsea. Si tu es là pour me dire que ça ne marchera pas parce que je ne peux pas tout laisser tomber…

— Ce n'est pas ce que j'essayais de dire. J'essayais juste de te parler de ma dernière relation. Je t'ai dit que je n'étais pas beaucoup sortie avec des hommes et j'étais honnête avec toi. Je l'ai regardé avec insistance, en espérant qu'il comprendrait l'allusion.

Ce ne fut pas le cas.

Il a hoché la tête une fois, puis s'est détourné, sa frustration évidente dans la tension de son dos.

J'ai soupiré. — As-tu tourné la page sur ton ex-femme ?

— Pardon ? a-t-il grogné.

J'ai haussé un sourcil et croisé les bras sur ma poitrine. — Tu as dit qu'elle ne voulait pas être mère, mais tu n'as jamais vraiment dit comment tu avais géré ça.

— Tu es en train de me demander si j'ai envisagé de renoncer à mon fils pour pouvoir garder ma femme ?

— Non. Je… je ne le pensais pas comme ça.

— Alors, qu'est-ce que tu voulais dire par là ?

— Laisse tomber.

— Non, je veux savoir. Je suis vraiment curieuse de comprendre où tu voulais en venir avec ta question.

— J'essaie de savoir si tu espères que ton ex-femme revienne vers toi.

Il a soutenu mon regard un long moment avant de grimacer. — Non. Sasha était… Je l'aimais. Elle était tout pour moi quand on s'est rencontrés. Quand on était ensemble. Mais une femme capable d'abandonner son propre enfant, un enfant qu'elle disait vouloir, qu'elle avait désiré, qu'elle avait prévu, qu'elle avait juré de protéger et d'aimer toute sa vie…

Son regard était douloureux, mais j'étais incapable de dire s'il souffrait pour Jude ou à cause de Sasha.

Tout ce que je savais, c'est que je ne pouvais pas lui demander.

— Tout le monde n'est pas fait pour être parent. Je le sais. Je comprends. Sasha m'avait dit qu'elle ne voulait pas d'enfants quand on s'est mariés, et j'ai été déçu, mais je l'aimais suffisamment pour essayer de passer outre. Ses amies ont commencé à avoir des enfants, et elle a changé d'avis. Elle a dit : « Et puis zut, faisons-le ». Ce n'était pas la plus grande marque d'enthousiasme que j'aie jamais vue de sa part, mais je croyais qu'elle tomberait amoureuse de son rôle de mère une fois Jude arrivé. Qu'elle le regarderait et sentirait qu'une partie d'elle-même qui lui manquait était enfin à sa place. Elle n'a jamais ressenti ça. Au contraire, elle a eu l'impression que l'avoir lui avait arraché une part d'elle-même. Une part qu'elle ne pourrait pas retrouver tant qu'elle resterait ici à essayer d'être une mère et une épouse.

— Et si-

— Chelsea, je suis désolé, mais nous n'avons qu'une heure ensemble. Je n'ai vraiment pas envie de la passer à parler de

mon ex-femme. Elle ne fait plus partie de ma vie depuis des années. Elle ne reviendra pas, et même si elle le faisait, je ne la voudrais pas. Je n'ai aucunement l'intention d'avoir une relation avec elle.

— D'accord, ai-je murmuré.

— Tu as faim ?

J'ai hoché la tête, en forçant un sourire.

Derek m'a conduite dans sa cuisine, en traversant un salon semblable au mien. Sa maison était similaire, mais pas identique. Il avait une salle à manger formelle qui semblait aussi servir de bureau et d'espace créatif. Les murs étaient couverts de dessins de Jude, dont le niveau de maîtrise variait, m'indiquant qu'ils avaient été faits sur plusieurs années.

La cuisine était plus grande que la mienne et modernisée. Une fenêtre au-dessus de l'évier donnait sur mon jardin. Derek se tenait là, dos à moi, le regard perdu au-dehors.

— J'étais là, la première fois que je t'ai vue. Je buvais mon café et j'ai failli le laisser tomber. Tu étais si belle.

Je n'ai pas répondu, le laissant se replonger dans ses souvenirs. Il s'est tourné vers moi, les yeux flamboyants de désir.

— Tu me coupes toujours le souffle.

J'ai retenu mon souffle, sentant des spirales de désir s'enrouler en moi.

— Tu as faim ? m'a-t-il demandé.

Je voulais dire non, mais mon estomac a gargouillé et m'a trahie.

Derek a souri et a sorti quelque chose du four. Je n'avais même pas remarqué l'odeur dans l'air avant qu'il n'ouvre le four.

Il a posé une plaque de cuisson remplie de légumes et de morceaux de bœuf sur la cuisinière. Il a attrapé une boîte d'assaisonnement ranch et en a saupoudré la nourriture encore chaude, la recouvrant généreusement.

— C'est l'un de mes plats de prédilection quand je nous prépare à manger. Facile et délicieux. J'espère que ça te plaira.

J'ai accepté une assiette et je me suis servie. Nous nous sommes assis à la table de la cuisine. J'ai soufflé sur ma nourriture et j'ai pris une bouchée, gémissant lorsque les saveurs ont envahi ma langue.

— Wow, c'est bon, ai-je marmonné.

— Bien.

Nous avons mangé dans un silence relatif. Je me sentais coupable d'avoir gâché le peu de temps que nous avions ensemble, mais j'étais heureuse d'avoir obtenu des réponses de sa part. J'ai fini mon assiette et je l'ai mise dans le lave-vaisselle. Il me restait vingt minutes avant de devoir être au travail, mais Derek ne disait pas grand-chose. Rester plus longtemps me semblait une mauvaise idée. Jusqu'à ce qu'il se mette à parler.

— Je ne parle pas beaucoup de Sasha parce qu'elle ne fait pas partie de nos vies. Jude ne pose pas de questions sur elle. Elle est partie. Elle a choisi de partir. Si elle était morte, je pense que ça aurait été plus facile. Ça a l'air horrible, mais c'est elle qui n'a pas voulu de nous. Les premières années ont été douloureuses. J'ai attendu qu'elle revienne. Je me disais qu'elle se rendrait compte de ce qu'elle manquait. Même quand les papiers du divorce sont arrivés, je pensais qu'elle reviendrait. Mais après neuf ans ? Je ne veux pas d'elle, Chelsea. C'est toi que je veux. Et je sais que je ne suis pas juste avec toi. Je t'en demande beaucoup, et je ne te donne pas grand-chose en retour.

— Qu'est-ce que tu crois qu'il me manque et que je n'ai pas ? Je me suis appuyée contre le comptoir.

— Tu mérites que je te montre fièrement à tout le monde.

Qu'on se pavane avec toi en ville. T'inviter ici donne l'impression que je te cache, mais je te promets que ce n'est pas le cas.

— Je sais.

— Vraiment ? Parce qu'il n'y a qu'une seule raison pour laquelle je ne sors pas avec toi pour dire à toute la ville que tu es à moi. Et c'est mon fils.

— Je comprends.

— Je l'espère. Je l'espère vraiment. Même quand notre relation sera publique, je ne pourrai pas tout laisser tomber pour aller n'importe où. Pas sans Jude. Un jour, il pourra rester seul à la maison, mais on n'en est pas encore là.

— Derek. J'ai traversé la pièce, me blottissant sur ses genoux en priant pour que ses chaises soient vraiment solides.

Ses mains ont glissé sur mes cuisses, me caressant à travers mon jean. Sa queue a tressailli contre ma jambe.

— Je veux bien être patiente pour tout ça. Je n'essaie pas de te pousser à faire les choses différemment. Mais je crains de ne pas être assez patiente pour toi. Et je crains de voir des choses qui n'existent pas. De me demander si tu es aussi intéressé que moi par tout ça.

— Alors il faut que je te montre plus souvent ce que je ressens. Il a embrassé mon cou. — Et que je te dise à quel point j'ai envie de toi. Il a mordillé ma mâchoire. — Et que je te convainque que je vaux la peine d'attendre.

Il s'est emparé de mes lèvres et a aspiré une goulée d'air en écartant mes lèvres. Une main s'est glissée dans mes cheveux, l'autre tenant mes cuisses là où j'étais assise. Il a tiré sur mes cheveux pour incliner ma tête en arrière et a descendu le long de ma gorge en la mordillant.

— Je peux te baiser avant qu'on retourne au travail, Chelsea ? Je veux te voir jouir. Te voir perdre la tête. Savoir que je suis l'homme dont tu porteras l'odeur pour le reste de la journée.

— Oui, j'ai gémi.

— Lève-toi, ma belle, a-t-il grogné.

J'ai glissé de ses genoux. L'instant d'après, il était sur ses pieds et me faisait reculer contre le comptoir. Ses mains ont tiré sur mon haut, le soulevant avant qu'il ne rompe notre baiser pour me l'enlever. Ses mains ont enveloppé mes seins, frottant mes tétons avant de les porter à sa bouche. Il a poussé mon soutien-gorge sur le côté et a sucé un téton, puis l'autre, anéantissant rapidement le peu de raison qui me restait et qui me disait que c'était une mauvaise idée.

C'était une bonne idée. Une très, très bonne idée.

J'ai déboutonné mon jean et je l'ai fait glisser avec ma culotte, me moquant bien qu'il ne verrait pas la lingerie en dentelle que j'avais mise au cas où nous en arriverions là.

— Sur le comptoir, dit-il.

— Je suis nue.

Il a eu un sourire en coin. — Oh, j'en suis conscient. Allez, monte.

J'ai sauté, réussissant de justesse à me hisser sur le comptoir frais. J'ai poussé un petit cri, en me rappelant qu'il venait juste de l'essuyer, donc il était propre.

Derek s'est débarrassé de son jean et a posé un préservatif sur le comptoir à côté de moi, puis il s'est agenouillé devant moi.

— Derek.

Il a levé les yeux vers moi et a attrapé une de mes bottes. Il a souri, les paupières lourdes. Son regard a remonté le long de mes jambes pour se fixer entre mes cuisses.

— Pas aujourd'hui, mais un jour. Quand on ne sera pas pressés de retourner au travail. Il a laissé tomber mes bottes sur le sol, puis a poussé ma culotte et mon jean avec.

J'étais sur son comptoir de cuisine, vêtue uniquement de

mon soutien-gorge, les deux bonnets poussés sur le côté, mes tétons exposés.

Et je n'aurais pas pu moins m'en soucier.

J'avais besoin de lui.

Il a déroulé le préservatif sur sa longueur et s'est de nouveau agenouillé. Avant que je puisse dire quoi que ce soit, il m'a tirée vers l'avant, portant mon intimité à sa bouche.

— Derek, ai-je gémi alors qu'il me léchait.

Sa langue a tournoyé autour de mon clitoris et l'a effleuré une fois avant qu'il ne se relève. — Je ne pouvais pas attendre un jour de plus pour découvrir ton goût. Il s'est penché sur moi et m'a embrassée avec fougue. — Délicieuse.

J'ai gémi, découvrant que mon propre goût sur ses lèvres était un aphrodisiaque dont je n'avais jamais soupçonné l'existence.

Ses doigts taquinaient la chair sensible entre mes jambes, pulsant, s'enfonçant et me pinçant jusqu'à ce que mes hanches se mettent en mouvement. J'ai chevauché sa main, sans aucune pudeur, jusqu'à ce que mon orgasme commence à monter.

— Derek, ai-je murmuré.

— Jouis, ma belle. Laisse-moi te sentir.

Il s'est enfoncé en moi avec force au moment où il me disait de jouir, et mon orgasme a éclaté en moi, un kaléido-scope d'arcs-en-ciel étant la seule chose que je pouvais encore voir. Il a grogné, s'enfonçant en moi, me tirant contre lui alors qu'il cherchait sa propre jouissance.

— Oh, putain, ai-je gémi, un autre orgasme me surprenant alors que Derek touchait un nouveau point sensible.

— Oui, Chelsea. Jouis avec moi. Putain, Chelsea.

Mon corps a répondu à ses ordres et l'a enserré, déclen-chant l'orgasme pour nous deux.

Il a grogné et s'est immobilisé, les pulsations de son

orgasme se mêlant aux répliques du mien et me parcourant de frissons.

Il m'a embrassée dans le cou, le visage enfoui contre ma peau. Son souffle était chaud sur ma peau, mais je ne voulais pas qu'il bouge. Je voulais rester là tout le reste de la journée et prétendre que le monde extérieur n'existait pas.

Un faible carillon a atteint mes oreilles. Mon alarme. La première des deux.

— C'est ton téléphone ? a-t-il demandé, ses lèvres toujours contre ma peau.

J'ai hoché la tête. — C'est pour ne pas perdre la notion du temps et finir en retard.

— Malin. Je n'y ai pas pensé.

— Je suis toujours en retard si je ne mets pas d'alarmes. J'en ai une autre dans cinq minutes.

— Une autre ?

— C'est mon alarme « pars maintenant ou jamais ».

Il a gloussé. — C'est bien de se connaître.

J'ai hoché la tête. — Mais ce n'est pas le bon moment pour partir. Je n'avais jamais compris l'attrait de sécher le travail avant aujourd'hui.

Derek m'a de nouveau embrassée, déposant des baisers de ma mâchoire jusqu'à mes lèvres. Son baiser était doux, sexy et terriblement tentant. — Je n'ai pas non plus envie de partir. Je pense qu'on devrait en faire une habitude. Et trouver un moyen de se voir plus souvent. Si tu es partante.

J'ai hoché la tête. — Ça me plairait bien.

Il a souri. — Moi aussi.

17

DEREK

Je n'ai pas arrêté de sourire de toute la journée après mon déjeuner avec Chelsea. Ni le lendemain. Ricky m'a charrié à ce sujet, mais il n'a rien dit à personne d'autre.

Je savais que je n'aurais pas autant de chance à la soirée entre mecs. Sebastian m'a dévisagé et a secoué la tête quand j'ai déposé Jude pour qu'il aille jouer avec Cameron pendant quelques heures. Zoey m'a simplement dit de bien me comporter avec Chelsea.

— Ce n'est pas le cas ? ai-je demandé, en me demandant ce qui motivait sa remarque.

— Je n'ai pas dit ça, mais elle ne semble pas… expérimentée en matière de relations amoureuses.

J'ai secoué la tête. — C'est vrai. On a discuté. Ça nous a fait du bien.

Zoey a haussé un sourcil. — Discuté ?

J'ai eu un petit rire. — Ouais, discuté.

— Bon, il est temps d'y aller, a dit Sebastian, en me poussant vers la porte et en s'interposant entre sa femme et moi.

Il l'a embrassée à pleine bouche et lui a murmuré quelque

chose que je n'ai pas pu entendre, car j'étais trop loin. Il s'est tourné vers moi avec son propre sourire narquois et m'a suivi dehors.

— Tu as de la chance, lui ai-je dit.

Sebastian a hoché la tête. — Et comment.

J'ai secoué la tête en le regardant et j'ai pris la route en direction du O'Kelley's. J'étais déterminé à passer une soirée entière sans me précipiter pour aller voir Chelsea. Je le devais. Ce n'était pas juste envers Zoey ou Sebastian de les utiliser comme baby-sitters gratuits pour que je puisse tirer mon coup.

C'était comme Chelsea l'avait dit à propos des amis de sa cousine. Je voulais avoir des gens qui étaient là pour moi parce qu'ils le voulaient, mais le revers de la médaille, c'est que je ne voulais pas abuser de cette relation.

Surtout pour du sexe.

Même la meilleure partie de jambes en l'air de ma vie.

— Alors, ça se passe bien ? m'a demandé Sebastian alors que je me garais.

— Ouais, c'est le cas.

— Alors comme ça, Chelsea t'a posé des questions sur ton ex-femme ?

— Putain, comment tu sais ça ?

Sebastian a ricané. — Elles parlent toutes entre elles.

Je suis descendu en vitesse de mon pick-up et je l'ai rejoint sur le trottoir. — Est-ce que tout le monde sait tout sur tout le monde dans cette ville ?

— Ouais. Plus ou moins. Ça fait assez longtemps que tu es là, tu devrais le savoir. C'est comme ça qu'on a tous su que tu étais célibataire pendant tout ce temps. Rien n'est secret par ici.

— Ce n'était pas aussi grave avant.

Sebastian m'a donné une tape dans le dos. — Ça veut dire

que les gens tiennent à vous. À vous deux. Ils veulent que vous soyez heureux, et ils vous aiment bien ensemble.

— Comment tu sais ça ?

— Parce que s'ils ne voulaient pas de vous deux ensemble, vous ne le seriez pas. Il m'a laissé sur cette remarque et est entré chez O'Kelley's.

Je l'ai suivi, en me demandant s'il avait raison. Je me suis assis à côté de Sebastian au bar, en état de choc.

— Tu l'as brisé, a dit Hudson. — Qu'est-ce que tu lui as dit ?

— La vérité. Que si les gens ne voulaient pas de lui et Chelsea ensemble, ils ne le seraient pas.

James a frappé l'épaule de Sebastian.

Sebastian s'est tourné et a fusillé James du regard, en serrant les poings. — Je me fiche que tu sois flic, je vais te botter le cul.

James a eu un sourire narquois. — Vas-y, le gars du phare.

Sebastian a levé les yeux au ciel et a ri sous cape.

— Arrêtez ça, a grondé Hudson en s'adressant à James. — Dis à Derek qu'il a encore le contrôle de sa vie.

— Pas possible, a dit James. — C'est pour ça que personne n'a su que Trinity et moi étions ensemble pendant longtemps. Je ne voulais pas qu'une bande de connards comme vous vienne tout gâcher.

— Oh, laisse-moi rire. Tu étais juste content qu'elle t'accorde un peu d'attention et tu avais peur qu'elle t'envoie balader si ça se savait, a dit Ian en riant.

— N'est-ce pas ce que tu as fait avec Blake ? a rétorqué James.

— Putain, ouais. Elle avait honte de moi. Elle pensait que j'étais un connard, a admis Ian.

— Tout s'est bien terminé, a dit Hudson. — Pour nous tous. Parce que c'était la bonne personne. Derek, ignore ces connards.

— Je ne crois pas que je puisse. Pourquoi est-ce que ça regarde les autres avec qui je sors ? ai-je demandé.

— Ce n'est pas qu'ils se soucient de la personne avec qui tu sors, c'est qu'ils se soucient que tu sortes avec la mauvaise personne, a dit Trent. — J'ai merdé avec Finley plus que les autres avec leurs compagnes. Hudson était là pour me remettre sur le droit chemin, plus d'une fois. Je l'ai détesté pour ça, mais il avait raison parce que je n'étais pas l'homme qu'elle méritait. Une fois que je me suis sorti les doigts du cul et que j'ai admis que je la voulais dans ma vie, Hudson n'a pas lâché l'affaire. Aucun d'eux ne l'a fait. Parce qu'un changement d'avis juste pour pouvoir la mettre dans mon lit n'était pas suffisant. Ce n'était pas que ça, mais ils ne me connaissaient pas. Ils la protégeaient.

— C'est de ça qu'il s'agit ? Protéger Chelsea ? ai-je demandé.

— En partie, a dit Knox. — J'ai proposé de te botter le cul l'autre jour.

— Sérieusement ? Je pensais qu'on était amis. C'est quoi ce bordel ?

— Je n'étais qu'à moitié sérieux. J'essayais de jauger à quel point elle était furieuse, a dit Knox.

— Et alors ?

— Elle a refusé mon offre. J'y ai vu un bon signe, qu'elle voulait que les choses s'arrangent avec toi.

— C'était quand ?

— Quand je lui ai installé sa nouvelle porte de derrière.

J'ai haussé les sourcils. Je lui ai parlé après ça. Elle m'a dit qu'elle restait à l'intérieur à cause du froid, et qu'elle avait travaillé les jours suivants. N'était-ce qu'une excuse parce qu'elle ne voulait pas me voir ? — Bon, alors pourquoi est-ce que tout le monde la protège ? Je pensais qu'après la semaine dernière, tout allait bien entre nous.

— Elle s'inquiète pour ton ex, a dit Patrick.

— Je sais. Elle m'a posé des questions sur elle. Je lui ai dit qu'elle n'avait pas à s'en faire.

Le silence qui a suivi ma réponse n'avait rien de confortable. Il était chargé de tension et de non-dits.

J'ai regardé Knox. Je pensais, j'espérais, qu'il me dirait la vérité. — Qu'est-ce que je rate ?

Knox a soupiré et secoué la tête, lançant un regard noir aux autres. — Vous êtes nuls. Il s'est concentré sur moi. — Les filles lui ont mis dans la tête que tu n'as pas tourné la page sur ton ex. Même si tu lui as parlé, je ne suis pas sûr que ça suffise. Ce sera probablement une bataille difficile pour toi. Quelque chose que tu vas devoir lui répéter plus d'une fois pour la rassurer. Comme tu n'es pas prêt à t'afficher avec elle, à sortir avec elle et à être vu en sa compagnie, que tu lui demandes de se garer chez elle, elle pense que tu as honte d'elle.

— Mais pas du tout ! ai-je protesté.

— Bien, mais elle va avoir besoin de l'entendre. Souvent, a dit Knox.

— Très souvent, a dit Rowan. — Crois-moi.

— Je ne peux pas la voir tout le temps parce que j'ai Jude.

— Être parent célibataire, ce n'est pas facile, a dit Hudson. Je n'ai pas vécu ça, mais j'ai vu Anna. C'était dur. Je sais que c'est dur. Mais si Chelsea compte pour toi, elle a besoin de savoir que tu veux être avec elle, même quand vous ne le pouvez pas. Les matins, quand tu prépares Jude pour l'école. Les après-midis, quand tu es au travail. Tard le soir, quand Jude dort. Pas seulement pour le sexe. À moins que ce ne soit que ça pour toi.

— Ce n'est pas ça, ai-je grogné.

— Alors, fais en sorte qu'elle le sache. Parce que sinon, tu n'auras jamais à t'inquiéter que Jude l'apprenne, car votre histoire sera terminée avant même que tu aies eu une chance de lui en parler, a dit Hudson.

PAPA FROID COMME LA PIERRE

Ça a été très dur de rester à la soirée entre mecs ce soir et de ne pas partir plus tôt pour pouvoir te voir.

COUPER LES CHEVEUX, S'EN FICHE

J'avais rendez-vous avec mon canapé et un verre de vin ce soir.

PAPA FROID COMME LA PIERRE

Juste un verre ?

COUPER LES CHEVEUX, S'EN FICHE

Ouais, plus d'un et ça fait pathétique.

PAPA FROID COMME LA PIERRE

Tu ne pourrais jamais être pathétique.

COUPER LES CHEVEUX, S'EN FICHE

Merci. Il y a des moments.

PAPA FROID COMME LA PIERRE

Je sais que c'est risqué de demander ça, mais est-ce que ça va entre nous ?

COUPER LES CHEVEUX, S'EN FICHE

Pourquoi est-ce que c'est risqué de demander ça ?

PAPA FROID COMME LA PIERRE

Parce que si ça ne va pas, je devrais le savoir. Une partie de moi a l'impression que tout va bien, mais j'ai raté beaucoup de signes avec mon ex. Je ne veux pas faire la même erreur avec toi.

COUPER LES CHEVEUX, S'EN FICHE

Ça va.

PAPA FROID COMME LA PIERRE

« Ça va » ne me rassure pas vraiment. Est-ce
que je peux faire quelque chose pour avoir
mieux que ça ?

COUPER LES CHEVEUX, S'EN FICHE

Quels signes as-tu ratés ?

J'ai soupiré. J'ai ouvert la porte, mais je n'aimais pas parler
de Sasha. Jamais. Elle faisait partie de mon passé. Une partie
qui me donnait l'impression d'avoir échoué.

PAPA FROID COMME LA PIERRE

J'étais tellement amoureux d'elle que je n'ai
pas vu comment elle a changé quand Jude
est né. Même avant ça, pour être honnête.
Elle était sublime quand on s'est rencontrés.
Pleine de vie. Rayonnante, joyeuse et
magnétique. Personne ne pouvait lui résister.
Tout le monde voulait être près d'elle et avoir
son attention.

COUPER LES CHEVEUX, S'EN FICHE

Y compris toi.

PAPA FROID COMME LA PIERRE

Ouais. Je suis tombé raide dingue d'elle.
Comme tant d'autres. Mais c'est moi qu'elle
voulait. C'est moi qu'elle a choisi.

COUPER LES CHEVEUX, S'EN FICHE

Tu étais le petit veinard.

PAPA FROID COMME LA PIERRE

C'est l'impression que j'avais. Et quand elle a
dit qu'elle voulait essayer d'avoir des
enfants, j'ai eu l'impression que tout ce que
j'avais toujours voulu se réalisait. Avant ça,
elle avait toujours dit non. J'obtenais tout ce
que je voulais.

COUPER LES CHEVEUX, S'EN FICHE

Tu as dit que ça ne s'était pas bien passé.

PAPA FROID COMME LA PIERRE

Le recul, c'est une saloperie. Sur le moment, j'étais si heureux que tout m'a échappé. La façon dont elle retenait sa respiration quand on vérifiait les battements du cœur. La façon dont elle pleurait lors des échographies. J'ai pris tout ça pour de la joie, mais c'était de la peur. C'était son espoir de faire une fausse couche qui s'évanouissait quand elle voyait le bébé.

COUPER LES CHEVEUX, S'EN FICHE

C'est horrible. Pourquoi quelqu'un essaierait-il de tomber enceinte pour ensuite souhaiter que son enfant ne survive pas ?

PAPA FROID COMME LA PIERRE

Sa meilleure amie a eu beaucoup de mal à tomber enceinte. Ça a pris des années. Elle a fait trois fausses couches avant de pouvoir mener une grossesse à terme. Je pense que Sasha s'attendait à ce qu'il en soit de même pour elle. Peut-être qu'elle n'espérait pas faire une fausse couche, mais je pense qu'elle était déjà enceinte quand elle a réalisé qu'elle ne voulait pas de bébé.

COUPER LES CHEVEUX, S'EN FICHE

Waouh.

PAPA FROID COMME LA PIERRE

Je n'ai voulu m'engager avec personne depuis. Jude a déjà perdu une mère qui ne voulait pas de lui. Je ne peux pas faire entrer quelqu'un d'autre dans sa vie qui s'en ira à son tour.

COUPER LES CHEVEUX, S'EN FICHE

Je comprends.

PAPA FROID COMME LA PIERRE

Ce n'est pas à cause de toi si je te tiens à
l'écart de lui. C'est entièrement pour lui.

COUPER LES CHEVEUX, S'EN FICHE

Et toi.

PAPA FROID COMME LA PIERRE

Moi ? Non. Je suis un adulte. Je sais que les
relations ont une fin. Jude n'aurait pas dû
apprendre cette leçon si jeune.

COUPER LES CHEVEUX, S'EN FICHE

Je comprends, mais ne me dis pas qu'il n'y a
pas une partie de toi qui s'en inquiète. Moi si,
et je ne suis pas divorcée.

PAPA FROID COMME LA PIERRE

Qu'est-ce qui t'inquiète ?

COUPER LES CHEVEUX, S'EN FICHE

Quand ça se terminera. Quand tu décideras
que je ne t'intéresse plus. Devoir te voir tous
les jours et faire semblant d'aller bien. Jude
venant voir Dozer et moi mourant à petit feu
parce que j'aimerais que les choses soient
différentes.

PAPA FROID COMME LA PIERRE

Et si ça marchait ? Et si ça n'arrivait jamais ?

COUPER LES CHEVEUX, S'EN FICHE

Ça ne m'est jamais arrivé, alors je ne
sais pas.

PAPA FROID COMME LA PIERRE

On peut se mettre d'accord pour ne pas
prévoir que ça se termine ? Qu'on va
apprendre à se connaître, passer du temps
ensemble, profiter de ce qu'il y a entre nous
et voir où ça nous mène ?

COUPER LES CHEVEUX, S'EN FICHE

Je peux essayer.

PAPA FROID COMME LA PIERRE

Pour moi non plus, ça n'a jamais marché.
Mais je ne suis pas encore prêt à renoncer à
nous.

COUPER LES CHEVEUX, S'EN FICHE

Pas encore ?

PAPA FROID COMME LA PIERRE

Là, j'essaie d'être honnête.

COUPER LES CHEVEUX, S'EN FICHE

Il paraît que c'est la meilleure chose à faire.

PAPA FROID COMME LA PIERRE

C'est ce qu'on m'a dit aussi.

COUPER LES CHEVEUX, S'EN FICHE

Je devrais dormir un peu. Je travaille demain
matin. Mais j'espère te voir bientôt.

PAPA FROID COMME LA PIERRE

Je l'espère aussi. Bonne nuit.

COUPER LES CHEVEUX, S'EN FICHE

Bonne nuit.

J'ai souri en regardant mon téléphone. Les mecs avaient
tort. Tout allait bien avec Chelsea. Et ça allait continuer
comme ça.

J'AI ÉTÉ DÉÇU de ne pas croiser Chelsea avant d'aller au
travail le lendemain. J'espérais qu'elle serait là à mon
retour, mais sa voiture n'y était toujours pas. Longue
journée.

Je suis entré dans la maison et j'ai trouvé Mme Walsh et Jude devant la télé.

— Qu'est-ce qu'on regarde ? ai-je demandé.

— Je suis vraiment désolée, Derek. J'étais fatiguée aujourd'hui et j'ai accepté un peu plus de télé que d'habitude, a dit Mme Walsh.

J'ai secoué la tête. « Ce n'est pas un problème. On regarde beaucoup la télé. Il y a de très bonnes émissions. »

— C'est juste que je m'en veux de ne pas avoir fait un jeu ou autre chose avec Jude.

— L'hiver est long, Mme Walsh. J'imagine qu'on va beaucoup regarder la télé. C'est ce qu'on fait d'habitude.

— Eh bien, je vais voir si je peux trouver d'autres options, aussi. Elle s'est levée, l'air plus lente que d'habitude.

— Tu te sens bien ?

— Je commence vraiment à fatiguer. Les journées qui raccourcissent m'épuisent. Mais être ici me fait du bien.

— Tu en es sûre ?

— Absolument. Par contre, j'ai un rendez-vous mardi prochain. J'ai essayé de le déplacer, mais ils ne pouvaient pas me reprendre avant trois mois.

Merde. C'était mardi que je devais rencontrer un nouveau fournisseur de pneus. L'entreprise était une start-up du Massachusetts et elle voulait voir si nous accepterions de vendre leurs pneus. — Je vais essayer de m'arranger pour être à la maison.

Mme Walsh était bien trop perspicace et a vu mon hésitation. — Je peux prendre le rendez-vous dans quelques mois.

— Non. Hors de question. Si tu as quelque chose à faire, on ne va pas t'en empêcher. En plus, dans trois mois, nous serons en plein hiver et impossible de savoir si tu auras la chance qu'il fasse beau ce jour-là.

— Je me suis fait la même réflexion, aussi.

— On va trouver une solution, l'ai-je rassurée.

— Tu pourrais demander à un ami, ou à une voisine, s'ils pouvaient t'aider. Mme Walsh a fait un signe de tête en direction de la maison d'à côté et a haussé les sourcils.

J'ai jeté un coup d'œil à Jude, qui était absorbé par l'émission qu'il regardait. — Elle travaille aujourd'hui. Elle finit souvent tard.

Mme Walsh a haussé les épaules. — Oui, mais elle est aussi souvent à la maison l'après-midi. Elle adore Jude, et si elle est dans le coin, ça pourrait être une solution facile pour toi.

J'ai hoché la tête, en essayant de trouver une raison pour laquelle je ne voulais pas demander à Chelsea. Il n'y en avait aucune. Pourtant, je me suis retenu. Pourquoi ?

— Un ami, alors ? a suggéré Mme Walsh, comme si elle savait que j'hésitais à demander à Chelsea.

— Je vais trouver une solution, lui ai-je dit.

Elle a souri et m'a tapoté le bras. Rien ne lui échappait. — Je devrais rentrer.

— Tu peux rester dîner si tu veux, lui ai-je dit. — Tu es toujours la bienvenue.

— Merci, et je le sais. Mais un délicieux dîner m'attend. Chelsea me l'a apporté hier. Elle en a fait plus que ce que je pouvais manger en un soir, alors je vais pouvoir en remanger. Des lasagnes. J'adore ça.

— C'est gentil de sa part. Il y avait beaucoup de choses que j'ignorais sur la femme que je fréquentais. Beaucoup de choses qu'elle ne partageait pas. Beaucoup de choses que je voulais savoir.

— C'est une personne merveilleuse, a dit Mme Walsh en enfilant son manteau.

— Jude, Mme Walsh s'en va.

Jude a bondi du canapé et s'est approché de nous. Il a pris Mme Walsh dans ses bras et l'a remerciée d'avoir été là quand il est rentré.

Elle lui a souri et l'a serré dans ses bras à son tour. — C'était un plaisir, Jude. Je te verrai la semaine prochaine.

— Au revoir ! a dit Jude en retournant sur le canapé.

Mme Walsh a souri. —C'est un bon garçon. Tu as fait un travail formidable.

— Merci, ai-je dit. Le compliment était difficile à accepter, mais je l'appréciais. J'ai enfilé mon manteau et j'ai dit à Jude que je revenais tout de suite, puis j'ai suivi Mme Walsh dehors.

— Ouh là, il s'est bien rafraîchi. Je n'ai pas hâte que l'hiver arrive, a-t-elle dit.

— Tu as déjà pensé à aller dans le sud ?

Elle a secoué la tête. — Oh, non. Ma maison, c'est ici. J'adore cet endroit, même si le temps ne nous le rend pas toujours.

Nous nous sommes arrêtés au bout de mon allée quand nous avons vu des phares approcher. Un clignotant s'est allumé, nous indiquant que le conducteur allait tourner.

Mon cœur a fait un bond. Chelsea.

Mme Walsh a attendu que Chelsea se gare, puis elle a fait demi-tour.

Je voulais que Mme Walsh se dépêche de rentrer pour pouvoir passer un moment avec Chelsea, mais ç'aurait été impoli.

— Bonsoir, Madame Chelsea, dit Mme Walsh.

— Bonsoir. Vous rentrez chez vous ? Chelsea attrapa son sac à main et nous rejoignit au bord de l'allée. Elle jeta un coup d'œil dans ma direction et sourit.

— En effet. J'ai vos délicieuses lasagnes pour me réchauffer. Mme Walsh se frotta les mains.

Le visage de Chelsea s'illumina au compliment. — Oh, tant mieux. J'espérais que ça vous plairait.

— Oh, c'est délicieux. Vous m'en avez donné beaucoup trop, comme d'habitude.

— C'est difficile de faire des lasagnes en petite quantité. J'en ai déjà congelé la moitié.

— Eh bien, je vous suis reconnaissante pour ce repas. Ce n'est pas facile de cuisiner pour une seule personne.

Chelsea rit. — Je suis bien d'accord. Je suis contente de pouvoir partager avec vous.

— Je suis toujours partante pour manger.

Chelsea et Mme Walsh rirent de la blague, comme si elle sous-entendait quelque chose que j'ignorais. Je m'éclaircis la gorge, sans intention d'interrompre leur conversation, mais c'est l'effet que ça a eu.

— Je devrais rentrer et vous laisser sortir de ce froid. Demain ? demanda Mme Walsh à Chelsea.

— Je vous verrai à dix heures.

Mme Walsh hocha la tête, puis commença à traverser la rue. Alors que Chelsea se dirigeait vers sa maison, je lui ai demandé si elle avait une minute. Si je pouvais frapper à sa porte. Elle a accepté.

— Alors tu vas lui demander ? demanda Mme Walsh.

— Je sais que tu n'es pas aussi distrait que tu veux le faire croire.

— Vous formez un beau couple. Je ne m'en mêlerai jamais, mais je veux que tu saches que je pense qu'elle est bonne pour vous deux.

J'ai souri, en essayant de ne pas laisser cette idée faire son chemin. Je n'étais pas prêt à ce que Chelsea et Jude deviennent trop proches. En tant que notre voisine et propriétaire de Dozer, bien sûr. Mais en tant que femme que je fréquentais ? Nous n'en étions pas encore là.

Mme Walsh a semblé deviner mes pensées et a dit : — Ne te torture pas l'esprit avec des « *et si* ». Tout le monde mérite une chance d'être heureux.

— Merci, Mme Walsh.

— Bonne nuit, Derek.

— Toi aussi.

J'ai attendu que sa porte se verrouille avant de descendre son allée en trottinant. Chelsea m'a rejoint dans son allée quand j'ai traversé la rue. Elle avait les bras croisés et les mains enfouies dans le tissu de son manteau.

— Je ne voulais pas que tu m'attendes dehors, lui ai-je dit.

— C'est plus simple si je ne rentre qu'une seule fois. Dozer aime bien sortir si je ressors. La porte de derrière a aidé, mais quand je rentre à la maison, il veut sortir.

— Je ne vais pas te retenir alors.

— Tu m'as demandé si j'avais une minute. Je ne voulais pas retarder ce que tu avais à me dire.

— Mme Walsh a un rendez-vous mardi. Elle ne peut pas aller chercher Jude. Je sais que c'est beaucoup te demander, et tu peux dire non, mais…

— Oui, a-t-elle lâché. Je peux aller le chercher à la sortie du bus, si c'est ce que tu demandes.

— Tu es sûre ? Je ne te le demanderais pas, mais j'ai une réunion et je ne peux pas être là si tôt. Je ne connais pas ton emploi du temps. Je ne veux pas tout chambouler pour toi.

— Je suis de repos mardi. Ce n'est pas un problème du tout. Elle a expiré dans un souffle tremblant.

— Ça va ?

Elle a hoché la tête en se mordillant la lèvre. — Je pensais que tu voulais me parler pour me dire que c'était fini. Que tout était terminé entre nous.

— Merde. Je suis désolé. Je… Il ne m'est jamais venu à l'esprit que c'est ce que tu pourrais penser. Je suis vraiment désolé, Chelsea.

Elle m'a souri. — Ce n'est pas grave. Je… Ça va.

J'ai jeté un coup d'œil aux alentours sans voir personne dehors. Aucun rideau ne bougeait. Les maisons étaient éclairées de l'intérieur et silencieuses vues du dehors. Je me suis rapproché d'elle, lui prenant le visage entre mes mains froides.

Les lumières de nos maisons illuminaient le scintillement des larmes dans ses yeux. — Je n'en ai pas encore fini avec toi. Loin de là. Je suis désolé de t'avoir fait douter de ça.

Elle a forcé un autre sourire et s'est détendue. Son souffle s'est échappé d'elle en un frisson.

J'ai penché la tête lentement, lui laissant amplement le temps de se reculer. Elle ne l'a pas fait, et j'ai comblé la distance entre nous pour goûter ses lèvres froides.

Elle a soupiré contre moi, enroulant ses bras autour de ma taille.

Je l'ai serrée plus fort contre moi et j'ai approfondi notre baiser. Je ne pouvais pas me perdre en elle comme je l'aurais voulu, mais j'ai bandé quand même. J'ai inspiré profondément, m'imprégnant de son odeur.

Je me suis reculé en grognant. — Un jour, je n'aurai plus à te laisser dans l'allée et à m'en aller.

Elle a souri de nouveau. — Juste pas aujourd'hui.

J'ai secoué la tête et j'ai reculé, laissant tomber mes mains. — Un jour. Merci de m'avoir aidé mardi. Ça compte beaucoup pour moi.

— Avec plaisir.

J'ai jeté un coup d'œil à ma maison, sachant que j'étais parti plus longtemps que d'habitude et que Jude aurait bientôt besoin de dîner. — Je devrais y aller. On se parle plus tard ?

Elle a hoché la tête. — Je serai là.

— Bonne nuit, Chelsea.

— Bonne nuit, Derek.

18

CHELSEA

J'avais beau vérifier l'heure d'arrivée du bus de Jude, j'avais toujours peur de le rater. Derek avait dit que Jude pouvait venir chez moi, alors j'étais dehors dans l'allée. J'attendais.

Dozer était assis à côté de moi, gémissant de temps en temps. Il ne comprenait pas ce que nous faisions.

Le bus est apparu au coin de la rue et a descendu la rue tranquillement. Il s'est arrêté plusieurs fois pour laisser descendre d'autres enfants, puis s'est arrêté devant la maison de Derek.

Jude a sauté du bus et a couru droit sur Dozer, qui a bondi pour saluer son copain.

— Salut, Dozer ! Comment ça va ?

Dozer l'a salué d'un aboiement tandis que le bus s'éloignait. Dozer a tiré sur sa laisse pour se rapprocher de Jude.

— Et si on rentrait à l'intérieur pour que vous puissiez vous retrouver ? ai-je suggéré.

Jude a hoché la tête, se relevant et caressant le dos de Dozer tout en se dirigeant vers la porte. Jude a attendu que j'ouvre la porte, même si elle était déjà déverrouillée, puis il s'est arrêté pour enlever ses chaussures. J'ai retiré mes bottes du bout du pied et j'ai détaché la laisse de Dozer pour que lui et Jude puissent se saluer correctement.

Jude a passé ses bras autour du cou de Dozer et a murmuré : « Tu m'as manqué. »

Mon cœur a fondu en entendant cette déclaration qui n'était destinée qu'aux oreilles de Dozer.

Dozer a semblé serrer Jude dans ses bras à son tour, posant sa tête sur l'épaule du garçon pour leur câlin.

— Je peux l'emmener dehors, Madame Chelsea ?

— Et si on prenait d'abord un goûter ? Tu as faim ?

— Oui. Vous avez des biscuits ?

J'ai souri. « Toujours, Jude. On a toujours des biscuits. Et une pomme avec tes biscuits, ça te dit ? »

— J'aime bien les pommes.

J'ai hoché la tête en suivant les garçons jusqu'à la cuisine. Jude s'est assis à table, et j'ai posé l'assiette de cookies tout chauds devant lui. Il en a attrapé un et a croqué dedans.

— Oh, purée, qu'est-ce que c'est bon. Et en plus, il est chaud.

— Je viens juste de les faire. J'en ai fait pour Dozer aussi.

— Il peut avoir celui-là ? a demandé Jude, en tenant le cookie aux pépites de chocolat au-dessus du museau de Dozer.

— Pas celui-là, me suis-je empressée de dire, avant que Jude ne le lui donne. Ce sont des friandises sans danger pour les chiens. Vous voulez lui en donner une ? J'ai pris le plateau de friandises pour Dozer et l'ai tendu à Jude.

— Ouais ! C'est trop cool. Je peux lui demander de faire les tours que je lui ai appris ?

— Bien sûr. On s'est entraînés pour qu'il n'oublie pas.

— Il est intelligent. Il s'en souviendra, a dit Jude avec assurance. Il s'est posté devant Dozer et a redressé les épaules. — Dozer, assis.

Dozer a posé son derrière par terre.

— Bien. Maintenant, couché.

Dozer s'est affalé, s'étalant sur le sol.

Jude a affiché un grand sourire. — Génial. Roule.

Dozer a agité ses pattes et a roulé sur lui-même.

— Bon chien. Dozer, secoue !

Dozer a bondi sur ses pattes et s'est secoué tout le corps avec Jude, remuant les fesses et s'agitant en même temps.

Jude s'est effondré sur le sol et a tendu la friandise à Dozer.

Dozer l'a attrapée, sachant que c'était l'une des siennes et non l'une de celles de Jude. Il s'est assis et a mangé la friandise avec Jude à côté de lui, par terre.

— Tu es un si bon chien, a dit Jude.

Je leur ai souri. Après la discussion que Derek et moi avions eue la semaine dernière, je me sentais à la fois mieux et pire concernant ce qui se passait entre nous. Je comprenais son hésitation après son mariage. Mais je savais aussi que si une personne ne s'ouvrait pas aux bonnes choses, elles ne venaient jamais.

J'avais du mal à m'imaginer un avenir avec qui que ce soit, mais j'en avais envie. Mes difficultés venaient de la façon dont on m'avait traitée et des relations loin d'être spectaculaires que j'avais eues.

Derek était différent. Il ne faisait pas partie de ces hommes qui me voyaient et me rejetaient. Il me désirait toujours. Mais je n'espérais pas un avenir juste parce qu'il était là. Ce n'était juste pour aucun de nous deux. Non, il me plaisait. Jude me plaisait. J'aimais pouvoir parler à Derek, et le sexe était meilleur que tout ce que j'avais connu.

Mais nous étions loin de nous fréquenter pour la vie. J'étais sérieuse quand je lui ai dit que j'attendais déjà le jour où il partirait. Le jour où je devrais le regarder dans les yeux et faire semblant de ne pas être brisée à l'intérieur.

J'allais détester ce jour-là.

— Est-ce que Dozer et moi, on peut aller dehors ? a demandé Jude, me ramenant au moment présent.

— Bien sûr. Mais pas trop longtemps. Il fait assez froid aujourd'hui.

— Trente minutes ?

— Je pense que je peux être d'accord avec ça. Et ensuite, les devoirs ?

— Et après, on pourra peut-être ressortir ?

J'ai souri. — Tu es un bon négociateur.

— Mon père dit la même chose.

J'ai ri. — C'est une bonne compétence à avoir.

— Je le pense aussi. Jude s'est dirigé vers l'entrée et a enfilé sa veste et ses baskets. Il a traversé la maison avec Dozer sur ses talons, et a ouvert la porte du jardin. Je l'ai entendu dire à Dozer qu'il avait une porte super cool à utiliser avant que la porte ne se referme entre nous.

J'ai gardé un œil sur eux pendant que je nettoyais la cuisine, vérifiant toutes les quelques minutes que tout allait bien. Je suis sortie quelques instants, mais à moins de courir partout avec les garçons, il faisait trop froid pour que je reste assise dehors.

— Encore quinze minutes, ai-je dit à Jude.

— D'accord ! a répondu Jude.

— Je rentre. Il fait trop froid pour moi.

Jude a ri. — D'accord, Madame Chelsea.

J'ai fermé la porte et je les ai regardés encore une minute avant de retourner dans la cuisine. Je me suis occupée à préparer le dîner et j'étais sur le point de commencer quand les garçons sont entrés en trombe.

— Tu t'es bien amusé ?

— Ouais, c'était génial.

Dozer a couru vers le placard où je gardais ses friandises.

— Tu veux donner une friandise à Dozer ?

— Un autre biscuit ?

— Pas tout de suite. Que dirais-tu de deux des friandises dans le placard ?

— D'accord. Jude a pris les friandises que je lui ai montrées du doigt et en a lancé deux à Dozer, qui les a attrapées au vol.

— Qu'est-ce que tu as comme devoirs aujourd'hui ? ai-je demandé à Jude, pour lui rappeler subtilement qu'il avait accepté de les faire en rentrant.

— Des maths, des sciences et de la lecture.

— Ça n'a pas l'air si terrible.

Il a haussé les épaules et a troqué sa veste et ses baskets contre son sac à dos. — Je peux m'asseoir sur votre canapé ?

— Bien sûr. Tu peux utiliser la table basse si tu veux. Ou tu peux t'asseoir ici. Ce qui est le plus simple pour toi.

— Merci, Madame Chelsea.

— De rien.

J'ai préparé la tourte que je faisais pour le dîner et je l'ai glissée dans le four. Puis, j'ai commencé la soupe au poulet. J'aimais cuisiner plusieurs plats à la fois pendant mes jours de congé, car lorsque je travaillais, la dernière chose que je voulais faire en rentrant était de cuisiner.

— Ça sent vraiment bon, a dit Jude en entrant dans la cuisine une heure plus tard.

— Merci. J'ai du poulet, des brocolis et du riz dans le four, et ça, c'est de la soupe au poulet.

— Le poulet de mon père ne sent jamais comme ça.

J'ai ri. — C'est une question d'épices. Tu veux goûter la soupe ?

— Je peux ?

— Bien sûr. C'est juste du bouillon, des légumes et des épices. Elle a besoin d'encore une heure ou deux avant d'être prête, mais le poulet est cuit, donc on peut la manger sans risque. Les légumes mettent un peu de temps.

J'ai pris une louche et j'en ai versé un peu dans un petit bol. Je lui ai tendu une cuillère et j'ai posé le bol sur la table pour qu'il ne se brûle pas les mains en essayant de le tenir.

— N'oublie pas de souffler dessus. C'est chaud.

Jude a hoché la tête, a pris une cuillerée et a soufflé dessus avant de goûter le bouillon. — Waouh. C'est trop bon.

— Merci.

— Je peux avoir ça pour dîner ce soir ?

— Bien sûr. Elle devrait être prête avant que ton père n'arrive.

— Merci, madame Chelsea. Dozer s'est assis à côté de Jude pendant qu'il finissait son petit bol de soupe. Quand il a eu terminé, il a demandé s'ils pouvaient retourner dehors.

— Bien sûr, mais je pense que ce sera la dernière fois pour aujourd'hui. Il commence à faire nuit et je ne veux pas que vous preniez froid, tous les deux.

— D'accord. Est-ce qu'on peut rester dehors quarante-cinq minutes, alors ?

J'ai haussé un sourcil en direction du négociateur et j'ai hoché la tête. — Bien sûr. Mais pas une minute de plus.

— Merci, madame Chelsea ! a crié Jude. Il est reparti en courant vers l'entrée pour remettre ses chaussures et sa veste, avec Dozer sur les talons. Jude a parlé à Dozer tout le temps, lui disant qu'ils allaient jouer encore un peu.

Dozer le suivait, aboyant joyeusement à l'excitation dans la voix de Jude.

J'ai remué la soupe et vérifié le gratin. Le gratin était presque prêt, alors j'ai allumé le gril pour que le dessus devienne croustillant. Peu de temps après, j'ai pu le sortir du four pour le laisser refroidir.

Je me suis assise à la table et j'ai parcouru les comptes du salon Serenity du mois dernier, vérifiant que tout avait été payé comme prévu et que tous les paiements avaient été effectués. Haley et moi devions nous voir le lendemain matin pour parler du salon et des projets que nous voulions entreprendre pendant les mois d'hiver, quand l'activité était un peu plus calme.

Ça me faisait encore sourire quand je pensais au salon. Il était à nous. À moi et à Haley. On pouvait en faire tout ce qu'on voulait. Ce qui signifiait que les idées fusaient sans cesse. C'était amusant de rêver, même si certains de ces rêves n'allaient pas se réaliser de sitôt.

Comme agrandir le salon et ajouter deux fauteuils supplémentaires. Haley et moi en avions parlé et nous étions toutes les deux d'accord que ce serait bien de le faire, mais nous n'avions pas les moyens financiers pour y arriver. Peut-être un jour. Si jamais le bâtiment d'à côté était mis en vente.

En attendant, nous nous concentrions sur l'entretien de l'espace que nous avions, la rénovation de ce que nous pouvions, et aider nos amies et voisines à se sentir belles et bien dans leur peau.

J'ai remué la soupe à nouveau, piquant les légumes pour vérifier leur cuisson. Ils étaient presque cuits, alors j'ai mis l'eau à chauffer pour les nouilles aux œufs à ajouter dans la soupe. C'est comme ça que ma mère la servait toujours quand j'étais petite, et c'étaient mes nouilles préférées dans la soupe au poulet.

Quand les nouilles ont été cuites, je les ai égouttées et j'ai ajouté un filet d'huile d'olive pour m'assurer qu'elles ne collent pas entre elles. J'ai mélangé l'huile aux pâtes et j'ai remis la passoire dans la casserole pour garder les nouilles au chaud.

Jude et Dozer sont entrés quelques minutes plus tard. Les sourires sur leurs visages disaient que le froid ne les dérangeait pas du tout.

— Est-ce qu'il a droit à une autre friandise ? m'a demandé Jude.

— Oui. Est-ce qu'il a fait ses besoins ?

— Oui, il a fait pipi. C'est bon ? Jude m'a regardée comme s'il craignait d'avoir fait quelque chose de mal.

— Oui, c'est parfait. Merci, Jude.

— D'accord, super. Alors, deux friandises ?

— Oui. Merci.

— De rien. Jude a donné ses friandises à Dozer, puis il a retiré sa veste et ses baskets. Il s'est frotté les mains et est revenu dans la cuisine. — Est-ce que je peux avoir un peu de soupe, maintenant ?

— Bien sûr. Elle est prête à être servie. Tu aimes les nouilles ?

— Oh, oui.

J'ai tenu un bol pendant que Jude se servait sa soupe et j'ai ajouté des nouilles par-dessus. J'ai posé le bol sur la table, lui ai versé un peu d'eau, puis j'ai pris mon assiette et je l'ai rejoint.

— Comment se sont passés tes devoirs ?

Jude a haussé les épaules.

— Ça veut dire que tu n'as pas fini ?

— Si, mais je ne crois pas avoir bien fait certaines choses.

— Je peux t'aider si tu en as besoin.

— Vous pouvez ? a-t-il demandé.

J'ai hoché la tête. — Je ne sais peut-être pas tout ce que tu apprends, mais je peux essayer de comprendre ce que tu es censé faire. Tu veux que je jette un œil quand on aura fini de manger ?

— Oui. Merci, mademoiselle Chelsea.

Un coup frappé à la porte m'a fait regarder l'heure. Plus tôt que ce à quoi je m'attendais pour Derek, mais je ne voyais pas qui d'autre ça pouvait être.

— Je reviens tout de suite, ai-je dit à Jude. — Dozer, pas bouger.

Dozer s'est placé devant Jude pour le protéger de quiconque se trouvait à la porte.

J'ai ouvert quand j'ai vu le camion de Derek dans son allée. — Salut, ai-je dit.

Son regard a glissé le long de mon corps, détaillant mon pantalon de yoga et mon pull trop grand. C'était une tenue chaude et confortable, bien que ce ne soit pas mon vêtement le plus seyant. — Salut.

— Euh, entre. Jude est en train de manger de la soupe au poulet. J'espère que ça ne te dérange pas.

Derek m'a suivie à l'intérieur alors que je continuais de parler.

— J'ai fait des cookies tout à l'heure, et il a joué dehors avec Dozer. Je pense qu'il avait froid, et j'avais déjà prévu de faire de la soupe. Il a dit que ça sentait bon, mais j'aurais dû te demander si c'était d'accord.

— Tout va bien, Chelsea. Merci. De l'avoir nourri et d'être allée le chercher au bus aujourd'hui. Vraiment, ça me touche beaucoup.

J'ai souri, soulagée qu'il ne soit pas en colère.

— Salut, Jude, a dit Derek en apercevant son fils à ma table.

— Salut, papa. Jude s'est levé et a serré Derek dans ses bras, Dozer collé à ses talons. Jude est retourné à table et s'est replongé dans sa soupe. — Tu devrais prendre de la soupe, papa. Elle est super bonne.

— Je suis sûr que Mme Chelsea n'a pas envie de nous nourrir tous les deux.

— Ça ne me dérange pas, lui ai-je dit. — Mais si tu dois partir, je comprends.

Il a soutenu mon regard un long moment. Un moment dont j'étais sûre qu'il se terminerait par son départ. À ma grande surprise, il a enlevé son manteau et a rejoint Jude à table. — Laisse-moi goûter une bouchée.

Jude a couvert son bol pour que Derek ne puisse pas l'atteindre. — Hé !

— C'est à moi. Tu peux prendre la tienne, a dit Jude en riant.

— J'en ai déjà pour toi ici, ai-je dit à Derek. — Il y en a encore beaucoup. J'en mange pendant quelques jours, puis je congèle le reste pour en avoir pour un moment. — C'est une très bonne idée, a dit Derek. Il a pris une bouchée et a grogné de plaisir. — Ouah, c'est bon.

— C'est ce que je disais. J'ai dit à Mme Chelsea que ton poulet ne sent jamais aussi bon.

Derek s'est arrêté, sa cuillère à mi-chemin de sa bouche. — Hé !

Jude haussa les épaules. — C'est vrai.

Derek eut un petit rire en secouant la tête. — Les enfants n'ont pas leur langue dans leur poche.

— C'est ce qu'il y a de bien avec eux.

— C'est vrai.

— Ta journée de travail s'est bien passée ? lui ai-je demandé.

Il a marqué une pause, comme s'il était surpris par ma question.

— Tu avais dit que tu avais une réunion. Est-ce que ça s'est bien passé ? Est-ce que je suis indiscrète de te demander ça ?

Derek secoua lentement la tête. — Non. Non, tu peux me le demander. Désolé. Je n'ai juste pas l'habitude qu'on me le demande. Il jeta un regard à Jude. — Je ne me souviens pas de la dernière fois qu'on m'a demandé comment s'était passée ma journée.

— Je te le demande, moi, protesta Jude.

Derek sourit à son fils, et j'ai vu l'incroyable ressemblance entre eux. D'habitude, je pensais que Jude ressemblait probablement à sa mère, mais quand ils souriaient tous les deux, il était le portrait craché de Derek. Les mêmes joues, les mêmes yeux plissés, le même sourire. La peau mate de Jude était de quelques teintes plus claire que celle de Derek, mais leurs cheveux étaient de la même couleur. Leurs yeux aussi.

Et maintenant que je les connaissais tous les deux, je pouvais dire qu'ils étaient tous deux des hommes gentils et adorables qui rendraient quelqu'un très chanceux un jour.

— C'est vrai que tu me le demandes, Jude. Tu as raison. Et merci. Ma journée a été bonne. Ma réunion a été un succès. Un nouveau fabricant de pneus veut stocker certains de ses pneus chez nous, et ça a l'air d'être un bon produit, alors j'ai accepté un approvisionnement limité pour l'instant, avec la possibilité d'en prendre plus. Et j'ai décidé d'embaucher un responsable de bureau pour m'aider. J'ai publié l'offre d'emploi en ligne aujourd'hui.

— Ça fait beaucoup pour une seule journée, ai-je dit.

Derek hocha la tête. — C'est vrai. Tu sais à quel point c'est prenant quand tu es propriétaire de l'entreprise. Beaucoup de décisions reposent sur tes seules épaules.

— Eh bien, Haley est mon associée. Nous prenons toutes nos décisions ensemble.

— Ça doit être difficile. Et si vous n'êtes pas d'accord ?

— On discute de tout. Je suis plutôt la créative du duo. J'ai une centaine d'idées à la minute pour le salon. C'est un énorme avantage quand un client veut une coupe, mais ne sait pas ce qu'il veut, mais pour ce qui est de l'entreprise, ça peut être plus difficile. Haley est plus rationnelle et pragmatique. Elle dit qu'elle a toujours été une personne émotive qui se laissait guider par son cœur, mais elle a appris à ralentir et à prendre des décisions d'un point de vue plus rationnel.

— Je comprends à quel point c'est précieux d'avoir les deux aspects.

J'ai hoché la tête. — Ça fonctionne bien pour nous. On forme une bonne équipe.

— Tu as de la chance d'avoir quelqu'un comme ça dans ta vie.

— Oui, c'est vrai.

Derek et moi, nous nous sommes regardés pendant un long moment. Assez longtemps pour que je me perde dans ses yeux et que j'oublie que nous n'étions pas seuls.

Dozer a fait un bruit, nous surprenant, Derek et moi. Derek s'est essuyé la bouche avec sa serviette et a fini sa soupe en un temps record. J'ai essayé de ne pas être blessée quand il a précipité Jude vers la sortie.

Je me suis occupée à nettoyer la cuisine et à ranger la nourriture que j'avais cuisinée pour avoir des dîners pour les jours suivants.

Une heure plus tard, j'ai reçu un message de Derek.

PAPA FROID COMME LA PIERRE

> Viens. S'il te plaît. Jude est au lit. La porte d'entrée est ouverte. Désolé d'être parti comme ça. Si j'étais resté une minute de plus, je n'aurais pas pu m'empêcher de t'embrasser.

> Je veux te voir. Je sais que j'en demande beaucoup. Encore une fois. Si tu ne viens pas, je comprendrai. Mais j'espère que tu viendras.

Il était stupide de croire que je pouvais lui résister.

COUPER LES CHEVEUX, S'EN FICHE

> J'arrive.

19

C'était vraiment gênant d'entrer chez quelqu'un d'autre. Surtout en douce.

La porte n'était pas verrouillée, comme Derek l'avait dit, mais je n'étais quand même pas à l'aise. Je n'y étais entrée qu'une seule autre fois. J'ai refermé la porte derrière moi en tournant la poignée pour faire le moins de bruit possible.

— Il a le sommeil assez lourd, a dit Derek, me faisant sursauter tant il était proche.

— Je ne savais pas que tu étais juste là, ai-je sifflé.

Il a eu un petit rire. — Tu n'as pas besoin de jouer les ninjas.

— Je ne sais pas trop. Ce n'est pas comme si j'étais déjà venue ici pendant qu'il dormait. J'ai retiré mes baskets et j'ai suspendu mon manteau à une patère libre près de la porte.

— Je sais. Et je suis un connard de t'avoir demandé de venir alors qu'il est tard, qu'il fait froid et que je me comporte comme un salaud d'égoïste qui veut te voir. L'expression sur son visage me disait ce qu'il ressentait. À quel point il trouvait mal de m'obliger à venir à lui.

— Je voulais te voir aussi, ai-je admis.

— Ça me rassure. Il a tendu la main vers moi, entrelaçant ses doigts aux miens. — Viens là.

Sa voix était rauque, pleine de désir. Je n'ai pas hésité à lui obéir. Je voulais être près de lui. Être dans ses bras et le sentir contre moi. Il était hors de question de faire l'amour avec Jude juste à l'étage, mais je n'allais pas refuser quelques baisers. Et tout ce que Derek avait d'autre en tête.

Il m'a embrassée doucement, ses lèvres s'attardant sur les miennes sans chercher à en avoir plus. Il a enroulé nos bras derrière mon dos, m'ancrant à lui. Il a durci entre nous, pressant son érection contre mon ventre et me guidant vers le canapé.

Nous nous sommes assis l'un à côté de l'autre et j'ai immédiatement ressenti son absence. Il m'a tenu la main et a tendu l'autre pour allumer la télé. — Au cas où Jude se réveillerait. Je ne veux pas qu'il nous entende parler, ou quoi que ce soit d'autre.

— Est-ce qu'il se réveille souvent ?

Derek secoua la tête. — Non. S'il arrive à s'endormir, il dort généralement pour toute la nuit. Il a seulement du mal quand il n'arrive pas à trouver le sommeil.

— Comme quand j'ai emménagé.

Derek hocha la tête en se mordillant la lèvre.

— Je ne veux pas te causer de problèmes, à toi et à Jude, l'été prochain, mais je veux aussi pouvoir profiter de mon jardin.

— Je sais. Et j'y ai pensé. J'ai eu tort de m'énerver contre toi pour quelque chose que n'importe qui d'autre dans cette rue peut faire sans aucun problème. J'ai examiné plusieurs options. Je vais très certainement remplacer les fenêtres de toute la maison parce qu'elles sont horribles.

Je retirai ma main de la sienne et me frottai les bras en hochant la tête. — C'est vrai qu'il fait un peu frais ici.

— Je sais. C'est comme ça depuis qu'on a emménagé, mais

je n'avais pas l'argent pour y faire quoi que ce soit. Les enfants coûtent cher, et acheter une entreprise est presque aussi coûteux.

Je ris doucement avec lui. — Je suppose que c'est bon à savoir si un jour j'ai des enfants.

— Tu veux des enfants ? demanda-t-il d'un ton curieux.

Je hochai la tête. — Oui. J'approche de l'âge où ce ne sera plus une option réaliste d'en avoir biologiquement, mais je sais qu'il y a beaucoup d'enfants qui ont besoin que quelqu'un soit là pour eux.

— Tu as envisagé l'adoption ?

— C'est vraiment difficile en tant que célibataire, et il y a beaucoup de familles qui cherchent à adopter. J'aurais plus de chances d'être famille d'accueil, mais avec mes horaires de travail, ce n'est pas une très bonne option.

— Je vois ce que tu veux dire. Derek posa son bras sur le dossier du canapé. Ses doigts effleurèrent mes cheveux, taquinant les mèches. — Je sais qu'élever Jude aurait été plus facile si je ne l'avais pas fait seul. Sasha n'était pas la bonne personne pour nous, et je sais que son départ a été une bénédiction à bien des égards. À l'époque, j'étais en colère et blessé, mais avec le recul, je sais que ça se serait terminé de la même manière. Elle serait partie, mais si elle avait essayé de rester plus longtemps, nous nous serions détestés.

— Tu ne la détestes pas ?

Il a secoué la tête lentement. — Je ne pourrais jamais la détester. Je ne l'aime pas de la même manière, mais elle m'a donné Jude. C'est la personne la plus importante pour moi, et peu importe ce que je pense d'elle, je lui serai toujours reconnaissant de l'avoir.

— Il a de la chance de t'avoir.

— J'ai de la chance de l'avoir, moi aussi. Il s'est penché et m'a embrassée rapidement. — Et de t'avoir, toi.

J'ai souri. — Je ressens la même chose.

Il a soutenu mon regard un long moment, ses yeux ne quittant jamais les miens. — Voilà pourquoi je t'invitais toujours à déjeuner. Ça me tue d'être assis ici avec toi et de ne pas pouvoir t'emmener dans ma chambre pour te faire jouir.

J'ai frissonné en gémissant, désirant la même chose. — On devrait peut-être prévoir un autre déjeuner bientôt.

Il a secoué la tête. — Si, bien sûr, mais je veux aussi t'inviter à un vrai rendez-vous. Avec un repas chic et une jolie table, où je passe te prendre, je t'emmène dîner, puis je te ramène pour t'allonger sur mon lit. Où ton parfum s'imprègne dans mes draps pendant des jours et où je bande à chaque fois que je m'allonge.

— Un jour, ai-je dit, sachant que ce ne serait pas pour tout de suite. Ça ne me mettait pas en colère. Plus maintenant. Je n'étais pas heureuse, mais je n'étais pas en colère. Il continuait d'être là. Il ne disparaissait pas. Il me prouvait que ce que nous avions était réel.

— Bientôt, a-t-il dit. — Je vais demander à Sebastian et Zoey s'ils peuvent prendre Jude pour une soirée pyjama.

— Je ne veux pas que tu aies l'impression que je te pousse à faire ça.

— Non. Tu es parfaite. Tu es incroyable. Et je te désire tellement que je me retiens à peine de tout risquer et de t'entraîner quand même à l'étage.

J'ai secoué la tête. — Non, nous ne pouvons pas prendre ce risque. Moi aussi, j'ai envie de toi, mais je comprends pourquoi tu protèges Jude. C'est un super gamin. Intelligent, en plus. Il ne sera pas dupe éternellement.

— Non, il ne viendra pas, a grogné Derek. Viens ici. Laisse-moi au moins te sentir.

Il m'a encouragée à monter sur lui, tirant une de mes jambes de l'autre côté de son corps pour que j'enfourche ses hanches. Je me suis abaissée sur lui, sursautant face à la dureté épaisse sur laquelle j'atterrissais.

— Je t'ai dit que je te voulais.

Je me suis de nouveau abaissée, m'installant sur son érection et gémissant doucement à son contact.

— Même à travers nos vêtements, tu es si bon.

— Toi aussi, ai-je murmuré. Mes hanches ont bougé, se balançant sur son érection et déclenchant des décharges de plaisir dans tout mon corps.

Sa main a remonté le long de mon dos pour se glisser dans mes cheveux, me tirant vers le bas pour l'embrasser. Son autre main a agrippé ma cuisse et guidé mes hanches à un rythme plus rapide, les siennes rencontrant les miennes à chaque mouvement. — Putain, Chelsea.

— Je crois… que je vais jouir, ai-je murmuré contre ses lèvres.

— Oui. Ne te retiens pas. S'il te plaît.

Je me suis balancée contre lui, les sensations me submergeant. Assourdies et presque hors de portée. Je voulais glisser ma main vers le bas et frotter mon clito, mais je n'étais pas encore prête à faire ça devant lui.

Il a déplacé sa main de ma cuisse à mon intimité, écartant mon legging de mon corps pour pouvoir la glisser entre nous.

Mon mouvement a vacillé, la sensation de ses doigts suffisant à m'envoyer dans un autre monde. Un monde meilleur.

— Oh, merde, ai-je soufflé.

— C'est bon ?

— Tellement bon.

Il a frotté mon clito maladroitement, sa main dans une position bizarre, mais aucun de nous ne s'en souciait. Il a de nouveau collé ses lèvres aux miennes et a frotté plus vite, encore plus vite, jusqu'à ce que je jouisse avec un hoquet et un gémissement qui me donnèrent envie de plus.

— J'adore te regarder jouir, a-t-il chuchoté une minute plus tard.

— C'était tellement bon.

— Encore ? Sa main était toujours coincée entre nous.

Je me suis apprêtée à bouger quand j'ai entendu un bruit provenant d'une autre partie de la maison. Un bruit qui m'a rappelé que nous n'étions pas seuls. Ce n'était pas un déjeuner en amoureux, ni même un rendez-vous. C'était un interlude secret pendant que son fils dormait à l'étage.

C'était torride, mais risqué.

— Je devrais y aller, ai-je dit à contrecœur.

Nous avons tous les deux détourné le regard de l'escalier, d'où venait le bruit. Peut-être que nous nous trompions, mais c'était trop risqué.

— Ouais, a-t-il dit, l'air tout aussi ravi que moi. Il a retiré doucement sa main de mon pantalon lors de la rencontre post-orgasmique la plus gênante de ma vie, ce qui n'était pas peu dire, puis il a léché ses doigts lors de la rencontre post-orgasmique la plus torride de ma vie.

Putain, cet homme savait y faire pour que j'en redemande.

— J'ai hâte de goûter ça directement à la source.

J'ai frissonné. Waouh.

Il a souri. — On va bientôt l'avoir, ce rendez-vous. Toute la nuit. Pas d'enfants, pas de chiens, juste nous deux et un lit.

— Et un dîner. Tu m'as promis un dîner.

Il a ri. — Et un dîner.

Je suis descendue de ses genoux, détestant le laisser s'occuper de son propre orgasme. — Euh…

— Tu ne me dois rien, Chelsea. Jamais, au grand jamais. Comme je te l'ai dit, ça ne me prendra pas longtemps une fois que j'aurai rejoué ce souvenir dans ma tête.

Mes genoux se sont dérobés au ton chargé de désir de sa

voix. Une nuit entière avec lui allait être... Existait-il des mots pour ça ? J'allais devoir en inventer de nouveaux.

— On se revoit très vite, a-t-il promis. Il m'a accompagnée jusqu'à la porte. — Je vais te regarder jusqu'à ce que tu rentres chez toi. À moins que tu veuilles que je te raccompagne.

J'ai secoué la tête. — Ça ira. Merci quand même.

— J'ai l'impression d'être un con de ne pas te raccompagner.

— Mais non. Il y a à peine dix mètres. Et tu peux me voir tout le long du chemin. En plus, j'imagine que tu ne veux pas laisser Jude seul au cas où il aurait besoin de quelque chose.

Il a soupiré. — Tu as raison.

— Merci pour ce soir.

— Un vrai rendez-vous bientôt. Promis.

— Ça me va.

Il m'a embrassée une dernière fois, un baiser langoureux, sa langue parcourant ma bouche, me faisant regretter de ne pas avoir accepté sa proposition de monter en douce dans sa chambre. Quand il s'est reculé, nous étions tous les deux essoufflés. Son regard disait qu'il pensait exactement la même chose que moi.

Ce qui signifiait qu'il était temps de partir. Aucune bonne décision n'a jamais été prise après un orgasme ou un baiser ne pouvant mener qu'à un orgasme.

— Bonne nuit, ai-je dit.

— La mienne l'a déjà été.

J'ai souri et lui ai fait un signe de la main, puis je suis sortie sur son porche. Je me suis dépêchée de rentrer chez moi, déverrouillant ma porte pour entrer avant que le froid ne transperce mon manteau. Je me suis retournée et lui ai fait un signe, apercevant Derek qui me le rendait, puis je suis entrée et j'ai verrouillé la porte.

— Dis, tu connais Natalie Edwards ? ai-je demandé à Haley le lundi matin.

Haley a réfléchi un instant, puis a secoué la tête. — Je ne crois pas. Je devrais ?

J'ai haussé les épaules. — Elle est sur mon planning pour aujourd'hui, mais je ne la connais pas. Son nom ne me dit rien.

— Moi non plus. On verra bien quand elle arrivera. Elle vient à quelle heure ?

— C'est mon premier rendez-vous.

— Oh, je me demande si ce n'est pas l'amie de Daisy. Tu sais quoi ? C'est sûrement ça.

— C'est qui, Daisy ?

— Daisy Lincoln. Je t'ai parlé d'elle. Knox a fait le présentoir pour sa boutique au printemps dernier. Lincoln Toys, ça te dit quelque chose ?

— Oh, oui, je m'en souviens vaguement. Tu penses que Natalie est une de ses amies ?

— Eh bien, Daisy est mon premier rendez-vous. La dernière fois qu'elle est venue, elle a dit qu'elle essayait de convaincre son amie de venir. Elle a dit qu'elle ne s'arrêtait jamais de travailler pour prendre soin d'elle. Daisy a dit qu'elle allait essayer de faire venir son amie avec elle parce que ce serait peut-être plus simple.

— C'est un peu comme aller aux toilettes ensemble à l'époque du lycée ?

Haley s'est mise à rire. — Probablement quelque chose comme ça.

— Tu as rencontré son amie ?

— Non, mais si c'est une amie de Daisy, ça me va.

— On verra bien.

Nous avons terminé notre routine matinale et ouvert les

portes avec un quart d'heure d'avance pour que nos clientes n'aient pas à attendre dehors en arrivant. Deux femmes sont entrées ensemble, une blonde avec un grand sourire, et l'autre brune avec une queue-de-cheval et un air renfrogné.

Ce n'était pas difficile de deviner laquelle était là contre son gré.

— Daisy ! Salut ! s'enthousiasma Haley, en se précipitant vers la blonde pour la serrer chaleureusement dans ses bras. Comment vas-tu ?

— J'vais bien ! répondit Daisy. Je suis si contente qu'on ait pu avoir un rendez-vous en même temps. Voici Natalie, et comme tu peux le voir, elle est ravie d'être ici.

Haley se tourna vers moi avant de sourire à la brune. — Enchantée de te rencontrer, Natalie. Chelsea a dit que tu avais rendez-vous avec elle, et elle va s'occuper de toi à merveille. C'est une pro, et elle peut faire des merveilles. Fais-lui confiance.

Natalie lança un regard noir à son amie, puis m'adressa un sourire hésitant. — Mon manque d'envie d'être ici n'a rien à voir avec toi, et je t'assure que ce n'est pas personnel. Je ne peux m'empêcher de me souvenir la dernière fois que je me suis fait couper les cheveux. Point final.

— D'habitude, elle se coupe les fourches avec des ciseaux de cuisine, lâcha Daisy.

J'essayai de contenir ma réaction, mais mes yeux s'écarquillèrent et j'haletai, et elles l'ont toutes remarqué. — Je suis vraiment désolée.

Daisy se mit à rire. — C'est la réaction que j'ai eue la première fois que je l'ai vue faire ! Elle a besoin d'aide.

— Je dirige une colonie de vacances. Personne ne se soucie de mon apparence, argumenta Natalie.

— Les parents se soucient peut-être seulement du fait que vous gardiez leurs enfants en sécurité, mais les personnes à qui vous demandez des financements, et le maire lorsque vous le rencontrerez, pourraient avoir du mal à soutenir vos initiatives si vous avez l'air d'une sans-abri, répliqua Daisy.

Le regard noir de Natalie s'intensifia. — Je n'ai pas l'air d'une sans-abri.

Daisy haussa un sourcil en direction de son amie. — Tu n'as pas non plus l'air de ne pas en être une.

Natalie leva les yeux au ciel. — Je suis là. J'ai accepté. Finissons-en.

Une recommandation dithyrambique, mais je n'étais pas là pour les compliments. J'étais là pour l'aider à se sentir comme la meilleure version d'elle-même, même si elle n'en avait pas conscience.

— Natalie, ça te va si je commence par te laver les cheveux ?

— Bien sûr, dit-elle en haussant les épaules d'un air détaché.

— Excellent. Je l'ai conduite à un bac à shampoing pendant que Haley menait Daisy à celui d'à côté. — Tu diriges une colonie de vacances ?

Les yeux noisette de Natalie s'illuminèrent pour la première fois tandis qu'elle basculait la tête en arrière vers le bac. — C'est ça. C'est mon bébé. J'ai un diplôme pour enseigner en primaire, mais je n'aimais pas vraiment ça. Je voulais quand même travailler avec les enfants, et mon meilleur souvenir d'enfance, c'était la colonie de vacances.

— On dirait que c'est fait pour toi. Je lui ai appliqué le shampoing pendant qu'elle parlait.

Elle a hoché la tête. — Je travaille au centre social pendant l'année scolaire, surtout à l'accueil périscolaire. J'y suis restée quelques années avant qu'Amelia ne me pousse à lancer ma propre colonie. Le centre a toujours un bon programme, mais il n'y avait pas de place pour tous les enfants qui en avaient besoin.

— C'est vraiment super. C'est logique qu'il y ait plus d'enfants qui aient besoin d'une place pendant l'été. Le fils de ma voisine était à l'accueil périscolaire en début d'année, mais il est un peu grand et il a supplié pour rentrer à la maison.

— Ça arrive, a dit Natalie. — Généralement, ce sont ces enfants-là qui ont besoin d'une place l'été. Rentrer après l'école et être seul quelques heures ou avoir un ami ou un voisin qui reste avec eux, c'est facile. Mais rester seul à la maison toute la journée pendant que les parents travaillent, c'est une tout autre affaire.

— J'imagine, oui. J'ai repensé à la demi-journée où j'avais rencontré Jude. — Tu as des enfants, Natalie ? J'ai rincé les derniers restes d'après-shampoing de ses cheveux tandis qu'elle secouait la tête.

— Non. J'ai toujours voulu des enfants, mais ça aide si on a des rapports sexuels.

J'ai eu un petit rire. — C'est vrai. Je lui ai montré mon fauteuil pour qu'elle s'y installe. Je lui ai séché les cheveux avec la serviette, puis je l'ai défaite pour mieux examiner sa chevelure.

Ils étaient longs, lui arrivant presque à la taille. Les pointes étaient inégales et pas en très bonne santé. J'avais certainement vu pire, mais avec la bonne coupe, elle aurait l'air d'une toute nouvelle femme.

— À quoi penses-tu ? Ou tu n'as pas d'idée de ce que tu veux ?

Elle a haussé les épaules, évitant mon regard dans le miroir. Elle avait une idée, mais elle avait peur de l'exprimer. Je connaissais ce regard.

— Tu peux me le dire. Je serai honnête si je pense que ça ne t'ira pas.

— Je sais que Daisy part d'une bonne intention, mais c'est tellement loin de ma zone de confort. Je vois ce que font les autres, et j'aime bien, mais il me faut quelque chose que je puisse dégager de mon visage. Quelque chose qui puisse s'attacher en queue de cheval quand je joue au basket avec les ados ou quand je fais de la peinture avec les petits.

J'ai ébouriffé ses cheveux et étudié leur réaction. — On dirait qu'ils ont une légère ondulation, quelque chose qui ressortira si j'allège un peu la masse. Si tu es d'accord pour couper plus court, dis-moi jusqu'où.

Elle s'est mordillé la lèvre, puis a sorti son téléphone de sa poche. Elle m'a montré une photo d'une coupe radicalement différente. Un dégradé qui encadrait le visage de la femme, une frange rideau balayée sur le côté, et beaucoup de dégradé dans toute la chevelure.

— C'est ça que tu veux ? ai-je demandé à Natalie.

Elle a haussé les épaules et a rengainé son téléphone dans sa poche, comme si elle était pressée de le cacher à nouveau. — J'aime bien, mais je ne sais pas si ça m'irait.

— Ça t'irait à ravir.

Elle a croisé mon regard dans le miroir. — Tu peux le faire ? J'ai hoché la tête une fois.

Elle a hoché la tête en retour. — Fais-le.

— Es-tu d'accord pour donner tes cheveux ? Je sais qu'on n'en a pas parlé, mais tu en as assez pour le faire, si tu le souhaites. Ça ne changera rien au résultat final, quoi que tu décides.

— Je peux faire ça ? Même s'ils ne sont pas en très bonne santé ?

— Absolument.

— Oui, s'il te plaît. J'adorerais ça. Ça me donne l'impression que ça en vaut encore plus la peine.

— Ça marche. Je me suis mise au travail pour la transformer. Je lui ai attaché les cheveux en queue de cheval et j'ai coupé les trente premiers centimètres de longueur.

Daisy a haleté, mais Natalie n'a pas sourcillé.

Débarrassés de ce poids, ses cheveux ont immédiatement

commencé à prendre du volume. J'ai travaillé vite, coupant de plus en plus de longueur, façonnant la coiffure qu'elle avait demandée et transformant complètement l'allure de la femme sur ma chaise.

J'ai travaillé en silence, consciente de l'importance de cette coupe. Le brouhaha du salon me parvenait par intermittence, mais Natalie n'y participait pas non plus. Elle m'observait attentivement, jetant des coups d'œil dans le miroir dès qu'elle le pouvait.

Haley a fini la coupe de Daisy en premier, et elles se sont toutes les deux tournées pour me regarder faire.

— Nat, tu es magnifique, a dit Daisy. Je t'avais bien dit que c'était une bonne idée.

Natalie a esquissé un sourire pour son amie, mais n'a rien dit. J'ignorais si c'était bon ou mauvais signe, mais il était trop tard pour faire marche arrière.

J'ai terminé la coupe et lui ai séché les cheveux, ignorant mon instinct de saisir le fer à boucler. Natalie devait savoir que ses cheveux pouvaient être beaux sans qu'elle ait à y passer des heures.

Une fois secs, je les ai un peu ébouriffés et j'ai balayé sa frange sur le côté, comme sur la photo. J'ai vérifié que chaque mèche était à sa place, puis je me suis écartée pour que Natalie puisse avoir un premier aperçu complet.

— Ce n'est pas moi, a-t-elle soufflé. Bon sang, comment as-tu fait ça ?

J'ai souri pour la première fois en une heure et demie. — Ça te plaît ?

Elle a touché ses cheveux et secoué la tête. — Je… J'adore. C'est sublime. On dirait une tout autre personne.

— Wow, a soufflé Daisy. Tu es vraiment incroyable. Je savais que cette femme se cachait sous tous ces cheveux.

Natalie a levé les yeux au ciel en direction de son amie,

mais elle a souri. — Merci de m'avoir amenée ici. J'en avais besoin plus que je ne l'imaginais.

— Parfait. La prochaine étape, c'est de te faire inscrire sur un site de rencontres, a dit Daisy, les yeux pétillants.

Natalie a grogné. — Au secours.

Haley s'est mise à rire. — Tu devrais utiliser À la Recherche du Héros Littéraire Parfait. C'est là que j'ai rencontré mon homme, et Chelsea le sien.

— Vraiment ? a dit Daisy. — Je me suis inscrite sur celui-là, mais je n'étais pas convaincue.

— Oh, il est super. Tu devrais vraiment l'utiliser, a dit Haley. — Pas vrai, Chelsea ?

— J'ai mon premier vrai rendez-vous qui arrive, alors je ne peux vraiment pas m'en plaindre.

— C'est vrai ? s'est écriée Haley. — Génial ! Félicitations. Comment tu t'organises ?

— Soirée pyjama.

— Ooh, bonne idée. C'est un homme intelligent. Et c'est un père célibataire, a expliqué Haley à Daisy et Natalie.

— Il faudra que tu nous donnes les détails la prochaine fois qu'on viendra, a dit Daisy. — Pour l'instant, on doit toutes les deux filer au travail. Elle s'est tournée vers Natalie. — C'est ma tournée.

— Tu n'es pas obligée de…

— Je sais, l'a interrompue Daisy. — Mais j'en ai envie. Ça me rend heureuse de te voir aussi heureuse.

— Tu es la meilleure amie du monde, a dit Natalie.

Haley et moi avons échangé un sourire. C'était bien d'avoir des amies comme ça.

— Dites, vous deux, vous devriez venir au club de lecture à l'occasion, a suggéré Haley. — Un groupe de femmes du coin se réunit le dimanche soir chez Petits ami du Livre Illimité. Vous devriez vous joindre à nous.

Elles ont échangé un regard et ont haussé les épaules.
— Ça marche, a dit Daisy.

— Excellent, a dit Haley. — Et merci.

— Oh, non, merci à vous deux. C'était la meilleure façon de commencer notre journée. Daisy a serré Haley dans ses bras, puis moi. Natalie a fait de même, puis elles nous ont fait un signe de la main en sortant, Natalie se touchant toujours les cheveux.

— Encore une expérience incroyable pour nos clientes, a dit Haley, en passant son bras autour de mes épaules.

— On forme une super équipe, ai-je dit.

— Carrément, ouais, a acquiescé Haley.

DEREK

— Salut, patron ! Tu as de la visite ! a lancé Jason depuis la salle d'attente.

Je me suis levé de mon bureau et j'ai réprimé le sourire qui me venait aux lèvres en imaginant Chelsea débarquer au travail pour me faire une surprise.

Pas Chelsea.

Mon sourire s'est effacé juste assez pour que le maire, Omar Knight, le remarque. Il a haussé un sourcil. — Désolé de te décevoir.

J'ai ri à sa remarque. — Pas déçu du tout. Je pensais juste que c'était quelqu'un d'autre.

— Une femme, à en juger par ce sourire.

J'ai eu un petit rire. — Peut-être. Mais on reste discrets, à cause de mon fils. J'ai soupiré. — Tu n'es pas venu ici pour me poser des questions sur ma vie amoureuse. Que puis-je faire pour toi, Omar ?

— Je ne sais pas si tu as le temps, ou si ça te dit, mais j'envisage d'acheter une voiture et j'aimerais que quelqu'un en qui j'ai confiance y jette un œil.

J'ai hoché la tête. — Bien sûr. Elle est dehors ?

— Ouais. Rien de tel que d'abuser et d'utiliser mon pouvoir pour influencer les autres. Merde, on dirait que je suis devenu celui que j'ai remplacé.

— Tu n'as rien à voir avec le maire Levine. Et demander à un ami qui a un garage de jeter un œil à une voiture, c'est à peu près ce que n'importe qui ferait, quels que soient son poste ou son pouvoir.

— Merci, Derek. Ça me touche.

J'ai suivi Omar dehors et j'ai sifflé en voyant la voiture qu'il avait garée sur le parking. J'ai tout de suite su laquelle c'était, car aucun de mes clients ne conduisait de muscle car bleu électrique. Ce n'était pas non plus le genre de voiture que j'aurais imaginé pour Omar, mais je n'étais pas du genre à juger. Surtout quand la voiture était du genre à faire tourner les têtes.

— Ouais, j'ai eu du mal à résister quand je l'ai vue. Mais j'ai besoin de quelqu'un qui ne va pas se laisser emporter par l'émotion, qui s'y connaisse en bagnoles bien plus que moi, pour me dire si c'est une bonne affaire ou pas.

— La première question, c'est : pourquoi tu t'intéresses à elle ? Purement pour le plaisir ou tu comptes l'utiliser comme ta voiture de tous les jours ?

— Pour le plaisir. Je compte la garder au garage et ne la sortir que quand il fait beau. Elle a beaucoup de kilomètres au compteur, mais j'espère qu'elle tiendra un bon moment.

— Elle est magnifique.

— Ouais, elle l'est.

J'ai fait un geste en direction de la portière. — Ça te dérange si je monte ?

— Bien sûr que non. Fais tout ce que tu as à faire.

Je me suis assis sur le siège conducteur et j'ai démarré le moteur, tendant l'oreille pour déceler la moindre hésitation ou des bruits inhabituels. J'ai fait monter le moteur dans les tours, en vérifiant le compte-tours. J'ai laissé la voiture tourner et j'ai ouvert le capot, jetant un œil dessous pour me faire une idée de l'état général.

Un sifflement admiratif a fendu l'air. Je me suis retourné et j'ai vu Ricky qui s'essuyait les mains sur un chiffon en s'approchant. — Tu gardes toutes les plus belles pour toi. J'imagine que c'est pour ça que tu es le patron.

J'ai ricané et secoué la tête. — Je rends juste service à un ami. Omar pense l'acheter et il veut un avis objectif.

— Et il est venu te voir ? a plaisanté Ricky. Il a serré la main d'Omar. — Content de vous revoir, monsieur.

— Toi aussi, Ricky. N'hésite pas à jeter un coup d'œil. Elle a l'air d'être une super affaire, mais il se pourrait que je sois déjà amoureux et que je ne voie pas qu'elle a des yeux pour tous les autres hommes du coin.

Ricky a ri. — Tous les autres hommes ont clairement des yeux pour elle. C'est une beauté.

— C'est ce que j'ai dit.

Ricky s'est penché sous le capot avec moi. Nous avons vérifié tous les niveaux et les choses simples. Il y avait quelques trucs que je recommanderais, mais rien de grave. Ricky s'est allongé par terre et a inspecté les pneus, puis il a demandé à Omar s'il accepterait qu'on entre la voiture dans le garage.

— Fais ce que tu as à faire, mais je m'en veux de te détourner de ton travail.

— T'inquiète, a dit Ricky. J'ai fini la précédente un peu en avance et j'ai un pont de libre pour une petite demi-heure, environ.

— Rentre-la, ai-je dit à Ricky en m'écartant pour qu'il puisse conduire cette merveille par l'arrière et la garer sur un pont.

— C'est une voiture magnifique, ai-je dit à Omar. Pour L'instant, je ne vois rien qui devrait t'inquiéter. Quelle aubaine.

Omar a ri. — Oui, c'en est une. Je ne sais même pas comment j'ai eu autant de chance, mais elle est apparue et j'ai sauté sur l'occasion d'aller la voir.

— Dans le coin ?

Omar a hoché la tête. — Pas loin. Le propriétaire m'a reconnu quand je suis arrivé et il m'a dit que je pouvais l'emmener faire un tour. Il a dit qu'il saurait me retrouver si je ne revenais pas.

— Les gens d'ici sont différents, n'est-ce pas ?

— Ouais. Ça me plaît assez. C'est mieux que dans d'autres endroits où ils ne font confiance à personne pour quoi que ce soit.

— C'est vrai. Surtout pour ceux qui nous ressemblent.

Omar a pincé les lèvres dans un sourire approbateur. — Ouais.

J'ai tenu la porte pour qu'Omar entre avant moi, puis je l'ai conduit directement dans l'atelier. Ricky s'est engagé sur le pont et est sorti de la voiture. Il a attrapé la télécommande pour soulever le véhicule afin que nous puissions bien regarder en dessous. Pour s'assurer qu'il n'y avait pas de problèmes majeurs que nous ne pouvions pas voir d'en haut.

Ricky a arrêté le pont élévateur quand nous sommes arrivés à sa hauteur. Il a verrouillé le pont et a accroché la commande au poteau.

Nous avons tous les trois inspecté la voiture, sans rien trouver de majeur. De l'usure normale pour son âge, mais rien de pire. Il y avait un peu de rouille, mais encore une fois, rien de plus que ce à quoi on pouvait s'attendre pour le nombre de kilomètres qu'elle avait au compteur.

— Si tu ne l'achètes pas, je le ferai, a dit Ricky à Omar.

Omar a ri. — Si vous dites qu'elle est si bien que ça les gars, je pense qu'elle est vendue.

— C'est sans doute mieux comme ça. Ma femme me

tuerait si je rentrais à la maison avec cette voiture. On n'a déjà plus de place dans le garage.

Omar m'a donné un coup de coude. — Il faut croire qu'il y a des avantages à être célibataire.

— Il faut bien qu'il y en ait, ai-je acquiescé.

Ricky a secoué la tête. — Ne te laisse pas avoir par celui-là. Il n'est pas tout à fait célibataire ces temps-ci. Il veut juste que les gens le croient.

— Ce n'est pas comme si j'emménageais avec elle.

— Pas encore.

J'ai levé les yeux au ciel.

Notre échange a amusé Omar, qui a souri en coin. — Eh bien, un mariage raté, ça m'a suffi. Rester célibataire me va très bien.

— Tu changeras d'avis quand tu rencontreras la bonne personne, a dit Ricky, avec la certitude d'un homme amoureux de la femme de ses rêves.

— Depuis combien de temps es-tu marié, Ricky ? a demandé Omar.

— Trente-huit ans. Je ne changerais pas un seul jour. Même pas les mauvais. Emily est tout mon univers, et je ferais n'importe quoi pour elle.

Omar a hoché la tête d'un air approbateur. — Tant mieux pour toi. Et pour elle. Une bonne relation devrait être comme ça. D'après ce que j'ai entendu.

Nous avons tous gloussé. Je comprenais ce qu'il voulait dire.

— Bon, eh bien, je vais vous laisser retourner au travail. Désolé de vous avoir pris autant de temps. Derek, tu veux bien me faire payer ?

— On n'a rien fait. Il n'y a rien à facturer, lui ai-je dit.

— Oh, allez. Je ne suis pas venu pour que ce soit gratuit. Omar nous a regardés, Ricky et moi.

J'ai regardé Ricky. — Je ne t'ai pas vu prendre le moindre outil. Tu as travaillé sur ce véhicule ?

— Non, rien du tout, a dit Ricky. — Tout va bien.

J'ai haussé les épaules. — Rien à facturer.

Ricky a fait redescendre le véhicule au sol. — Par contre, je ne dirais pas non à l'idée de sortir ce petit bijou un jour.

Omar a tendu la main à Ricky. —Ça, je suis tout à fait d'accord. Une soirée en amoureux avec Emily ? Vous me direz quand vous voudrez l'emprunter.

— Vraiment ? a demandé Ricky.

— Bien sûr. C'est un véhicule plaisir pour moi, et je ne suis pas contre l'idée de le partager. Je sais que vous en prendriez grand soin.

— Absolument, monsieur. Sans l'ombre d'un doute.

— Alors, marché conclu. Vous me tenez au courant.

— Je n'y manquerai pas. Merci, monsieur le maire.

— Omar, s'il vous plaît.

— Omar, a repris Ricky. — Merci.

— De rien.

— Tu veux aller garer la voiture, Ricky ? lui ai-je demandé.

— Ouais, je m'en occupe.

— Merci.

Omar m'a suivi dans la salle d'attente puis dehors, pendant que Ricky ramenait la voiture.

— C'était vraiment sympa de ta part, je lui ai dit.

— Avec plaisir. Une voiture comme celle-ci n'est pas faite pour rester dans un garage sans jamais rouler. Elle mérite d'être exhibée. Comme une femme. Il a haussé un sourcil dans ma direction.

— Ouais, ouais. Je sais. J'ai déjà dit à Chelsea qu'on avait besoin d'un vrai rendez-vous. Un ami va garder Jude pour la nuit, comme ça je n'aurai pas à m'inquiéter si le rendez-vous se passe vraiment, vraiment bien et de devoir y mettre un terme avant qu'on en ait envie.

— Avec la bonne femme, je ne sais pas si on est un jour prêt à ce que ça se termine.

— C'est vrai. Et elle ne fait certainement pas exception.

Les sourcils d'Omar se sont haussés. — Alors, ce n'est pas nouveau ?

— C'est nouveau, mais pas au point qu'on n'ait jamais volé de moments ensemble.

— Eh bien, tant mieux pour toi. J'espère que ça marchera.

— Merci, Omar. Moi aussi. Profite bien de la nouvelle voiture.

— Je n'y manquerai pas. C'est la seule femme que je fais entrer dans ma vie ces derniers temps.

J'ai ri avec lui tandis que Ricky sortait de la voiture en la dévorant des yeux. Il a failli foncer dans Omar parce qu'il regardait la voiture. Ils ont échangé quelques mots en souriant, puis se sont serré la main, et Ricky m'a rejoint pour regarder Omar s'éloigner.

— C'est une sacrée bagnole, a dit Ricky.

— Ouais, ça, c'est sûr.

— Tu crois qu'il était sérieux quand il a dit que je pourrais l'emprunter un de ces jours ?

— Ouais, je pense. Ce n'est pas le genre de mec à dire un truc comme ça s'il ne le pense pas.

— Génial. Il faut que je dise à Emily qu'on doit se prévoir une soirée en amoureux.

J'ai ri. — Profite bien. Ricky s'est dirigé vers l'atelier alors que mon estomac gargouillait. — Hé ! Je vais vite fait chez moi pour déjeuner. J'étais à la bourre et je n'ai rien avalé. Appelle-moi si tu as besoin de moi.

— Ça marche, chef.

J'ai couru jusqu'à mon pick-up pour échapper au froid. Je n'ai pas attendu qu'il chauffe avant de quitter le parking et de prendre le chemin de la maison. Je ne voulais pas m'absenter trop longtemps de l'atelier.

Mais cette pensée s'est envolée quand j'ai vu la voiture de Chelsea dans son allée.

Mes pieds m'ont porté jusqu'à sa porte au lieu de la mienne. Manger pouvait attendre. La voir, non.

Elle m'a ouvert la porte avec un sourire. — Salut. Je…

Je l'ai fait reculer dans sa maison, les mains sur son visage et mes lèvres pressées contre les siennes.

Elle a haleté contre mes lèvres et a reculé sans s'arrêter. Son dos a heurté le mur juste dans l'entrée et j'ai couvert son corps du mien, sans décoller mes lèvres des siennes.

J'ai glissé ma langue dans sa bouche, la goûtant et attrapant autant de sa chair que je le pouvais. Une main sur sa cuisse, l'autre lui empoignant un sein. Celle sur sa cuisse a glissé jusqu'à son genou et l'a soulevé, mettant mon érection lancinante en contact avec son intimité brûlante.

— Derek, a-t-elle haleté.

— Tu veux que j'arrête ?

Elle a secoué la tête. — À l'étage. La chambre.

— Putain, oui.

Nous n'avions jamais été dans un lit, et je n'allais pas me plaindre de sa brillante idée. Elle m'a guidé à l'étage, ma main fermement agrippée à la sienne, alors que nous nous éloignions de son chien curieux. Elle est passée devant une porte et est entrée dans une autre.

La pièce était Chelsea sous forme de chambre à coucher. Sensuelle et enivrante. Une literie luxuriante et des tissus séduisants. Des vêtements étaient éparpillés partout, comme si elle avait essayé tout ce qu'il y avait dans sa penderie ce matin-là et avait jeté toutes les options.

— Désolée. J'ai eu du mal à trouver quoi mettre ce matin.

— Tu veux réessayer ?

— Pardon ?

— Pour trouver quoi mettre. Tu peux défiler pour moi.

Ses joues rosirent, et je mourais d'envie de savoir jusqu'où ce rougissement descendait dans son cou.

— J'ai un problème avec les vêtements. S'ils sont confortables, je déteste leur apparence. S'ils sont beaux, ils sont inconfortables.

— Ça tombe bien, tu n'as pas besoin de vêtements pour le moment.

Un lent sourire étira ses lèvres. — Tu marques un point. Toi non plus.

Je saisis ma chemise et l'arrachai. — Je m'y mets.

Elle jeta sa chemise sur l'une des piles, puis marqua une pause et me regarda accrocher mes pouces sur les côtés de mon jean.

Dès que mon pantalon toucha le sol, le sien suivit. Je retirai mes chaussures d'un coup de pied et poussai mon jean sur le côté.

— Un préservatif, dis-je en tendant la main vers mon jean.

— J'en ai, dit-elle, sa voix s'éteignant sur la fin. — J'ai remarqué quelle sorte tu utilisais et j'ai demandé à Haley d'en prendre.

— Haley ? Mes sourcils se haussèrent.

Chelsea haussa les épaules. — Elle est en couple. Je me suis dit que personne ne trouverait bizarre qu'elle achète des préservatifs. Si c'était moi qui les avais achetés, toute la ville essaierait de deviner qui était assez fou pour coucher avec moi.

— Assez chanceux, grognai-je. — Celui qui ne voit pas ça, c'est lui qui est fou.

Elle sourit timidement. — Tu pourrais avoir n'importe qui. Pourquoi moi ?

J'ai glissé une mèche de cheveux derrière son oreille. — Je ne voulais pas te désirer. Tu étais une tentation. Trop jeune, trop belle. Mais quand tu es restée avec Jude… Tu as pris soin de mon fils sans rien demander en retour. Même après que j'aie été si odieux avec toi. J'ai su que tu étais une personne différente de celle qui avait un chien fou qui démolissait la clôture entre nos jardins et nous empêchait de dormir de la nuit. Tu n'es pas seulement belle. Tu es gentille et intelligente, créative et talentueuse. Tu me fascines par ta façon de voir les choses. Tu me donnes envie d'être un homme meilleur.

— Ouah, a-t-elle soufflé.

— C'est trop ?

Elle a secoué lentement la tête. — C'est la plus belle chose que l'on m'ait jamais dite.

— Je ne veux pas que tu doutes de pourquoi je suis avec toi. J'avais des réserves, c'est certain. Tu as le même âge que Sasha quand elle est partie. Ça m'a chamboulé.

— Je ne le savais pas, a-t-elle murmuré.

J'ai secoué la tête. — Je ne savais pas que ça poserait un problème jusqu'à ce que ça en devienne un. Mais j'étais de toute façon déterminé à te résister, alors ça n'avait pas d'importance.

— Tu es toujours déterminé à me résister ?

Je me suis rapproché d'elle, tendant la main pour la prendre et secouant la tête. — Pas le moins du monde. J'ai pressé son corps nu contre le mien. Nous avons tous les deux expiré d'un coup, et nos bouches se sont écrasées l'une contre l'autre.

Les mains ont trouvé la peau, la douceur a rencontré la dureté. Elle a enroulé ses doigts charnus autour de ma verge, et j'ai sifflé entre mes dents.

— Putain, c'est tellement bon.

Elle m'a caressé deux fois, puis s'est laissée tomber à genoux.

— Chelsea, ai-je grogné.

Elle a levé les yeux vers moi en prenant ma bite dans sa bouche. La regarder disparaître entre ses lèvres pulpeuses n'était qu'un avant-goût. Je n'allais pas jouir dans sa bouche. J'avais besoin d'être en elle pour ça. Mais bordel de merde, qu'est-ce qu'elle était douée avec sa langue.

— Putain, ai-je soufflé. — Chelsea.

Elle n'a pas ralenti, me caressant de ses mains et prenant mes couilles en coupe avant de s'occuper de moi avec sa bouche.

Je n'allais pas tenir longtemps, mais je n'avais pas le choix.

— Arrête, ai-je aboyé.

Elle a levé les yeux vers moi, se reculant jusqu'à ce que ses lèvres se détachent avec un petit bruit.

— Je suis désolée. Je ne voulais pas te contrarier.

— Oh, ma belle, la seule chose que tu as faite, c'est de rendre encore plus impossible le fait de te résister. Je suis à deux doigts de jouir dans ta gorge, et ce n'est pas ce que je veux pour l'instant.

— Que veux-tu ? a-t-elle demandé, son visage s'illuminant d'anticipation.

— Je te veux sur ce grand lit que tu as, et je veux t'entendre hurler.

— Mais Dozer, a-t-elle murmuré.

— Sur le lit, ma belle, lui ai-je ordonné.

Elle a obéi pendant que je fermais et verrouillais la porte de sa chambre.

Elle a souri.

— Si tu penses que ça arrêtera ce chien fou, c'est que tu n'as pas fait attention.

— Ça le ralentira. Maintenant, où sont ces préservatifs ?

Elle a ouvert le tiroir de la table de chevet et a révélé une boîte neuve de la marque que je préférais. Et de la bonne taille. J'étais soulagé et impressionné. Personne n'avait jamais acheté de préservatifs pour moi auparavant.

J'en ai attrapé un, détestant le fait que je n'allais pouvoir en utiliser qu'un seul, et j'ai déchiré l'emballage. Je l'ai déroulé sur moi, sachant que lorsque je l'aurais préparée, je ne voudrais pas m'arrêter pour le mettre. Puis je me suis installé entre ses cuisses pour lui rendre le plaisir qu'elle m'avait donné.

— Derek, a-t-elle haleté.

— Si tu ne veux pas de ça, je ne le ferai pas, mais j'ai envie de te goûter à nouveau depuis la première fois que je t'ai léchée.

— Tu es sûre ?

Je baissai les yeux vers sa jolie chair rose encadrée d'une toison sombre et je sentis mon sexe pulser. Elle était luisante et déjà gonflée. — Sans l'ombre d'un doute.

Elle remonta sur le lit et me fit de la place pour que je m'allonge sur le matelas avec elle.

J'écartai davantage ses cuisses et j'inspirai profondément, m'imprégnant de son odeur. J'allais garder son parfum sur moi toute la journée, et il n'y avait rien que je désirais plus au monde.

Je la léchai, recueillant les sucs qui s'écoulaient déjà de son corps. Dès le premier coup de langue, ses hanches se soulevèrent du lit.

Elle était sur le point de jouir. Mon Dieu, cette femme. Elle était prête pour moi. Aussi prête que je l'étais pour elle.

Je plongeai deux doigts en elle, grognant lorsqu'ils glissèrent sans la moindre résistance. Elle répondait à chacun de mes coups, ses hanches faisant travailler mes doigts. J'en ajoutai un troisième et concentrai mon attention sur le bouton gonflé enfoui dans ses replis.

— Derek, murmura-t-elle.

— Jouis, Chelsea. Ne te retiens pas pour moi.

Elle cambra les hanches, cherchant ma langue. Son intimité serra mes doigts. Elle vacillait. Là. Suspendue. Palpitante. Ruisselante. Prête, prête, prête.

Je saisis son clitoris entre mes lèvres et fis claquer ma langue dessus. Mes doigts se recourbèrent au plus profond d'elle.

Et ma magnifique femme cria. Oh, elle hurla comme si elle n'avait jamais eu un orgasme comme celui que je lui donnais.

— Derek ! Oh, putain. Derek. Oui. Oh, oui. Oui !

Son corps s'inonda, trempant les draps tandis qu'il me faisait de la place.

Je voulais être un gentleman et lui en donner plus, mais j'allais jouir sans elle si je n'entrais pas en elle immédiatement.

Je me positionnai à son entrée, attendant qu'elle ouvre les yeux et hoche la tête avant de la pénétrer.

Son corps se recroquevilla, comme si le plaisir était si intense qu'il contractait chacune de ses cellules.

— Putain, ce que tu es bonne, ai-je murmuré.

— Je me disais la même chose.

Je l'ai pénétrée, m'enfonçant tout au fond de cette femme. Cette femme qui m'accueillait tout entier sans me résister. Cette femme qui répondait à chacun de mes mouvements. Qui me captivait de toutes les manières possibles.

— Qui es-tu ? ai-je soufflé.

Elle a souri et m'a caressé la joue. — Je suis ta voisine casse-pieds.

J'ai eu un petit rire avec elle. J'ai tourné le visage pour embrasser sa main.

Mes hanches se sont retirées, me sortant d'elle. Je me suis réengagé doucement, ayant besoin d'un rythme lent pour ne pas jouir avant de l'avoir de nouveau excitée. J'ai soutenu son regard, observant la merveille qu'était Chelsea à l'approche d'un orgasme.

Ses yeux se sont illuminés, puis assombris. Se sont fermés, puis rouverts. Ses joues ont rougi, puis son corps jusqu'à sa taille. Elle a bougé ses hanches, se frottant contre moi à chaque coup de rein.

Mais il y avait autre chose. De la frustration.

— Touche-toi, ai-je murmuré.

Ses yeux se sont rivés aux miens. Un malaise persistait.

— Je veux te voir. S'il te plaît, Chelsea.

— Je n'ai jamais…

— Je sais. Tu n'es pas obligée, mais je… Tu n'es pas obligée.

Je ne voulais pas être déçu. Ce n'était pas juste pour elle que je lui demande de partager avec moi quelque chose qu'elle n'avait jamais partagé avec un autre homme. Mais je voulais une partie d'elle que personne d'autre n'avait eue. Je voulais la voir se donner du plaisir, la sentir jouir avec moi en elle, et savoir que personne d'autre n'avait jamais été témoin de la même majesté.

Et je savais que ce serait majestueux. C'était Chelsea. C'était…

Le bout de ses doigts a effleuré ma bite.

— Chelsea.

— Ne dis rien.

— Merci, ai-je murmuré.

L'expression sur son visage m'a indiqué que c'était la meilleure chose que j'aie pu dire.

Je me suis penché en arrière pour pouvoir observer ses doigts. Elle a pincé son clitoris, puis l'a frotté.

La contraction de son corps en réponse a enserré ma bite tandis que je la pénétrais.

— Oh, putain, ai-je grogné.

Ma réaction l'a encouragée. Elle a accéléré ses caresses, le bout de ses doigts m'effleurant de temps à autre.

Je la regardais, fasciné par la façon dont elle frottait sa chair humide et se rendait folle.

— Derek, a-t-elle gémi.

J'ai déplacé ma main pour joindre la sienne et je l'ai caressée avec elle. Nos doigts se sont entrelacés pour frotter son clitoris, et son orgasme a déferlé sur elle, m'entraînant dans sa chute.

Je me suis enfoncé profondément en elle, les yeux se révulsant tandis que je jouissais avec force. Je n'ai pas eu le temps de me préparer à mon orgasme. De ravaler la douleur aiguë qui accompagnait le plaisir.

Mais c'était parfait. C'était Chelsea. Ça n'avait jamais été meilleur.

Je suis resté allongé à côté d'elle pendant quelques minutes, perdant toute notion du temps tandis que je sentais son odeur et son corps enroulé autour du mien. Elle a soupiré de bonheur, comme si elle ressentait la même chose que moi.

Reste.

Je n'avais aucune envie de partir. Ni maintenant, ni de sitôt. Même si je savais que mes responsabilités m'attendaient. Planant à la lisière de ma conscience. Me murmurant que je devais retourner au travail.

— C'était incroyable, a-t-elle soufflé.

Je n'étais pas sûr qu'elle sache qu'elle avait prononcé ces mots à voix haute jusqu'à ce que je grogne en signe d'approbation.

Ses bras se sont resserrés autour de moi, puis se sont relâchés.

J'ai interprété ça comme un signe qu'elle était prête à ce que je me lève, alors je me suis relevé. — La salle de bain ?

— En face, dans le couloir, a-t-elle dit.

J'ai hoché la tête et j'ai ouvert sa porte, riant en voyant

Dozer qui montait la garde. Il a levé les yeux vers moi et a penché la tête. — Je ne lui ai pas fait de mal.

Il a aboyé, puis il est passé à côté de moi pour entrer dans la chambre.

J'ai gloussé et je me suis dirigé vers la salle de bain. Je me suis débarrassé du préservatif et je me suis lavé les mains, puis je suis retourné dans sa chambre où elle était assise sur son lit, toujours nue.

— À cause de toi, c'est difficile de retourner au travail.

Elle a ri doucement. — Eh bien, il faut que j'y retourne, moi aussi. J'ai une cliente qui arrive dans trente minutes.

— J'e suis désolé d'avoir monopolisé toute ta pause.

Elle a souri, son regard empli de pur plaisir et d'aucun regret. — Je ne vais pas me plaindre du tout.

— Tu as mangé ? J'ai de quoi faire des sandwichs chez moi.

— J'ai déjà mangé, mais merci. Je'vais juste utiliser la salle de bain.

Je me suis écarté pour la laisser passer, profitant du spectacle de sa démarche, de ses courbes qui s'offraient entièrement à mon regard.

J'ai ramassé mes vêtements par terre et je me suis habillé pendant qu'elle utilisait la salle de bains.

Elle est revenue nue dans sa chambre et s'est habillée rapidement avant de nous conduire, Dozer et moi, en bas.

— Tu es libre samedi soir ? lui ai-je demandé lorsque nous nous sommes arrêtés devant sa porte d'entrée.

— Ce samedi ? laissa-t-elle échapper d'une petite voix.

J'ai hoché la tête. — Ouais. J'ai demandé à Sebastian, et il m'a dit que Jude pourrait rester chez eux samedi soir. Si tu es disponible.

Le rouge qui lui est monté aux joues fut sa réponse avant même qu'elle ne hoche la tête. — Je suis disponible.

— Parfait. Ne prévois rien pour dimanche matin non plus.

Ses yeux se sont écarquillés.

Je me suis penché et je l'ai embrassée avec fougue, me délectant de la façon dont elle fondait contre moi. La soirée de samedi promettait d'être très amusante. — Merci de m'avoir laissé m'incruster pour le déjeuner.

— Tu es le bienvenu quand tu veux.

J'ai eu un petit rire. — Bon à savoir.

Je lui ai dit au revoir et j'ai traversé les allées en courant jusqu'à ma maison. Je me suis fait un sandwich à la va-vite et je l'ai emporté dans ma camionnette. Chelsea était déjà partie.

Sur le chemin du retour au travail, j'ai mangé mon sandwich en me demandant ce que je devrais organiser pour notre rendez-vous. Un dîner chez moi suivi de sexe n'était pas suffisant. C'était ce dont j'avais envie, mais Chelsea méritait mieux. Elle avait besoin de savoir que je m'investissais. Que je ne voulais pas la cacher, même si une partie de moi voulait la garder rien que pour moi.

Personne dans l'atelier n'a remarqué mon retour, alors je suis allé dans mon bureau et j'ai examiné les candidatures que j'avais reçues pour le poste de responsable administratif. En un peu plus d'une semaine, j'avais reçu une douzaine de candidatures. Certaines étaient plus prometteuses que d'autres, mais l'une d'elles m'a surpris.

— Euh, Jason. Tu peux venir, s'il te plaît ? ai-je lancé en direction de l'atelier.

Les autres gars l'ont taquiné, et ses oreilles ont viré au rouge tandis qu'il s'approchait de moi.

Je l'ai précédé jusqu'à mon bureau et lui ai demandé de fermer la porte en entrant.

Il gigotait sur son siège, manifestement mal à l'aise.

— Pourquoi ne m'as-tu pas dit que le poste de chef de bureau t'intéressait ? lui ai-je demandé.

Son visage a pris la même teinte rouge que ses oreilles, et il a baissé la tête encore plus bas. — Je ne pensais pas que tu veuilles que je le prenne. Ma copine m'a dit que je devais postuler, de toute façon. Une bonne expérience, de rédiger un CV.

— Ça l'est, et c'est un sacré bon CV. Je voulais embaucher quelqu'un qui connaît déjà les lieux, le travail et les employés.

— Je ne savais pas.

— J'ai publié l'offre uniquement parce que personne ne s'est manifesté. J'en ai parlé quelques fois.

Jason a hoché la tête. — Après que j'ai merdé avec Jude et cet appel, je…

— C'est pardonné et oublié, Jason. C'était une erreur, mais ce n'était pas intentionnel. Tu n'as pas fait preuve de négligence.

— Oui, mais…

— Si tu avais ce poste, ça signifierait plus de responsabilités. Ça voudrait dire que je compterais sur toi pour m'assurer que les choses sont faites. Je veux embaucher quelqu'un pour avoir plus de temps avec mon fils.

— Je comprends. Et je comprends si je ne suis pas la bonne personne pour le poste.

— Je ne vais pas te dire qu'il est à toi tout de suite. J'aimerais te faire passer un entretien, ainsi qu'à quelques autres, mais ma préférence irait à une personne qui travaille ici depuis un moment. Quelqu'un que je connais et en qui j'ai confiance. Quelqu'un comme toi.

— Vraiment ? Il a souri pour la première fois depuis qu'il était entré dans mon bureau.

— Vraiment, Jason. C'est un facteur très important.

— D'accord, eh bien, merci, Derek.

— Ce n'est pas une garantie.

— J'ai compris. Je sais. Mais j'apprécie vraiment que tu envisages ma candidature.

— Tu es un type bien, Jason. Je vais prévoir un moment pour qu'on se voie pendant ton prochain service. Ça te va ?

— Ouais, ça me va.

— Merci. Retournes-y. Je sais que tu es en plein milieu d'un truc. Désolé de t'avoir dérangé.

— Pas de souci. J'ai presque fini.

— Merci, Jason.

Jason a laissé la porte de mon bureau ouverte et s'est dépêché de retourner à l'atelier. Il est sorti en souriant, et il n'était pas le seul.

Son CV était impressionnant. Il avait un diplôme en commerce, ce que j'ignorais, et était mécanicien certifié. Il avait joint des références de deux anciens employeurs à son CV. L'annonce précisait qu'elles pouvaient être demandées, mais qu'il n'était pas obligatoire de les joindre. Le fait qu'il l'ait fait était une preuve d'initiative.

J'ai consulté son dossier d'employé depuis qu'il avait commencé à travailler chez Réparation automobile en pierre. Il n'était jamais arrivé en retard, ne s'était jamais porté malade. Il prenait ses congés, ce que je l'encourageais à faire, et il faisait beaucoup d'heures supplémentaires et était toujours prêt à accepter n'importe quel planning qui lui était assigné. C'était un employé modèle.

Mais ferait-il un chef de bureau modèle ?

Je savais quelles tâches je voulais déléguer, les choses pour lesquelles j'avais besoin d'aide. Cela exigeait une attention aux détails et de l'organisation.

En tant qu'employé actuel, Jason bénéficiait d'une analyse à la fois plus approfondie et inéquitable. Aucun autre candidat ne pourrait être évalué de la même manière. Mais aucun autre candidat n'était non plus quelqu'un que je pouvais envisager aussi sérieusement.

L'idée d'embaucher Jason me plaisait. Mais j'avais reçu beaucoup de candidatures et j'estimais leur devoir de toutes les examiner.

J'ai regardé l'emploi du temps de Jason. Il était déjà totalement affecté à ses trois prochains services, alors j'ai bloqué une heure mardi prochain pour un entretien. J'ai pris note de lui en parler avant son départ pour qu'il soit au courant.

Ceci fait, j'ai contacté les quatre meilleurs candidats en dehors de Jason et fixé des entretiens avec chacun d'eux pour la fin de la semaine et le début de la semaine suivante. Si l'un d'entre eux était à moitié aussi bon que Jason, j'organiserais de seconds entretiens pour la fin de la semaine prochaine et j'essaierais d'embaucher quelqu'un.

Une pression s'est relâchée de mes épaules. Après avoir si longtemps hésité à embaucher quelqu'un, le fait que le processus soit enclenché et que les entretiens soient programmés me donnait hâte de pourvoir le poste.

Je suis allé à l'atelier et je me suis plongé dans mon travail pour le reste de la journée. Ça m'a fait du bien de me salir les mains et de voir un projet terminé. Et en rentrant chez moi, j'ai su que je prenais la bonne décision en embauchant quelqu'un.

— Tu veux passer la nuit chez Cameron samedi ? ai-je demandé à Jude le lendemain, après avoir reconfirmé avec Sebastian qu'ils pouvaient le garder.

— Vraiment ? a demandé Jude.

J'ai hoché la tête. — Oui. Sebastian m'a contacté pour me demander si tu pouvais passer la nuit chez eux.

— Ouais ! Je peux ?

— Je ne te poserais pas la question si je n'étais pas d'accord.

— Je dois venir travailler avec toi samedi ?

— Malheureusement, oui. Mais c'est peut-être l'un des derniers samedis.

— Pourquoi ?

— Parce que je vais embaucher quelqu'un comme responsable de bureau. Quelqu'un qui travaillera probablement la plupart des week-ends pour que je n'aie pas à le faire.

— Comme ça, on pourra faire des choses ensemble ?

— Ouais. Quel genre de choses voudrais-tu qu'on fasse ?

— Aller au cinéma, au parc. Peut-être inviter des copains. On peut avoir un chien ?

— Je ne suis pas sûr pour cette dernière idée, mais on peut faire le reste.

Jude a froncé les sourcils. — Je savais que tu allais dire ça.

J'ai eu un petit rire. — On verra bien comment ça se passe. Ça fait longtemps qu'on n'a pas eu nos week-ends de libre.

— Alors, on pourrait peut-être avoir un chien ?

— Peut-être un jour. Mais je ne te promets rien.

— Oui ! s'est écrié Jude en levant les poings en l'air.

J'ai ri. Il n'en fallait pas plus. Juste un chien et quelques week-ends où il n'avait pas à venir travailler avec moi.

Mieux encore, quand le samedi matin est arrivé, Jude n'a pas du tout râlé à l'idée d'aller au garage. Il était prêt quand je le lui ai demandé, et il est descendu de mon pick-up pour aller directement voir Ricky et l'aider à commencer la journée.

J'avais raté trop de choses, et j'étais prêt à ce que ça change.

Pour moi, la journée a été d'une lenteur insoutenable. J'avais hâte qu'elle se termine pour pouvoir voir Chelsea, mais elle a semblé durer une éternité. Chaque véhicule avait un problème, chaque client manquait de patience. C'était une longue journée, et elle me paraissait encore plus longue quand je pensais à Chelsea et à mes projets pour la soirée.

J'avais réservé pour nous dans un bon restaurant italien, un endroit où je n'étais jamais allé, mais elle adorait la cuisine italienne. Il faisait trop froid pour une promenade dehors, mais je nous avais pris des billets pour aller voir un film au MacKellar Theater. Un film signifiait que nous n'aurions pas beaucoup de temps pour discuter, mais je comptais bien la garder éveillée toute la nuit. Pour apprendre tout ce qu'il y avait à savoir sur elle.

Quand le dernier client de la journée est parti, j'ai soupiré, avec le sentiment que nous venions de gagner une guerre pour laquelle nous n'étions pas préparés. Les mines épuisées des autres mecs me disaient qu'ils ressentaient tous la même chose.

— Merci à tous. C'était une sacrée journée, et vous avez tous été incroyables.

Ils ont marmonné leurs remerciements, et j'ai su que je devais faire quelque chose pour eux. Quelque chose de spécial. La semaine prochaine, quand ils s'en seraient tous remis.

Jude m'a suivi jusqu'au pick-up après que nous ayons vérifié les portes et nous être assurés que tout était bien fermé. Il est monté, rebondissant sur son siège comme s'il n'était pas épuisé.

— Tu es prêt à aller chez Cameron ? je lui ai demandé.

Jude a hoché la tête. Il avait fait ses bagages la veille et son sac était à l'arrière du pick-up pour que je puisse le déposer sur le chemin du retour. J'allais prendre une douche avant de passer chercher Chelsea, mais il n'y avait aucune raison pour que Jude attende pour aller chez Cameron.

— Cameron a dit qu'on allait manger des pizzas. Et jouer à des jeux. Il a dit qu'on irait peut-être aussi manger une glace. On va regarder des films toute la nuit. Et toi, qu'est-ce que tu vas faire, papa ?

J'ai hésité. Je n'avais jamais dit à Jude quand je sortais avec quelqu'un, mais c'était différent avec Chelsea. Je songeais déjà à parler de elle à Jude, et si je devais le faire, je devais d'abord lui dire que j'avais un rendez-vous galant et voir sa réaction.

— En fait, j'ai un rendez-vous galant.

— Avec mademoiselle Chelsea ? a-t-il demandé.

— Quoi… Pourquoi tu me poses cette question sur Chelsea ?

Jude a haussé les épaules. — Je me suis juste dit que c'était elle.

— Pourquoi ?

— Je vous ai vus vous embrasser sur le canapé. Elle était assise sur tes genoux et tu l'embrassais.

— C'était quand, ça ?

— Je ne sais pas. Après notre dîner avec elle la semaine dernière, je crois. Pourquoi ? Tu ne l'aimes plus ?

— Non, je… Comment lui expliquer ? Il était encore jeune. Les relations, le sexe et les rendez-vous amoureux étaient des concepts qui lui étaient étrangers. Il ne comprenait pas, et je ne voulais pas qu'il comprenne.

Avant que je ne puisse dire quoi que ce soit, Jude a continué : — J'adore mademoiselle Chelsea. Elle est géniale. Elle est drôle, elle est intelligente, elle me fait des cookies et elle me laisse rester avec elle pour que je n'aie pas à aller à la garderie après l'école.

— Ouais, je…

— Je pense que tu devrais sortir avec elle. Comme ça, elle pourra être ma mère. Ça voudrait dire qu'elle et Dozer pourraient emménager avec nous ?

— C'est…

— Oh, on est arrivés ! a crié Jude.

Je me suis garé dans l'allée de Sebastian et Zoey et j'ai coupé le contact de mon camion. Cameron est sorti en courant, suivi de près par Sebastian et Zoey.

Jude a ouvert la portière et a sauté à terre, puis il est remonté pour prendre son sac à l'arrière. Lui et Cameron parlaient en même temps, surexcités à l'idée de tout ce qu'ils allaient faire.

— On dirait qu'ils sont contents, a dit Zoey en apparaissant à côté de moi. — Je suis contente que ça ait pu se faire.

— Ouais, ai-je dit, la gorge serrée. Je me suis éclairci la voix et j'ai esquissé un sourire. — Merci beaucoup de le garder.

— Il est adorable. Ils s'amusent tellement ensemble. Amber vient aussi. Comme ça, les deux plus grands auront un ami pour la soirée. On va commander des pizzas, regarder des films et laisser les enfants s'amuser.

— Jude est super content. Il attendait ça avec impatience.

— Cameron aussi. Zoey m'a observé attentivement. — Tu es anxieux pour ce soir ? On dirait que quelque chose te tracasse.

— Tout va bien. Vraiment. Je pensais juste au boulot.

Zoey a levé les yeux au ciel et a ri. — On dirait Sebastian.

— J'imagine qu'on est tous pareils.

J'ai jeté un coup d'œil à Sebastian, qui parlait aux garçons et organisait des choses. Il m'a fait un signe de la main, mais il ne s'est pas approché.

Tant mieux, parce qu'il n'aurait pas été aussi facile à berner que Zoey.

— Tu devrais y aller, a dit Zoey. — Prépare-toi pour ce soir. Nous serons là toute la journée demain, alors ne te presse pas pour venir le chercher.

— Merci. J'apprécie vraiment.

— Profite bien de ta soirée, a dit Zoey.

— Merci. Les garçons discutaient encore, alors je les ai interpellés. — Hé, Jude, j'y vais.

— D'accord. Il a contourné le pick-up en courant et m'a serré dans ses bras. — Salut, papa. Il a retrouvé Cameron devant et ils sont entrés tous les deux en courant.

— Merci encore, ai-je dit à Zoey et Sebastian.

— De rien. Quand tu veux, a dit Zoey. Elle a passé son bras sous celui de Sebastian et l'a entraîné à l'intérieur.

Il m'a fait un signe de la main et l'a suivie.

Je suis remonté dans mon pick-up et j'ai reculé. J'ai fait un signe de la main quand Ramsey a klaxonné et s'est écarté pour qu'il puisse déposer Amber.

Je suis rentré à la maison en pilote automatique. Les mots de Jude tournaient en boucle dans ma tête.

J'adore Madame Chelsea.

Je pense que tu devrais sortir avec elle.

Comme ça, elle pourra être ma maman.

La première femme avec qui je sortais, et voilà qu'il me mariait déjà. Il voulait une maman. Une femme qui serait là pour lui. Quelqu'un sur qui compter.

Jude avait déjà pris sa décision. C'est exactement ce que je craignais. Il nous voyait comme un couple. J'avais été négligent et imprudent, et j'avais mis en jeu le cœur de mon fils.

Il fallait que ça cesse. Il passait en premier. Toujours. Et il n'était pas question qu'il ait le cœur brisé.

Je me suis garé dans mon allée et j'ai regardé sa maison. J'étais censé être à sa porte dans une heure pour passer la prendre.

Je ne pouvais pas le faire. J'ai fait marche arrière et je suis parti.

CHELSEA

J'ai acheté une nouvelle robe. Haley m'a coiffée. Je me suis maquillée. Je n'ai pas été jusqu'à acheter de nouvelles chaussures, mais j'ai sorti une paire que je ne portais pas souvent du fond de mon placard. J'étais prête. Et j'étais putain de canon.

Dozer m'a observée pendant tout le temps où je me préparais. Je me suis assurée qu'il ait de l'eau en plus et qu'il ait mangé un peu en avance pour ne pas avoir faim. La chatière était déverrouillée pour qu'il puisse sortir tout seul.

J'avais des sous-vêtements propres et des vêtements confortables dans un sac près de la porte. Ça paraissait présomptueux, mais Derek avait dit qu'il me voulait dans son lit, alors j'étais préparée. Je n'allais pas avoir envie de remettre ma robe le lendemain matin. Même pour traverser l'allée.

Un coup d'œil à mon téléphone m'a appris qu'il ne tarderait pas. J'avais des papillons dans le ventre, ce qui me rendait à la fois anxieuse et excitée.

C'était un rendez-vous. Un vrai rendez-vous. Notre premier. J'étais tellement prête.

Je me suis assise sur le canapé et j'ai pris une grande inspiration. Mon téléphone a vibré, signalant un texto, et je l'ai attrapé, m'attendant à ce que ce soit Derek qui me dise qu'il était en route.

HALEY

Bonne chance ! Amuse-toi bien. J'ai hâte
que tu me racontes tout sur ton rendez-vous
demain au club de lecture.

MOI

Merci ! J'ai hâte de te raconter.

Elle a envoyé un cœur. J'ai de nouveau verrouillé mon téléphone, en remarquant l'heure. Cinq minutes de retard. J'ai jeté un coup d'œil dehors. Son camion n'était pas là.

Ce n'était pas grave. Peut-être qu'il avait été retenu au travail. Ou en déposant Jude. Je pouvais bien attendre cinq minutes.

J'ai allumé la télé et j'ai zappé. Il n'y avait rien de bon, non pas que je prête la moindre attention à la télé. J'ai jeté un œil à la porte, puis à mon téléphone.

Trente minutes ont passé. Quarante minutes.

J'ai de nouveau regardé dehors. Son camion n'était toujours pas là.

S'est-il passé quelque chose ? A-t-il eu un accident ?

Les papillons dans mon ventre ne voletaient plus, ils me plombaient l'estomac. J'ai attrapé mon téléphone, lasse d'attendre.

Il n'y avait aucun message de Derek, ce qui m'a rendue encore plus anxieuse. J'ai ouvert À la Recherche du Héros Littéraire Parfait. J'ai sélectionné son nom et nos conversations précédentes.

COUPER LES CHEVEUX, S'EN FICHE

Est-ce que je me suis trompée ? Je pensais
que tu devais être là à 19 h.

J'ai fixé l'écran. Rien ne s'est passé. Aucune mention « lu ». Pas de bulles m'indiquant qu'il était en train d'écrire. Rien.

COUPER LES CHEVEUX, S'EN FICHE

Tu vas bien ? Je suis inquiète.

Toujours rien.

Je me suis mordu la lèvre en hésitant. Il devait déposer Jude chez Zoey et Sebastian. J'avais le numéro de Zoey, mais je ne l'avais jamais appelée. Si je le faisais et que tout allait bien, je me sentirais stupide. Mais sinon…

J'ai appelé Zoey avant de pouvoir revenir sur ma décision.

— Allô ?

— Salut, Zoey ?

— Oui. Chelsea ?

— Oui, salut. Je suis vraiment désolée de te déranger, mais euh, est-ce que tu as vu Derek ?

Le bruit de fond est devenu plus faible. — Il a déposé Jude il y a deux heures. Je pensais que vous sortiez ensemble ce soir.

— Ouais, euh, je m'en doutais. Je ne l'ai pas vu, et son pick-up n'est pas là.

— Ne quitte pas. Le silence s'est fait à l'autre bout du fil, comme si elle m'avait mise en sourdine.

J'ai collé mon oreille au téléphone, comme si je pouvais entendre quelque chose à travers la ligne.

— Chelsea ? a dit Zoey, d'une voix triste.

— Il ne vient pas, c'est ça ?

— Je n'ai aucune idée de ce qui s'est passé. Sebastian l'a appelé. Il a répondu parce qu'il pensait qu'il était arrivé quelque chose à Jude. Sebastian lui a demandé ce qui se passait, et il n'a rien voulu dire. Il a juste dit de te dire… qu'il ne peut pas.

— Il ne peut pas ? C'est tout ce qu'il a dit ?

— Je suis vraiment désolée, Chelsea. Ça va ? Est-ce que je peux faire quelque chose ?

— Non. Je… merci, Zoey.

— Chelsea…

Peu importait ce qu'elle allait dire, j'avais déjà raccroché.

Il ne peut pas. Ou plutôt, il n'en avait pas envie.

J'ai ravalé la boule que j'avais dans la gorge et j'ai fermé les yeux pour retenir les larmes qui montaient. Je n'allais pas le laisser m'enlever ça. M'enlever quoi que ce soit. Je pensais que c'était lui. J'étais tombée amoureuse de lui, je pensais que c'était le bon, et je m'étais trompée.

Parce qu'il *ne peut pas*.

— Qu'il aille se faire foutre, ai-je soufflé.

J'ai balayé ma maison du regard et, soudain, je ne pouvais plus y rester. J'ai pensé à lui, forçant le passage quatre jours plus tôt et m'entraînant dans ma chambre. M'embrassant dans le salon, le sexe sur le canapé, les orgasmes contre le mur. Assis sur ma terrasse à rire, lui me disant qu'il me désirait.

Il *ne peut pas*.

J'ai attrapé mon sac et je suis sortie. Je ne pouvais pas rester là. Je n'en étais pas capable. Je suis montée dans ma voiture et j'ai reculé pour sortir de l'allée avant même d'attacher ma ceinture de sécurité. Je devais partir. Vite. Avant qu'il ne rentre, d'où qu'il soit.

Il ne peut pas.

Je suis rentrée à la maison, chez mes parents. Je me suis garée dans l'allée et j'ai remonté le chemin jusqu'à la porte d'entrée, mon sac sur l'épaule. À mi-chemin, j'ai réalisé que je n'avais même pas pris une autre paire de chaussures.

Trop tard, maintenant.

J'ai sonné à la porte, ne voulant pas prendre le risque de surprendre mes parents en train de faire quelque chose que je ne voulais pas voir. J'ai balayé la rue du regard, comme si Derek allait me suivre.

Ha. Il n'a même pas été capable de venir quand il le devait. Pourquoi est-ce que je m'imaginais qu'il le ferait quand il n'est pas censé le faire ?

— Chelsea ? s'est exclamée maman en ouvrant la porte. — Qu'est-ce que tu fais ici ? Entre, entre. Tu dois être gelée.

— Merci, ai-je marmonné.

— Qu'est-ce qui se passe ? Pourquoi portes-tu une robe ?

— Je ne veux pas en parler.

Papa est arrivé du couloir juste à temps pour entendre ce que je venais de dire. Il a échangé un regard avec ma mère. — Tu veux dîner ?

J'ai hoché la tête et j'ai laissé ma mère m'emmener à la cuisine. Elle m'a fait asseoir à table. Papa m'a servi une assiette.

Ils ont discuté pendant que je jouais avec la nourriture dans mon assiette. Je n'avais pas faim, mais je devais manger. J'ai piqué un morceau de poulet et je l'ai enfourné dans ma bouche. Il était un peu sec, mais ça m'était bien égal.

J'ai mangé mon riz avec le poulet. Le brocoli est venu en dernier. Quand j'ai eu fini, mes parents avaient terminé, mais ils ne m'ont pas laissée seule.

Les assiettes ont été débarrassées, et un pot de glace a fait son apparition. Mon père m'a tendu une cuillère sans rien dire de plus. Lui et maman sont allés dans le salon pour regarder un film.

J'ai fixé la glace. Ça n'allait pas tout arranger, mais ce serait bon.

J'ai pris le pot de glace et la cuillère et j'ai suivi mes parents. Je me suis blottie dans le grand fauteuil à côté de la cheminée, celui dans lequel je m'asseyais toujours quand j'étais au lycée. Le film a commencé, et j'ai pris une cuillerée de glace.

C'était froid, sucré et parfait.

Je n'avais pas besoin de petit ami. J'avais tout ce dont j'avais besoin juste là. De la glace, un film, et mes parents.

Peut-être que je pourrais vivre avec eux jusqu'à ce que je vende ma maison.

J'ai fini le pot de glace. Le sucre a apaisé toutes mes blessures intérieures. Pour l'instant. Ça n'allait pas durer, mais si je pouvais surmonter tous les *moments présents*, peut-être que je finirais par aller bien.

— On va se coucher, m'a dit Maman en me tendant la télécommande. Tu restes ?

J'ai hoché la tête.

Maman m'a embrassée sur le haut du crâne. — Je vais m'assurer que la maison est bien fermée. Va te coucher quand tu seras prête. Les draps de ton lit sont propres.

— Merci, Maman. Toi aussi, Papa.

— Bonne nuit, ma chérie, ont-ils dit tous les deux.

— Bonne nuit.

Je les ai regardés monter les escaliers, leurs murmures trop bas pour que je puisse les comprendre. Il n'était pas difficile de deviner qu'ils parlaient de moi et se demandaient ce qui m'avait amenée chez eux un samedi soir. En robe et talons.

J'ai refusé de pleurer. La tristesse montait en moi, mais je n'allais pas la laisser sortir. Je méritais mieux que de me faire poser un lapin pour notre premier vrai rendez-vous, et je n'allais pas pleurer pour un homme qui n'avait même pas pris la peine de me dire qu'il ne viendrait pas.

Il ne peut pas ne suffisait pas.

J'ai mis la cuillère dans le lave-vaisselle et le pot vide à la poubelle. J'ai fait tourner le lave-vaisselle pour mes parents, puis je suis montée à l'étage, en silence pour ne pas les déranger.

Je me suis brossé les dents et j'ai mis les vêtements que

j'avais prévu de porter pour rentrer le lendemain matin. J'ai fourré ma robe dans mon sac, détestant avoir dépensé autant pour quelque chose destiné à impressionner un homme qui s'en fichait. J'en avais fini avec Derek Bailey. Et j'en avais fini avec les hommes.

Je me suis allongée dans mon lit et j'ai fixé le plafond. En prenant une profonde inspiration, j'ai attrapé mon téléphone et j'ai supprimé À la Recherche du Héros Littéraire Parfait. Fini les hommes.

J'ai posé mon téléphone sur la table de chevet de ma chambre d'enfant et j'ai fermé les yeux de force. La nuit allait être longue à me demander ce que j'avais bien pu faire de mal. Une nuit sans réponses.

MAMAN ET PAPA buvaient leur café quand je suis descendue le lendemain matin. J'ai posé mon sac près de la porte d'entrée. Aucun d'eux n'a dit un mot quand ils ont levé les yeux de leur journal et m'ont souri.

Je me suis préparé une tasse de café et je me suis assise à table. J'ai siroté mon café, laissant la chaleur m'envahir et m'apaiser.

— Qu'est-ce que tu fais aujourd'hui ? a demandé Maman alors que je mettais ma tasse dans le lave-vaisselle.

— Il faut que je rentre à la maison. Aller voir Dozer.

— Oh, je n'y ai même pas pensé. Tu crois que ça a été ?

J'ai hoché la tête. — Il avait à manger et à boire, et j'ai laissé la chatière ouverte pour qu'il puisse aller faire ses besoins. Je suis sûre que tout allait bien, mais je ferais mieux d'y aller.

— Est-ce que tu vas bien ? a demandé Maman.

J'ai hoché la tête. — Ça ira. Merci de m'avoir laissé rester ici cette nuit.

— Quand tu veux, a dit Papa.

— J'ai fait le lit, mais je n'ai pas retiré les draps. Je peux le faire si tu veux.

Maman a secoué la tête. — Ce n'est pas la peine. Il ne sert pas beaucoup.

J'ai serré mes deux parents dans mes bras, puis je suis allée vers la porte.

Maman m'a suivie. — Tu es sûre que tu vas bien ?

J'ai de nouveau serré Maman dans mes bras. — Non, mais je suis sûre que ça ira.

Maman a repoussé une mèche de cheveux de mon visage. — Reviens si tu en as besoin.

— Je le ferai. Merci, maman.

— Je t'aime, Chelsea.

— Moi aussi, je t'aime.

Elle m'a tenu la porte pour que je puisse sortir, puis elle est sortie sur le porche derrière moi.

Je me suis dépêchée vers ma voiture pour qu'elle rentre se mettre au chaud. Ce n'était pas facile avec mes talons, mais j'ai fait de mon mieux. Une fois à l'intérieur, j'ai démarré le moteur et je lui ai fait un signe de la main, soupirant quand elle est rentrée.

J'ai bouclé ma ceinture et j'ai quitté l'allée en marche arrière. Je n'étais pas prête à rentrer, mais sortir quelque part avec les chaussures que je portais n'était pas une très bonne idée. Dommage que Cracked n'ait pas de service au volant.

Le pick-up de Derek était dans son allée quand je me suis garée dans la mienne. Je me suis arrêtée et je l'ai fixé pendant une minute. Je méritais des explications, mais je n'étais pas prête à en écouter. Pas maintenant, et peut-être même jamais.

Je suis rentrée chez moi, m'accroupissant pour parler à Dozer une fois à l'intérieur. Il était si content de me voir après sa nuit tout seul que je me suis sentie coupable de l'avoir laissé.

— Je ne te quitterai plus jamais, lui ai-je promis. Tu es le seul homme dont j'ai besoin dans ma vie. Rien que toi et moi.

Il a aboyé en signe d'approbation, puis a couru vers sa gamelle dans la cuisine, me rappelant que ça faisait des heures qu'il n'avait pas mangé et qu'il était en train de mourir de faim.

J'ai donné à manger à Dozer, puis j'ai monté mon sac à l'étage. J'ai pris une douche, lavant avec l'eau ma soirée et les souvenirs de Derek. C'était fini entre nous.

J'ai enfilé mes vêtements les plus confortables et j'ai hésité entre me planquer pour la journée ou aller au club de lecture. Si je n'y allais pas, tout le monde supposerait que j'étais encore avec Derek. Si j'y allais, tout le monde me poserait des questions sur notre rendez-vous.

Peu importe ce que je ferais, j'allais devoir tout expliquer, à un moment ou à un autre. Autant en finir tout de suite.

En plus, elles seraient gentilles avec moi. Elise et Haley y veilleraient.Je me suis brossé les cheveux et les ai attachés en une longue tresse. Je me suis lavé les dents et je me suis assurée que mes vêtements étaient propres, même s'ils n'étaient pas à la mode. L'envie de plaire s'était envolée, avec mes espoirs d'un avenir avec Derek.

J'ai vérifié devant, comme une idiote, pour être sûre que Derek n'était pas dehors avant d'aller à ma voiture. J'ai évité de regarder sa maison et je me suis forcée à ne pas me presser. C'était lui qui avait tout gâché, pas moi. Je refusais de me cacher, mais ça ne voulait pas dire que je voulais le voir.

Il n'y avait aucun mouvement chez lui, mais son pick-up était garé dans l'allée, donc je savais qu'il était à la maison. J'ai fait marche arrière et je me suis dirigée vers la ville, me garant à quelques vitrines de Petits ami du Livre Illimité. Par miracle, j'étais la seule à entrer à ce moment-là, et je n'ai donc pas eu à répondre à la moindre question avant d'être à l'intérieur.

Finley m'a prise dans ses bras et m'a fait un sourire radieux. — Comment vas-tu ?

— Ça va. Et toi ? ai-je répondu machinalement. Mes clients me posaient la question un million de fois par semaine pour faire la conversation. Je ne répondais jamais honnêtement. Quelqu'un le faisait-il, d'ailleurs ?

— Je vais bien. Trent est en déplacement cette semaine, alors j'appréhende déjà de passer une semaine entière sans lui. Mais mes parents vont me donner un coup de main.

— C'est vraiment gentil de leur part. C'est bien d'avoir des gens sur qui on peut compter.

Finley a gloussé. — C'est vrai. Mais je sais que n'importe laquelle des filles qui franchit cette porte le dimanche soir ferait la même chose pour moi si je le demandais.

— Tu as de la chance. D'avoir autant de gens de ton côté.

Elle m'a arrêtée et m'a regardée attentivement. — Tu sais que nous sommes toutes là pour toi aussi. Si jamais tu as besoin de quoi que ce soit. Tu as l'air de ne pas aller bien.

— Elle est probablement fatiguée de sa soirée pyjama avec Derek, a répondu Haley avant que je puisse dire quoi que ce soit.

Finley n'a pas détourné le regard. Derrière nous, les autres faisaient du bruit, mais Finley, elle, a vu la vérité. — Du gâteau. Maintenant. Qu'est-ce qui s'est passé ?

On m'a mis une part de gâteau dans la main. On m'a conduite jusqu'à une chaise. Une dizaine de visages m'entouraient, tous compatissants et compréhensifs. Quelques-unes étaient prêtes à botter le cul de Derek avant même d'avoir entendu mon histoire.

J'ai repéré Zoey dans la foule. Elle m'a adressé un sourire plein de compassion. — Tu ne leur as rien dit ?

Toutes les têtes se sont tournées vers Zoey tandis qu'elle

secouait la sienne. — Jamais de la vie. C'est à toi de décider ce que tu veux dire aux gens. Et puis, je ne sais pas vraiment ce qui s'est passé.

— Eh bien, ça fait deux personnes alors.

— Reprenons depuis le début. Doucement. Tu avais un rendez-vous avec Derek hier soir. Ton premier. Tu étais si excitée. Qu'est-ce qui se passe ? a demandé Haley.

J'ai pris une grande inspiration et j'ai regardé ma meilleure amie, ma cousine et les autres femmes en qui j'avais appris à avoir confiance. — Il n'est pas venu.

— Quoi ?

— Quel con.

— Qu'il aille se faire foutre.

— Et il va bien ? a demandé Melody.

J'ai hoché la tête. — J'ai appelé Zoey parce que Jude était chez eux.

— Sebastian l'a appelé quand Chelsea a téléphoné. Derek a dit de dire à Chelsea qu'il ne pouvait pas, a dit Zoey.

— Ne pouvait pas quoi ? a demandé Elise.

J'ai haussé les épaules. — Quelle importance ? Il m'a posé un lapin. Il a décidé que je n'étais pas assez bien pour lui.

— Je vais le tuer, a dit Elise.

— Je l'aiderai, a dit Melody.

— Mais qu'est-ce qui cloche avec les hommes ? a demandé Blake.

J'ai haussé les épaules. — J'aimerais bien le savoir. Je suis contente que vous ayez toutes trouvé des hommes bien. Pour moi, c'est fini. J'ai supprimé À la Recherche du Héros Littéraire Parfait. Les rencards, ce n'est pas pour moi.

— Tu ne peux pas laisser Derek te voler ton bonheur. Ton bonheur futur, a dit Goldie. — Je comprends que tu aies besoin d'une pause, mais il y a d'autres hommes.

J'ai secoué la tête. J'ai enfourné une bouchée de gâteau dans ma bouche au lieu d'essayer de trouver les mots pour expliquer à quel point Derek m'avait fait mal. À quel point je me sentais brisée à l'intérieur.

— Tu es amoureuse de lui, a dit Anna. Ce n'était pas une question. C'était une révélation pour toute la pièce.

J'ai dégluti difficilement et j'ai hoché la tête. Des larmes se sont échappées, coulant sur mes joues. Je les ai ignorées et j'ai mangé plus de gâteau.

— Merde, a dit Elise. Tu n'es jamais tombée amoureuse avant.

J'ai secoué la tête.

— Je ne savais pas que vous étiez ensemble depuis si long-temps, a dit Trinity.

— Ça ne fait que quelques mois qu'on s'est rencontrés, ai-je admis.

— Je suis tombée amoureuse de Gavin plus vite que ça, a dit Piper.

— J'ai tout de suite aimé Nico, a dit Laura.

— Il n'y a pas de calendrier pour tomber amoureuse. Et il n'y en a pas non plus pour s'en remettre, a dit Blake. Mais je suis désolée, Chelsea.

— Moi aussi, ont dit les autres.

— Merci. Je… j'aimerais savoir ce qui a changé, mais je suppose que ça n'a pas vraiment d'importance. Il est venu chez moi mardi et m'a invitée à sortir. Il a dit que Jude serait avec Zoey et Sebastian. Tout semblait parfait. Comme s'il était vraiment investi. Même dès le premier jour, il s'est donné du mal pour me faire comprendre qu'il me voulait. Je suppose qu'il voulait juste coucher avec moi et qu'il a décidé que sortir avec moi n'en valait pas la peine, leur ai-je dit.

— On lui arrachera des réponses, a promis Melody.

J'ai secoué la tête. — C'est bon. Je sais que vous êtes toutes gentilles, et j'apprécie, mais vous connaissez Derek depuis plus longtemps que moi. Je sais que vous devez choisir son camp.

— Au diable les camps, a dit Zoey. Tu es notre amie. C'est Derek qui a merdé. S'il t'a fait marcher et t'a laissée tomber, c'est son problème. On ne veut pas des réponses par gentillesse. On veut des réponses parce que tu les mérites. Et on tient à toi, Chelsea. Tu fais partie de notre groupe.

— Que ça te plaise ou non, a ajouté Melody.

J'ai souri et j'ai regardé autour de moi. Elles me regardaient toutes avec la même expression de gentillesse et d'affection. Je n'étais pas là grâce à Elise, Haley ou Sofia. J'étais là parce qu'elles voulaient de moi.

J'avais trouvé les miennes. Et je n'allais pas les abandonner.

— Merci, ai-je murmuré. Je promets d'appeler avant de venir m'incruster sur l'un de vos canapés.

— Pas la peine d'appeler. Viens quand tu veux, a dit Elise.

— Pareil, ont ajouté les autres.

— Tu es toujours la bienvenue, a dit Finley en m'attrapant la main et en la serrant.

Au diable, Derek. J'allais m'en sortir. Un jour ou l'autre.

DEREK

Les aboiements du chien d'à côté ont attiré mon attention. Je buvais mon café près de l'évier, guettant son apparition dans le jardin comme le putain de taré que j'étais devenu. Essayant d'apercevoir Chelsea.

Dozer courait dans le jardin, s'arrêtant pour renifler de temps en temps. Il a levé la patte et a pissé sur la clôture qui séparait nos jardins. Ça tombait à pic. Je le méritais.

Et je méritais aussi de ne pas voir Chelsea. C'était mieux comme ça.

— Papa, je peux aller dehors dire bonjour à Dozer ? a demandé Jude en me rejoignant à la fenêtre pour vider le reste de lait de ses céréales dans l'évier. Il a mis son bol et sa cuillère dans le lave-vaisselle, puis a levé vers moi ses yeux bruns suppliants, les mains jointes.

J'ai de nouveau regardé par la fenêtre et j'ai failli m'effondrer de soulagement en voyant Dozer filer droit vers la maison. — Il rentre déjà. Désolé, Jude.

— On peut les inviter à dîner ce week-end ? Ça fait une éternité que je n'ai pas vu Dozer.

— Et si on demandait à Cameron et sa famille s'ils veulent aller au cinéma ce week-end ?

— Tu ne dois pas travailler ?

J'ai secoué la tête. — Non. Je commence mon nouvel emploi du temps cette semaine.

— Vraiment ? Alors on peut faire un truc amusant au lieu d'aller à ton travail toute la journée ?

— Yep. Qu'est-ce que tu veux faire ?

— Voir Dozer. On peut, Papa ?

J'ai eu le souffle coupé. La simple idée de m'asseoir et de parler à Chelsea était douloureuse. — On verra. Va te brosser les dents et prends ton sac à dos. Le bus ne devrait pas tarder.

— Yes ! Merci, Papa.

Je ne me rappelais pas avoir donné mon accord, mais de toute évidence, ce n'était pas ce qu'il avait entendu.

La voiture de Chelsea n'était plus là quand nous sommes sortis pour attendre le bus. Elle partait tôt tous les jours, comme pour s'assurer de ne pas nous croiser. Ce n'est pas que j'espérais que ça change. Jude voudrait lui parler, et je devrais faire semblant que tout allait bien.

C'était mieux ainsi. Les choses redeviendraient comme elles étaient quand elle avait emménagé. Tout rentrerait dans l'ordre.

Le bus est arrivé, et j'ai pris Jude dans mes bras en lui souhaitant une bonne journée. Il m'a fait un signe de la main et est monté dans le bus. J'ai fait un signe au chauffeur, puis je suis monté dans ma camionnette pour démarrer ma journée.

Je devais me concentrer. Je devais faire passer un entretien à Jason pour le poste de chef de bureau. J'avais déjà rencontré cinq candidats. Deux ont été des refus catégoriques. Un homme était guindé et maladroit, ce que j'aurais pu ignorer, mais il a fait la fine bouche au moment de me serrer la main parce qu'il y avait de la graisse sur ma manche.

Pas sur ma main, sur ma manche. Il n'était clairement pas prêt à se salir. Un autre était trop amical et décontracté, et s'est présenté à l'entretien en t-shirt et en jean. D'accord, c'est un atelier de mécanique. Je pouvais passer outre son apparence décontractée, mais j'ai tiqué quand il a essayé de discuter avec moi des derniers potins du coin.

Deux autres étaient corrects. Ce n'étaient pas des perles rares, mais ils n'étaient pas non plus des nullités évidentes. Les deux hommes étaient intelligents et avaient de bons CV, mais aucun ne m'a autant impressionné que la seule femme qui avait postulé.

Rachel s'y connaissait en ateliers de mécanique et s'était habillée en conséquence, ce qui m'a impressionné avant même qu'elle n'ouvre la bouche. Elle portait un blazer avec une chemise en coton en dessous et un pantalon foncé bien coupé avec des bottes. Elle avait l'air professionnelle et soignée, et elle avait de l'expérience non seulement dans la gestion d'un bureau, mais aussi dans le fonctionnement d'un atelier, des commandes à la participation aux réparations sur les voitures. Elle était organisée et intelligente, et a même offert une suggestion lorsque Mick nous a interrompus avec un problème qui le laissait perplexe.

En ce qui me concernait, tout se jouait entre Rachel et Jason. Mais d'abord, je devais faire passer l'entretien à Jason.

Il commençait sa journée avec deux rendez-vous qui avaient été programmés avant que je puisse bloquer son emploi du temps. Je lui ai dit de ne pas se presser et de venir me voir dès qu'il serait libre, et que le fait d'être en retard ne jouerait pas en sa défaveur, ni en sa faveur s'il était en avance. Les clients passaient en premier. Toujours.

Jason est arrivé deux minutes avant l'heure prévue. Il portait sa salopette de travail, mais ses mains étaient propres et il était évident qu'il avait fait un effort pour que sa salopette le soit aussi.

Il est entré et m'a serré la main, avant de s'asseoir sur la chaise visiteur en vinyle en face de mon bureau.

— Alors, évidemment, c'est un peu différent puisque je vous connais, mais dites-moi pourquoi ce poste vous intéresse.

Jason prit une inspiration et se pencha en avant. — J'ai toujours aimé travailler de mes mains. Assembler quelque chose, résoudre un problème. Mon père nous a abandonnés quand j'étais plus jeune, alors il n'y avait que ma mère, ma sœur et moi. Ma mère est une femme vraiment extraordinaire. Elle sait tout faire, et elle nous a appris à être pareils. À défier tous les stéréotypes sur notre genre, notre éducation, et tout le reste.

— Elle a l'air impressionnante.

Jason hocha la tête. — Elle l'est. Incroyablement impressionnante. Elle travaille dur, mais elle aime ce qu'elle fait, et elle nous a appris, à ma sœur et à moi, à essayer différentes carrières jusqu'à trouver ce qui nous plaisait. Quant à la raison pour laquelle je veux ce poste, je sais ce que cela signifierait pour le garage. Je sais que cela signifierait développer mes compétences d'une nouvelle manière. Je travaille sur des voitures depuis avant même de pouvoir les conduire. J'adore ça, mais j'ai l'œil pour ce que ce poste exige.

— De quelle manière ?

— Le responsable administratif serait chargé de commander les fournitures et de s'assurer que tout est non seulement disponible, mais disponible au moment où l'on en a besoin. J'ai des contacts avec certains de nos fournisseurs. Je connais des gens dans la communauté. J'ai des idées sur d'autres collaborateurs avec qui nous devrions travailler, et j'ai des réflexions sur la manière dont nous structurons notre journée et le travail.

— Que feriez-vous différemment ?

Jason se lança dans l'exposé de ses réflexions. Il partagea

des idées qui m'ont sacrément impressionné. Quand j'ai repris Réparation automobile en pierre, j'ai gardé les choses en l'état parce que je n'avais pas le temps de penser à des changements à grande échelle, mais Jason avait déjà une demi-douzaine d'idées.

— Quelle est la première chose que vous changeriez ? demandai-je après qu'il eut exposé certaines de ses idées.

— Je restructurerais le planning. Il nous faut des créneaux pour les clients sans rendez-vous, les réparations d'urgence qu'on ne peut pas prévoir. Je dédierais un box à ces choses-là, avec l'intention d'en ajouter un deuxième si nécessaire. J'aurais deux box réservés aux rendez-vous que nous avons quotidiennement. Vidanges, permutations de pneus, parallélismes, contrôles techniques. Le dernier box, je l'utiliserais pour les gros travaux. Évidemment, il y aurait toujours des débordements et des mouvements entre les tâches, mais je pense que nous pourrions faire passer les voitures plus rapidement dans le garage si nous faisions les choses comme ça.

— Et les employés ?

— Un jour par semaine sur le travail de routine, et ensuite moduler le reste de leur emploi du temps pour qu'ils utilisent toujours leurs compétences mais qu'ils aient au moins une journée de travail plus facile.

Je me frottai la mâchoire et considérai ce qu'il avait dit. — Je n'ai jamais pensé à ce que vous suggérez. Ce serait un changement majeur.

Jason hocha la tête. — Ça le serait. Mais cela augmenterait les revenus de cinq pour cent, au minimum, si nous le mettions en œuvre.

— Comment arrivez-vous à cette conclusion ?

Jason est intervenu, présentant les chiffres qu'il connaissait de tête. Il a expliqué son raisonnement, et je n'avais rien à redire à son idée.

Nous avons continué à discuter, abandonnant à moitié

l'entretien et posant à moitié des questions que j'avais posées aux autres candidats, alors même que je prenais la décision d'embaucher Jason.

Quand l'heure que je lui avais réservée s'est terminée, j'ai marqué une pause. — Vous m'avez donné matière à réflexion. Et vous rendez ma décision difficile.

— J'espère que c'est une bonne chose.

J'ai souri. — Ça l'est. Nous en reparlerons plus tard.

Jason a hoché la tête et m'a de nouveau serré la main avant de retourner travailler, me laissant réfléchir à ce que je devais faire.

Je détestais l'idée de me séparer de Rachel, qui était une femme si compétente et intelligente, mais Jason était clairement le meilleur candidat. Rachel aurait pu arriver aux mêmes conclusions et avoir les mêmes suggestions si elle avait travaillé chez Réparation automobile en pierre, mais ce n'était pas le cas, et cela donnait un avantage à Jason.

Un avantage qui allait lui décrocher le poste.

J'ai d'abord appelé les deux que je n'avais aucune intention d'embaucher. Je les ai remerciés tous les deux pour leur intérêt pour le poste, mais je leur ai expliqué qu'un autre candidat avait été choisi. Ils se sont tous deux montrés compréhensifs et m'ont remercié de les avoir prévenus.

J'ai hésité pour les deux suivants. Je savais qu'aucun des deux ne convenait, mais ils n'étaient pas non plus catastrophiques. Si Jason et Rachel refusaient tous les deux le poste, je devrais choisir entre les deux qui étaient juste passables.

Ou continuer à tout faire moi-même.

Je ne pouvais pas faire ça. Je devais choisir.

— Chef, il y a deux personnes ici, a dit Mick, passant la tête juste assez longtemps pour transmettre le message avant de retourner aider les clients.

Je me suis levé de mon bureau, me demandant ce qui se

passait encore, et je me suis retrouvé face à deux hommes au visage renfrogné. — Messieurs.

Knox Randall était un homme imposant que je considérais comme un ami. Daniel Ryan était quelqu'un que je ne connaissais pas aussi bien, mais je l'appréciais quand même. Mais ils n'étaient pas là en tant qu'amis. Ils étaient là parce que leurs petites amies étaient les meilleures amies de Chelsea. Et j'étais dans le pétrin.

— On t'emmène déjeuner, dit Knox.

— Laisse-moi prendre mes clés, dis-je, sachant que je me retrouverais coincé sans moyen de retourner au travail si je comptais sur eux pour me ramener.

Knox et Daniel étaient dans le pick-up de Knox quand je suis sorti. Il m'a fait signe de les suivre et a ouvert la marche hors du parking.

J'avais l'estomac noué pendant le trajet, mais je devais bien finir par les affronter. Si c'était la dernière conversation que j'allais avoir avec eux, je leur devais la vérité.

Knox se gara devant le Will Work For Burgers. Nous sommes entrés tous les trois en silence, avons commandé et payé avant que Daniel ne trouve une table pour nous trois et que l'interrogatoire ne commence.

— Pourquoi n'est-elle pas assez bien pour toi ? demanda Knox pour ouvrir les hostilités.

— Qui a dit ça ? demandai-je.

— C'est Chelsea, répondit Daniel. « Elle a dit que tout allait bien, puis que tu as changé d'avis. Que tu as dit « je ne peux pas ». Qu'elle n'est pas assez bien. »

— Ce n'est pas… Je n'ai jamais voulu qu'elle se sente comme ça.

— Comment voulais-tu qu'elle se sente quand tu lui as posé un lapin pour votre premier rendez-vous ? Après avoir couché avec elle pendant un mois et lui avoir dit que tu voulais être avec elle ? insista Knox.

J'ouvris la bouche pour répondre quand on nous appela. Nous nous sommes levés tous les trois pour aller chercher notre nourriture au comptoir, puis nous sommes retournés au siège le plus inconfortable sur lequel je m'étais jamais assis.

Je n'aimais pas ça.

— Jude m'a dit qu'il aime Chelsea, avouai-je.

Ils me regardèrent tous les deux, puis ils se regardèrent entre eux, avant de me regarder à nouveau.

— Et alors ? a demandé Knox.

J'ai soupiré. — C'est ce que j'ai toujours voulu éviter. Chelsea n'est pas sa mère. Elle n'est rien pour lui. Je ne parle pas de mes fréquentations à Jude parce que je ne veux pas qu'il s'attache, mais il l'a fait. C'est le cas. Il a dit qu'il aime Chelsea et qu'il veut qu'elle soit sa maman.

— N'est-ce pas ce que tu devrais souhaiter quand tu as un gosse ? Une femme qui le fasse se sentir en sécurité, à l'aise et aimé ? a demandé Daniel.

— Je...

— Écoute, je ne suis pas père, a continué Daniel. — Mes parents ont divorcé quand j'étais adolescent. Après la mort de mon frère, ils n'ont pas supporté de rester ensemble. Ils ont tous les deux eu des liaisons, mais les personnes qu'ils fréquentaient étaient toujours prêtes à me mettre à la porte. Je voulais partir parce que plus rien n'était comme avant, mais j'ai perdu mon frère, puis mes deux parents, car ils n'ont pas supporté de perdre Michael. J'aurais adoré que quelqu'un entre dans la vie de l'un d'eux et me fasse me sentir en sécurité et aimé.

— Je lui ai dit que ça m'inquiétait. Qu'il s'attache et que les choses se terminent. Il fallait que je leur fasse comprendre.

— Mais c'est toi qui y as mis fin, a dit Knox. — C'est toi

qui as fait de cette deuxième partie une réalité. Et Chelsea ne pouvait pas vraiment empêcher Jude de l'apprécier.

— Ouais, elle est vraiment géniale. Drôle, intelligente et créative. Comment ne pas l'apprécier ? a demandé Daniel.

Mes poings se sont serrés. Ma mâchoire s'est crispée. J'avais envie de lui en coller une.

— Tu es en colère parce qu'un homme qui n'est pas célibataire complimente la femme que tu viens de larguer. C'est quoi ce bordel, mec ? a grogné Knox.

Je les ai foudroyés du regard tous les deux, puis j'ai pris une bouchée de mon hamburger. Daniel n'avait aucun droit de parler de Chelsea. De me dire à quel point elle était merveilleuse. Je le savais. Putain, je le savais.

Mais ça n'avait pas d'importance.

J'ai mâché mon hamburger et j'ai avalé, en fusillant du regard les deux hommes en face de moi. — Jude allait être blessé. Il a déjà vu sa mère l'abandonner. Il avait deux ans quand Sasha est partie. Deux. À peine assez grand pour être une personne, et elle est juste partie. Vous savez quel âge elle avait ? Le même âge que Chelsea.

— Tu penses donc que toutes les femmes de trente-deux ans abandonnent leur famille ? Qu'elles laissent tomber les gens qu'elles aiment ? a demandé Knox.

— C'est mon expérience, ai-je lâché d'un ton sec.

— Et les hommes de quarante-trois ans ? a demandé Daniel. Ma gorge s'est nouée.

— Parce que ce n'est pas Chelsea qui a laissé tomber quelqu'un à qui elle tient, a renchéri Knox.

— C'est toi, a dit Daniel.

— Exactement, a repris Knox. C'est toi qui avais fait des projets avec elle. C'est toi qui as dit qu'elle était spéciale et que tu voulais quelque chose de sérieux avec elle. C'est toi qui lui as menti et qui l'as lâchement laissée en plan alors qu'elle était assise dans son salon, à attendre que tu passes la chercher.

— J'ai fait de grosses conneries dans ma vie. J'ai fait de grosses erreurs. J'ai failli perdre Sofia parce que je n'arrivais pas à voir la vérité que j'avais sous les yeux, a dit Daniel. Je regretterai toujours d'avoir cru aux mensonges de quelqu'un d'autre au lieu de croire en Sofia. Mais elle m'a pardonné. Elle a accepté de passer outre mes défauts et de me donner une autre chance. Et je vais passer le reste de ma vie à me racheter auprès d'elle. Si tu ne veux pas de ça avec Chelsea, alors pas de souci.

— Mais si c'est ce que tu veux, a dit Knox, alors tu ferais bien de commencer à regarder en face ce qui se passe putain de réellement. Parce que rien de tout ça n'est la faute de Chelsea, et tu le sais.

Daniel a hoché la tête en accord avec Knox, les deux réalisant le parfait moment « mic drop ».

Parce qu'ils avaient raison. Chelsea n'a rien fait de mal. Elle n'a pas manipulé Jude pour qu'il l'aime. Il est tombé amoureux d'elle parce que c'est une bonne personne. Une bonne personne qui a supporté chaque cruauté que j'ai commise à son encontre et qui a regardé au-delà. Pas une seule fois elle ne m'a tenu rigueur de mes péchés, ni à moi, ni à Jude. Elle nous a laissés entrer tous les deux et s'est occupée de mon fils comme le ferait une personne aimante.

Et je lui ai tout jeté à la figure.

Je l'ai traitée comme de la merde.

Parce que j'avais peur.

— Qu'est-ce que j'ai fait ?

— À mon avis ? Tu ne pensais pas pouvoir lui faire confiance, a dit Daniel.

Knox secoua la tête. — Nan. Il ne pensait pas pouvoir le supporter si elle partait. Il a peur. Parce qu'il l'aime et qu'il ne veut pas se l'avouer.

Daniel et Knox restèrent tous les deux silencieux, m'observant attentivement pour voir qui avait raison.

Ou attendant simplement que je craque.

— Il a raison, ai-je admis.

— Qui ça, raison ? ont-ils demandé en chœur.

— Je suis amoureux d'elle. Mais Chelsea a toute cette ville pour elle. Elle a des gens qui l'adorent. Elle est gentille et attentionnée et elle ne m'a même pas jugé alors qu'elle en avait parfaitement le droit. La seule fois où elle m'a jugé, c'est quand elle a cru que je ne voulais pas d'elle à cause de son poids.

— Tu as quoi ? ont-ils grondé d'une même voix.

— Elle avait tort. J'ai mis les choses au clair avec elle. Je l'ai toujours désirée.

— Alors tu dois faire quelque chose pour le lui prouver, parce qu'en ce moment, elle en a fini. Avec toi, avec les hommes et avec les relations. Tu l'as blessée. Vraiment beaucoup, Derek. Je t'aime bien, et nous sommes amis, et ça ne va pas changer, mais Haley ne te laissera jamais entrer chez nous si tu n'arranges pas les choses avec Chelsea, a dit Knox.

— Sofia non plus, a ajouté Daniel.

— Je sais. Je dois arranger ça. J'ai paniqué, et j'ai eu tort, et tout était de ma faute, ça n'avait rien à voir avec elle.

— Bien. Comment vas-tu faire ? a demandé Daniel.

J'ai haussé les épaules. — Vous avez des suggestions ?

Ils ont échangé un sourire qui me fit comprendre que je n'aurais pas dû demander.

Mais au moins, ils allaient m'aider. J'espérais juste que ce serait suffisant pour convaincre Chelsea de me donner une autre chance.

CHELSEA

J'étais assise dans la salle d'attente du vétérinaire et je caressais la tête de Dozer. Il était visiblement très tendu. Je ne l'avais pas remarqué la dernière fois que nous étions venus. Il y avait plus de monde, et certains des autres chiens s'aboyaient dessus.

— Bulldozer ? a appelé l'assistante.

Je me suis levée, manquant de trébucher sur Dozer. Il a été un peu lent à bouger, collé si fort contre ma jambe qu'il se déplaçait à peine.

— Allons-y, je lui ai dit, en l'encourageant à rejoindre la femme sympathique qui avait prononcé son nom.

Dès que nous sommes sortis de la salle d'attente, Dozer s'est détendu. Lorsque nous nous sommes retrouvés dans une salle d'examen, il a presque soupiré de soulagement.

— Il y a du monde aujourd'hui. Je suis désolée pour ça, a dit l'assistante. — Je m'appelle Sheila. Le docteur Harris a un petit peu de retard.

— Ce n'est pas grave. Nous ne sommes pas pressés, lui ai-je répondu. J'étais en congé pour la journée et je n'avais absolument rien de prévu.

— Merci. Laissez-moi examiner Monsieur Bulldozer. Super nom.

— Oui. Ce sont les enfants d'amis qui l'ont baptisé ainsi parce qu'il a failli défoncer ma clôture le jour où je l'ai eu, et qu'ensuite il s'est écroulé de fatigue.

Sheila a reniflé. — On dirait que c'est le nom parfait pour lui. Comment va-t-il depuis sa dernière visite ? On dirait que ça fait trois mois ?

J'ai hoché la tête. — Il va bien. Comme nous ne connaissons pas vraiment ses antécédents, le docteur Harris voulait qu'il revienne pour un contrôle supplémentaire afin de s'assurer que tout se passe bien.

— Il est très méticuleux.

— Oui. C'est pour ça que je viens ici. Il est incroyablement gentil.

— Je suis d'accord. Sheila a souri et a consulté sa tablette, puis elle a reporté son attention sur Dozer. — Comment vas-tu, mon grand ?

Dozer aboya en guise de réponse, et Sheila lui sourit.

— Ah oui, vraiment ? Eh bien, je pense que c'est une bonne chose.

Dozer répondit, et ils entamèrent tous les deux une conversation à sens unique à laquelle Dozer participait pleinement.

Sheila était maligne. Tout en parlant, elle l'a pesé, lui a examiné les dents, a jeté un coup d'œil dans ses oreilles et a procédé à un examen physique général.

— Il m'a l'air en pleine forme. Les analyses de sang de la dernière fois nous ont indiqué les vaccins dont il aura besoin, donc je vais aller les préparer. Il n'y en a que deux, mais je sais que ce n'est jamais une partie de plaisir.

— Il s'est bien comporté la dernière fois. Un petit sursaut, mais vous vous y prenez si bien qu'il a à peine réagi.

— C'est parfait. Je reviens dans quelques minutes avec le

Dr Harris. Je ne ferai aucune piqûre à Bulldozer tant que le docteur n'aura pas tout confirmé et donné son accord pour qu'il les reçoive.

— Merci, Sheila.

Elle a souri et est sortie de la pièce.

Le bruit à l'extérieur a fait se figer Dozer sur place, mais il s'est détendu dès que la porte s'est refermée. Il s'est mis à se pavaner dans la pièce comme s'il était le maître des lieux, sans le moindre souci au monde.

Mon portable a vibré, et je l'ai sorti de mon sac à main, puisque nous étions là à attendre pour quelques minutes. Il a vibré de nouveau.

Quelqu'un était à ma porte.

J'ai ouvert l'application de ma sonnette vidéo et j'ai eu le souffle coupé. Derek était devant chez moi. Il n'a pas sonné, mais il regardait à l'intérieur. Mais qu'est-ce qu'il fabriquait ? La porte de la salle d'examen s'est ouverte avant que je puisse en voir plus, et j'ai rangé mon téléphone pour me concentrer sur le docteur.

— Qui avons-nous là ? a demandé le Dr Harris. — Bulldozer, j'ai l'impression que tu as grandi depuis la dernière fois que je t'ai vu.

Dozer s'est dressé sur ses pattes arrière, posant les pattes avant sur les épaules du Dr Harris pour faire à l'homme ce qui ressemblait à un câlin.

— Dozer !

— Oh, ce n'est rien. Il dit juste bonjour, a dit le Dr Harris. Il a serré Dozer dans ses bras à son tour, puis lui a parlé doucement.

Dozer a écouté, se laissant tomber par terre et se serrant contre le côté du Dr Harris.

J'ai secoué la tête. — Il vous adore.

— C'est réciproque, a dit le Dr Harris. — Sheila a dit que tout semblait en ordre, et je suis d'accord. Il est en bonne santé et fort. Je pense qu'il s'est extrêmement bien adapté à la vie avec vous, Mademoiselle Chelsea.

— Merci. C'est un super chien.

— Des problèmes ?

— Euh, je pense que ça va.

Le Dr Harris a haussé ses sourcils gris et broussailleux dans ma direction et a attendu que j'en dise plus.

— Il a fait ses besoins dans la maison à quelques reprises. J'avais une chatière, mais elle était un peu trop petite pour lui, et il est resté coincé. J'en ai une nouvelle maintenant, et il s'y habitue. Les accidents, c'était avant.

— C'est normal, malheureusement. Et tant que ça n'a pas duré, et qu'il ne semblait pas le faire pour une autre raison, ce n'est pas grave.

— Une autre raison ?

— Parfois, les chiens font leurs besoins dans la maison parce qu'ils souffrent ou ne peuvent pas se retenir. S'il souffrait, vous l'auriez remarqué parce qu'il aurait fait du bruit. S'il ne pouvait pas se retenir, c'est généralement parce qu'ils ne passent pas assez de temps dehors pour aller à la selle et qu'ils arrivent à un point où ils ne peuvent plus se contrôler.

— Oh, non, rien de tout ça. Il adore être dehors, même par ce temps froid.

— L'hiver pourrait présenter de nouveaux défis, a dit le Dr Harris.

J'ai hoché la tête. — J'ai essayé de trouver une solution. J'ai un jardin clôturé. Il sort habituellement là-bas, mais ce n'est pas facile à déblayer si nous avons beaucoup de neige.

— Les chiens peuvent aller dans la neige. C'est peut-être nouveau pour lui, et il se peut qu'il n'aime pas ça. Nous avons quelques suggestions que nous avons faites à nos patients et que vous pourriez essayer. Le Dr Harris a regardé Sheila, qui lui tendait déjà une feuille de papier. — Certains propriétaires aiment créer un coin pour leur chien, un endroit facile à nettoyer mais qui reste à l'extérieur. Vous pouvez faire des petites choses ou voir les choses en grand et lui créer toute une aire d'aventure dans le jardin. Il y a quelques entreprises que vous pouvez consulter, et il y a un entrepreneur local qui fait ce genre de choses. Vous pourriez lui parler si vous voulez faire quelque chose de plus permanent.

J'ai parcouru la feuille du regard et j'ai souri en voyant le nom et le numéro de Knox. — Je connais Knox. Je vais l'appeler et lui demander de proposer quelque chose.

— Bien. Il est très talentueux.

— Oui, c'est vrai. Mon téléphone a de nouveau vibré, mais je l'ai ignoré.

— Sheila va lui administrer les deux piqûres. Une dans chaque patte. Si Dozer a la moindre réaction, appelez-nous. Sinon, je pense qu'il est prudent d'attendre un peu plus longtemps avant de le revoir.

— Six mois ? a demandé Sheila.

— Six mois, a répété le Dr Harris. — Pour ses prochains vaccins.

— Parfait. Merci, Dr Harris.

— Je vous en prie. Quand vous voulez. Au revoir, Dozer. Le Dr Harris a frotté la tête de Dozer et s'est penché pour faire un gros câlin à mon chien. Il a été un peu lent en se relevant, le visage crispé.

— Vous allez bien, Dr Harris ?

Il a pris une inspiration et a hoché la tête. — Très bien. Passez le bonjour à vos parents.

J'ai hoché la tête, en observant la lenteur avec laquelle le Dr Harris se déplaçait en quittant la pièce.

Sheila m'a surprise en train de le regarder. — On n'arrête pas de lui dire qu'il doit ralentir. Il ne veut rien savoir. Je m'inquiète pour lui.

— Ce n'est pas bon signe.

— Je suis d'accord. Mais je garde un œil sur lui. Nous le faisons tous.

— J'espère qu'il ralentit simplement et qu'il n'y a rien de grave.

— Moi aussi. Sheila a pincé le flanc gauche de Dozer et lui a rapidement fait sa piqûre.

Dozer a émis un bruit, mais à peine l'avait-il fait que Sheila avait déjà terminé. Elle a répété l'opération de l'autre côté, et Dozer n'a pas réagi.

— C'est terminé, a dit Sheila. Prenez bien soin de cette adorable créature.

— Je n'y manquerai pas. À dans quelques mois.

Sheila m'a accompagnée jusqu'à l'accueil, divertissant Dozer pendant que je réglais la facture pour qu'il ne panique pas avec les autres chiens présents. Je ne pouvais pas imaginer emmener Dozer chez le vétérinaire sans y voir le Dr Harris. Je ne voulais même pas y penser.

J'étais presque arrivée à la maison quand je me suis souvenue que Derek était devant chez moi. S'il pensait pouvoir débarquer à l'heure du déjeuner et s'attendre à ce que je couche avec lui après avoir clairement fait savoir qu'il ne voulait pas être vu avec moi en public, il se fourrait le doigt dans l'œil.

Son camion était dans son allée, mais je ne le voyais pas dehors. J'imagine qu'il a renoncé à son petit coup de midi. Qu'il aille se faire voir.

Dozer est sorti de la voiture et s'est dirigé vers la porte d'entrée, où un mot était collé sur la vitre.

Mon cœur s'est serré. Repartir à zéro. Avec des mots méchants. Génial.

Je l'ai arraché de la vitre et j'ai hésité à le jeter sans même le regarder, mais je n'ai pas pu m'en empêcher. J'ai ouvert le mot.

Je suis désolé.

J'ai eu tort. Je sais que ce n'est pas suffi-sant pour arranger quoi que ce soit, mais je ne voulais pas attendre une minute de plus pour te dire à quel point je suis désolé.

Il y a d'autres choses que je veux te dire, mais je veux tout te dire en face. En personne. Parce que tu mérites d'avoir quelqu'un qui est là pour toi.

J'ai fermé les yeux. Ce n'était pas juste à quel point c'était facile. Je ne voulais pas le laisser s'en tirer si rapidement.

Et je ne le ferais pas. Je méritais mieux que quelqu'un qui se contente de faire acte de présence. Je méritais quelqu'un qui ne veuille pas me cacher aux yeux du monde.

Dozer et moi sommes rentrés. J'ai jeté le mot de Derek sur la table et j'ai essayé de l'ignorer. J'ai essayé d'ignorer tout ce que je ressentais. Parce que l'envie de pleurer me reprenait.

Mais je n'allais pas pleurer. Je n'allais pas lui donner ce pouvoir.

Je me suis préparé à déjeuner et me suis de nouveau installée sur le canapé. J'étais à la moitié d'un film quand j'ai entendu un bruit dans mon jardin.

Des voix. Masculines. Plus d'une.

J'ai attrapé mon téléphone et j'ai appelé le 17.

— Police Nationale, j'écoute. Quelle est votre urgence ?

— Bonjour, euh, il y a des gens dans mon jardin.

— D'accord, êtes-vous en sécurité ? — Je ne sais pas ! Je veux dire, il y a des gens dans mon jardin. Je ne sais pas ce qu'ils font là.

Dozer a aboyé.

— Donnez-moi votre adresse. Pouvez-vous les voir ?

Je lui ai donné mon adresse et je me suis approchée de la cuisine à pas de loup, détestant le fait que la porte du jardin soit vitrée. J'aurais dû prendre une porte pleine. Quelque chose qui empêche de voir à l'intérieur de la maison.

Dozer a aboyé de nouveau.

— Vous êtes toujours là ? a demandé l'opératrice.

— Oui. J'essaie de voir sans qu'ils me voient.

— Avez-vous un étage ?

— Oui, ai-je soufflé. — Mais s'ils essaient d'entrer dans la maison ?

— Une voiture est déjà en route pour vous. Un agent devrait être là d'ici trois minutes.

— D'accord. Je vais monter à l'étage.

— Je préviendrai l'agent qui intervient.

Je me suis précipitée vers l'avant de la maison et j'ai monté les escaliers. Je suis entrée dans la chambre d'amis, à côté de la salle de bains. S'ils regardaient, il était possible qu'ils me voient à travers les rideaux, mais il aurait fallu qu'ils y prêtent attention.

J'ai écarté le rideau pour pouvoir voir sans que le tissu vaporeux ne me gêne la vue. — Ils sont partis, me suis-je écriée. — Mon jardin est vide. Oh, mon Dieu, et s'ils sont déjà dans la maison ?

— Un agent s'engage dans votre rue en ce moment même. Vous devriez entendre les sirènes.

J'ai retenu mon souffle et j'ai tendu l'oreille. Les sirènes se rapprochaient. — Je les entends.

— Bien. Je reste au téléphone avec vous jusqu'à ce que j'aie la confirmation de l'agent que vous pouvez descendre en toute sécurité.

— Merci.

J'ai entendu d'autres voix autour de ma maison, à l'avant cette fois. Je suis allée dans ma chambre, mais je ne voyais rien d'autre que le pare-chocs de la voiture de police qui bloquait mon allée.

— Madame ? a demandé l'opératrice.

— Oui.

— L'agent a dit que vous pouviez descendre. Il n'y a aucun danger. Mais il a besoin de vous parler.

— D'accord. Merci. J'apprécie vraiment que vous ayez envoyé de l'aide aussi vite.

— Je vous en prie. Faites attention à vous.

— Merci.

J'ai raccroché et j'ai laissé échapper une respiration tremblante. J'espérais que ce serait un policier que je connaissais, et qu'ils avaient attrapé la personne qui rôdait dans mon jardin.

J'ai ouvert la porte d'entrée et je suis sortie. Knox, Daniel et Derek étaient menottés, assis sur le trottoir, tandis que James et Rowan les regardaient avec un sourire narquois.

— Madame, voici les hommes que nous avons trouvés sur votre propriété, a dit James, sur un ton officiel mais teinté d'humour.

— Chelsea, a tenté Derek.

— La ferme, lui a grogné Rowan.

J'ai regardé les cinq hommes tour à tour. — Qu'est-ce qui se passe ?

— Je n'aimerais rien de plus que d'embarquer ces trois-là. Violation de propriété, destruction de biens, avoir fichu une trouille bleue à une femme parce qu'ils sont stupides. James a croisé les bras et leur a lancé un regard noir.

— Ça, ce n'est pas un délit, a dit Knox en levant les yeux au ciel.

— Ça devrait l'être.

— Tu aurais été arrêté pour ça, si les rumeurs étaient vraies, a dit Rowan.

James lui a donné une tape derrière la tête.

Rowan a grogné en direction de James. — Un jour.

James a eu un sourire suffisant.

— Mais qu'est-ce qui se passe, merde ? ai-je crié.

James et Rowan ont échangé un regard. Rowan s'est avancé et a fait un geste en direction de l'allée. — Tu veux bien venir avec moi ?

Je n'avais aucune idée de la raison pour laquelle il voulait que je remonte mon allée, mais peu importe. Je l'ai suivi, en enroulant plus fermement mes bras autour de moi pour me protéger du froid glacial qui régnait dans l'air.

Rowan a ouvert le portail de mon jardin et s'est écarté.

— Mais qu'est-ce que…?

— Derek voulait s'excuser pour ce qu'il a fait. Je sais qu'il veut te présenter ses excuses en personne, mais d'après ce qu'ils nous ont dit, il voulait te faire la surprise d'un endroit sûr pour Dozer en hiver. Un endroit où il pourrait aller dehors sans avoir à se soucier des tonnes de neige ou de quoi que ce soit d'autre.

— J'étais justement en train de regarder ça. C'est Knox qui construit ça.

— C'est pour ça qu'il est là. Je pense que Daniel est ici pour le spectacle.

J'ai pouffé. — Ne le laisse pas t'entendre dire ça.

— Je le lui dirai en face. Il avait les mains impeccables. Il n'a pas touché une seule pelle.

J'ai souri en regardant ce qu'ils avaient commencé à faire. Du gazon synthétique adapté aux animaux de compagnie était posé en une large allée qui serpentait dans tout mon jardin. Une structure était en place pour soutenir des zones abritées, l'une juste à côté de la terrasse et d'autres disséminées dans le jardin, afin que Dozer puisse toujours jouer dehors, tout en ayant des endroits sans neige pour faire ses besoins.

— Ils essayaient de faire ça quand tu n'étais pas à la

maison. Je suppose qu'ils ont commencé plus tôt, qu'ils sont rentrés chez Derek pour faire une pause et qu'ils sont revenus ici sans faire attention à ta voiture dans l'allée, a dit Rowan. — Ils ne voulaient pas te faire peur. Ils essayaient de faire quelque chose de gentil pour toi.

— Pourquoi ?

— Tu sais pourquoi, Chelsea. Tu ferais n'importe quoi pour Dozer, et il semble que Derek ferait n'importe quoi pour toi.

— Il ne supporte pas le chien, et il ne veut pas de moi.

— Je pense que tu as tort sur les deux points. Mais encore une fois, il veut te dire tout ça lui-même.

J'ai levé les yeux vers Rowan. — Qu'est-ce que je dois faire ? ai-je chuchoté.

— Tu as déjà rencontré Willow ? Je suis bien placé pour savoir qu'il ne faut pas dire à une femme ce qu'elle doit faire.

J'ai gloussé.

— Je dirai que je pense que tu sais. Si tu ne sais pas, tu peux prendre tout le temps que tu veux pour y réfléchir. Personne ne dit que tu dois prendre une décision sur quoi que ce soit tout de suite.

J'ai hoché la tête. — Merci, Rowan.

— Je t'en prie, Chelsea.

J'ai de nouveau regardé le jardin, puis je suis retournée sur le devant de la maison. James les surveillait toujours tous les trois, menottés sur le rebord froid du trottoir. — Tu peux les laisser partir, ai-je dit à James.

— On n'est pas obligés. Je peux tous les embarquer. Les enregistrer, les garder à vue pour la nuit, a suggéré James.

J'ai eu un petit rire en secouant la tête. — Apparemment, il y a eu un malentendu.

James m'a fait un clin d'œil, puis il a relevé les hommes un par un. Knox a été le premier, et il s'est approché pour s'excuser de m'avoir fait peur. Il m'a prise dans ses bras ; c'était agréable, mais c'était plus comme faire un câlin à son frère. Si j'en avais un.

Ce fut ensuite le tour de Daniel, qui a dit et fait la même chose. C'étaient tous les deux des hommes merveilleux, et j'étais heureuse que mes amies les aient trouvés.

Le dernier était Derek. Il s'est levé et est resté sur place, loin de moi.

J'ai jeté un coup d'œil dans sa direction, mais il n'a pas esquissé le moindre geste pour me parler.

Knox et Daniel se sont dirigés vers la rue, nous laissant seuls, Derek et moi, avec un public de quatre personnes.

— Je suis désolé qu'on t'ait fait peur, a dit Derek. J'ai fait tellement de choses de travers, mais je n'ai jamais voulu que tu aies à craindre pour ta sécurité.

— Ce n'est rien. J'ai juste paniqué. Je n'aurais pas dû réagir de façon aussi excessive.

— Non, tu as eu raison. Nous étions sur ta propriété sans autorisation. Je voulais m'excuser. Faire quelque chose qui te faciliterait la vie. Knox a mentionné ces traces, et je me suis dit que ça pourrait être bien pour toi.

— Ça le sera. Je parlais justement de la même chose avec le vétérinaire.

Derek a souri. Il a fait un pas vers moi. — J'ai tout gâché, Chelsea. Quand je ne suis pas venu le week-end dernier. Je… Je suis désolé. Je ne pourrai jamais me faire pardonner, mais je voulais que tu saches que je suis sincèrement désolé de ce que je t'ai fait ressentir.

— Ce n'est rien, ai-je dit vivement, en ravalant la peine qui me nouait la gorge. — Je devrais y aller. Je, euh…

— Je t'aime, laissa-t-il échapper alors que je me retournais.

Je poussai un petit rire. Je secouai la tête. — Ne fais pas ça, Derek. Ne me dis pas que tu m'aimes pour essayer de me récupérer. Tu as dit que c'était impossible. Je garderai mes distances.

— Je ne te dis pas ça pour que tu me reprennes. Je te le dis parce que tu mérites de connaître la vérité. Jude m'a dit qu'il t'aime. Qu'il veut que tu sois sa mère. J'ai paniqué. J'ai juste… C'était…

— Exactement ce que tu ne voulais pas.

Il hocha la tête. — Il nous a vus. Sur le canapé.

Mes yeux s'écarquillèrent. Je plaquai une main sur ma bouche.

— Je lui ai dit que j'allais à un rendez-vous, et il m'a raconté tout ça. Je n'ai pas pu. J'ai imaginé notre histoire se terminer et Jude souffrir, et tout ça n'était que des mensonges parce que j'avais encore plus peur pour moi.

— Pourquoi ?

— Parce que je t'aime. Et je n'ai laissé personne s'approcher depuis Sasha. Je me suis servi de Jude comme excuse, mais c'était des conneries, car le plus effrayé des deux, c'était moi. Il ne se souvient pas de sa mère. Moi, si. Je me souviens du jour où elle est partie. Et c'était plus facile de ne pas me pointer le week-end dernier que de t'imaginer nous quitter toi aussi. Ça me briserait.

— Et moi, dans tout ça ? Et moi, assise sur mon canapé, craignant qu'il te soit arrivé quelque chose ? Appelant quelqu'un que je connais à peine pour savoir si tu vas bien ?

Il hocha la tête. — C'est pour ça que je sais que j'ai raté ma chance. Parce qu'un homme bien ne t'aurait jamais fait ça. Un homme qui te mérite ne t'aurait jamais fait ça. Je ne te mérite pas. Mais je t'aimerai toujours.

Il esquissa un sourire triste, puis se retourna pour rentrer chez lui.

Les quatre hommes sur le trottoir se contentèrent de regarder.

Je fixai Derek, bouche bée. — Putain, mais tu te fous de moi, là ?

Les cinq hommes se figèrent.

Derek se retourna lentement pour me faire face.

Je me suis avancée vers lui d'un pas furieux et je lui ai martelé la poitrine. — Tu me dis que tu m'aimes, et puis tu t'en vas sans me laisser la chance de te le dire en retour.

— Tu m'aimes ?

— Oui, mais tu es un idiot, et il faut que tu m'écoutes. Si je te donne une autre chance, tu ne peux pas recommencer. Tu ne peux pas décider tout seul de ce qui te semble juste. Tu ne peux pas disparaître, prendre peur et agir comme si tu étais le seul à ressentir des émotions fortes. Parce que c'est des conneries. Je n'ai peut-être jamais été mariée. Je ne suis pas mère. Mais ça ne veut pas dire que je n'ai pas aussi peur que toi. Ça ne veut pas dire que je n'ai pas le droit d'avoir aussi peur.

— Je sais. Tu as raison. Je suis tellement désolé. J'aurais dû…

— Je n'ai pas fini de parler, ai-je aboyé.

Les gars sur le trottoir ont ricané. Derek a scellé ses lèvres.

— Je me suis assise sur mon canapé et j'ai attendu que tu te pointes. J'étais si impatiente de passer du temps illimité avec toi. D'apprendre à mieux te connaître et de sentir que ce que nous avions n'était pas quelque chose que tu voulais cacher.

Il a ouvert la bouche pour protester, mais j'ai levé la main.

— Je n'ai pas fini. Regarder l'horloge tourner sans avoir de tes nouvelles… Ça m'a fait mal. Très mal. Je ne referai plus jamais ça. Si tu ne comptes pas venir, tu m'appelleras ou tu m'enverras un texto. Si tu changes d'avis à notre sujet, tu me dois une conversation. Tu n'as pas le droit de choisir la facilité et de laisser quelqu'un d'autre m'annoncer que tu ne viens pas parce que tu m'as plantée. Je mérite mieux, et j'exige mieux.

Il a pris une inspiration et l'a lentement expirée. Comme je ne parlais plus depuis une minute, il a demandé : — C'est mon tour, maintenant ?

— Si tu es d'accord et que tu ne tiens pas parole, je demanderai à James et Rowan de t'arrêter pour... c'était quoi, déjà ? J'ai jeté un coup d'œil à James.

— Pour lui avoir fichu une trouille bleue, mais on peut trouver d'autres chefs d'accusation, a dit James.

— Pour quelque chose, ai-je dit en foudroyant Derek du regard.

Il a eu un sourire en coin, puis a demandé : — Maintenant, c'est mon tour ?

J'ai haussé les épaules. — Si tu veux.

— Alors tout ce que j'ai à dire, c'est que tu as raison, j'avais tort, je suis désolé et je t'aime.

J'ai regardé les quatre autres par-dessus son épaule. — C'est eux qui t'ont appris ça ?

Derek a hoché la tête.

— Ils sont malins. Tu ferais bien d'en prendre de la graine.

— J'essaie.

— Hé, Knox ? ai-je appelé.

— Ouais, Chelsea ?

— Tu crois que tu pourrais revenir une autre fois finir l'enclos pour Dozer ?

— Quand tu veux.

— Parfait. Salut ! J'ai attrapé la main de Derek et l'ai traîné vers ma maison sous les acclamations des quatre autres.

— Je veux te prouver que je veux plus que du sexe, a dit Derek quand nous sommes entrés et que je me suis dirigée vers l'escalier.

Je me suis retournée vers lui. — Tu es prêt à le prouver

plus tard ? Jude rentre dans une heure, et tu as une dette envers moi.

Derek a eu un sourire en coin. — Tu as raison, j'ai tort, je suis désolé et je t'aime.

J'ai reniflé un rire.

Derek m'a poursuivie en haut des escaliers, les vêtements volant alors que nous courions vers ma chambre. — Ça marche tellement mieux que je ne l'aurais cru.

— Tu as de la chance que je t'aime autant.

— Dis-le encore, Chelsea.

— Je t'aime, Derek.

Il a laissé échapper un souffle tremblant. — Je t'aime, Chelsea.

— Parfait. Maintenant, montre-le-moi.

— Avec plaisir.

ÉPILOGUE

NATALIE

*D*aisy passa son bras sous le mien et m'entraîna vers la porte du O'Kelley's. Les bars, ce n'était pas mon truc. Ni même d'être une adulte, en fait. Je m'en sortais beaucoup mieux avec les enfants. Des enfants qui m'admiraient et me respectaient au lieu de me juger, comme le faisaient toujours les autres adultes.

— Ça va bien se passer, dit Daisy, sa nature enjouée habituelle mise en évidence par son grand sourire et sa tenue encore plus éclatante.

— Au moins, je suis sûre de ne pas te perdre dans la foule, la taquinai-je.

Daisy éclata de rire, elle qui trouvait toujours de l'humour en tout. Elle portait un pull jaune électrique avec un pantalon bleu vif. Je ne connaissais personne d'autre capable de porter une telle tenue, mais Daisy suivait son propre chemin et se fichait pas mal que ça ne plaise pas aux autres. Ou qu'elle ne leur plaise pas, elle.

J'attendais que son assurance déteigne sur moi depuis notre rencontre. Malheureusement, j'attendais toujours.

— Tu vas t'amuser. Et puis, on a été invitées. Ce n'est pas comme si on s'incrustait.

Je pinçai les lèvres en la regardant. « On se trouvait par hasard au salon Serenity ce matin quand Chelsea et Haley parlaient des fiançailles de Haley. On n'a pas été invitées à l'avance. »

Daisy fit un geste de la main. « Aucune importance. C'est comme ça qu'on se fait des amies. Elles sont toutes les deux gentilles et merveilleuses, et on avait accepté d'aller à leur club de lecture sans jamais y mettre les pieds, alors on va à ça. »

Je grommelai et laissai Daisy m'attirer à l'intérieur du bar.

Bon sang, c'était bondé. Bien sûr, c'était un samedi soir, mais il y avait plus de monde que ce à quoi je m'attendais. Des gens partout, de la musique et de l'alcool.

Mais à quoi est-ce que j'avais pensé ?

— Elles sont là ! cria Daisy pour que je puisse l'entendre. Elle m'attrapa la main et me tira vers le groupe de tables près des billards où Chelsea, Haley et tout un tas d'autres personnes étaient rassemblés.

Des gens que je ne connaissais pas. Des gens avec qui je n'étais pas amie. Des gens qui allaient me juger.

— Daisy ! Natalie ! Vous êtes venues ! s'exclama Haley en se levant pour nous prendre toutes les deux dans ses bras.

Je l'ai laissée m'enlacer tout en me demandant si elle était sincère. — Merci de nous avoir invitées, ai-je dit.

— Je suis si contente que vous soyez là. Venez, je vais vous présenter à tout le monde. Elle nous a pris les mains et nous a entraînées vers le groupe. — Voici Knox, mon nouveau fiancé. Vous connaissez Chelsea, et là, c'est Derek. Vous avez déjà rencontré Sofia ?

— Moi, oui, a dit Daisy en faisant un signe de la main à la femme blonde que je ne connaissais que de réputation.

— D'accord, eh bien, voici Sofia et Daniel, a poursuivi Haley.

La liste des noms n'en finissait plus. Il y avait plus d'une douzaine de couples à table, et elle nous en a désigné d'autres autour du bar. Tant de monde.

— Qui veut boire quelque chose ? a demandé un homme. Casquette de baseball, barbe, des yeux bienveillants qui ont fait un clin d'œil à l'une des femmes. Peut-être le propriétaire du bar ?

Pff. J'étais si mauvaise pour retenir les noms. Presque aussi mauvaise qu'avec les gens.

— Nous deux ! a répondu Daisy pour nous.

L'homme à la casquette nous a servi à boire depuis le pichet qu'il apportait aux tables, puis nous a tendu nos verres. — Dites-moi ce que vous en pensez. On essaie toujours de nouvelles boissons.

— Pas de problème, Hudson. On te dira, a dit Daisy.

Encore une chose que j'enviais à ma meilleure amie. Elle pouvait rencontrer quelqu'un une seule fois et connaître son nom.

J'ai souri à l'homme, Hudson, et j'ai hoché la tête, sachant que Daisy se chargerait de toute la communication pour moi. Parce que j'étais à peine fonctionnelle.

— Ça va ? a chuchoté Daisy.

J'ai hoché la tête. Être là était important pour Daisy. En tant que nouvelle entrepreneuse, elle voulait se faire connaître. Nous visions la même clientèle, et j'étais convaincue que la seule raison pour laquelle mon entreprise n'avait pas encore fait faillite était grâce à elle. Elle me laissait mettre des prospectus dans son magasin de jouets, et elle vantait mes mérites à chaque client.

Bien sûr, le fait que mon projet réponde à un réel besoin dans la communauté aidait, mais j'étais maladroite et je peinais à m'expliquer aux personnes influentes. Des gens qui pouvaient assurer le succès de mon entreprise. Ou son échec.

Daisy était une vraie force de la nature. Elle me traînait avec elle, que je le veuille ou non, à tous les événements de networking, à toutes les réunions municipales, à tout ce qui pouvait faire la différence pour la colonie de vacances que je dirigeais.

Mon premier été s'était bien passé, mais je comptais rendre le second encore meilleur.

Mais avant, il fallait que je survive à cette fête de fiançailles pour une femme que je connaissais à peine et où je n'avais aucune envie d'aller.

— Pas ton truc ? me demanda Chelsea, juste à côté de moi. Chelsea était ma nouvelle styliste, un poste que personne n'avait occupé ces dernières années. Mais je ne pouvais pas nier que c'était une magicienne et elle me faisait me sentir mieux dans ma peau comme jamais depuis des lustres.

— Non, mais Daisy tenait vraiment à venir pour soutenir Haley. J'étais contente d'avoir atterri sur le siège à côté de Chelsea, mais je n'étais pas sûre que ce soit la bonne chose à dire. J'espérais qu'elle me connaissait assez bien pour comprendre que j'étais simplement maladroite.

— C'est gentil de sa part. Et de ta part de l'avoir laissée t'entraîner ici.

— Je suis désolée. Je ne veux pas te gâcher la soirée. Je peux aller ailleurs pour que tu puisses parler à d'autres gens. J'ai commencé à me lever, mais Chelsea a posé une main sur mon bras.

— Tu ne gâches rien du tout. Il m'a fallu beaucoup de temps pour me sentir à l'aise avec ce groupe.

— Je pensais que tu avais grandi ici.

Chelsea a hoché la tête en regardant autour d'elle. — C'est le cas. J'ai vécu ici presque toute ma vie. J'adore cet endroit, et j'adore les gens, mais ce n'est pas toujours facile de se sentir à sa place dans un lieu comme L'anse MacKellar.

— Ça, c'est sûr, ai-je lâché sans réfléchir. Les verres devaient être plus forts que je ne le pensais pour que j'admette une chose pareille.

Chelsea a gloussé. — Mais c'est vraiment un groupe génial. Les femmes comme les hommes. Amicaux et solidaires. Certains d'entre eux ont probablement des enfants dans ta colonie, ou y pensent. Trent MacKellar… Chelsea a montré du doigt un grand homme noir qui tenait par la taille la propriétaire de la librairie spécialisée en romance. — Il a invité tous les enfants chez lui ce soir. Les plus grands surveillent les plus jeunes, mais il y a une douzaine d'enfants là-bas en ce moment. Ils pourraient être de bons monos ou campeurs pour toi.

J'ai plissé le nez. — Je ne suis pas très douée pour convaincre les gens. Ni pour me mettre en avant.

— Je comprends. Si je fais ce métier, c'est parce que j'aime aider les gens à se sentir bien dans leur peau. J'adore leur donner une nouvelle perspective et les aider à montrer au monde qui ils sont vraiment. Mais il n'y a qu'un seul salon en ville, alors si tu ne veux pas avoir à prendre la voiture, tu n'as pas d'autre choix que de venir au Serenity Salon.

— Ce qui est un peu la même chose pour moi. Le centre communautaire a un programme, mais le mien est plus grand et permet aux enfants de sortir et de faire différentes activités.

— Colin Jones est le propriétaire de la Jones Family Maple Farm et il est marié à ma cousine. Ce serait une bonne personne à qui parler pour les excursions, a suggéré Chelsea.

— Vraiment ? ai-je demandé.

Chelsea a hoché la tête. —Et Ian Jameson possède Jameson Wooden Boats et pourrait peut-être faire quelque chose. Melody Holland est organisatrice d'événements. Elise, ma cousine, est capitaine de bateau de tourisme et pourrait organiser une visite privée. James et Rowan sont policiers. Piper, Gavin et Zoey sont tous propriétaires du MacKellar Inn, et le mari de Zoey, Sebastian, s'occupe de l'entretien du phare. Ils ont trois enfants. Et…

— Bon, j'ai compris. Je dois faire connaissance avec ces gens. Mais ça me semble louche de leur parler dans l'espoir qu'ils envoient leurs enfants à mon camp ou qu'ils m'aident d'une manière ou d'une autre.

Chelsea a souri. —Et le fait que ça t'inquiète me dit que tu ne ferais jamais ça. Commençons par Elise et Colin. C'est ma cousine. Et ils n'ont pas d'enfants, donc ce n'est que toi qui rencontres de nouvelles personnes. Tu as déjà fait une promenade en bateau de tourisme ou visité la ferme ?

J'ai hoché la tête. —Les deux. Les visites sont incroyables, et la ferme est un endroit magique. C'est magnifique.

— Elise a dit la même chose la première fois qu'elle y est allée. Elle s'y est sentie à l'aise. Colin s'en est toujours assuré. Mais ce sont tous les deux des gens formidables. Chelsea s'est arrêtée devant Elise et Colin. Tous les deux se sont tournés vers elle et l'ont prise dans leurs bras, puis elle m'a présentée. —Natalie dirige le nouveau camp d'été.

— Oh, j'en ai entendu beaucoup de bien, a dit Elise. —La ville en avait tellement besoin.

— Je suis d'accord. C'est pour ça que j'étais si enthousiaste quand Amelia m'a encouragée à le faire, ai-je dit, en espérant ne pas avoir l'air trop guindée. Ni ivre. La pièce avait nettement commencé à tanguer.

— Amelia est la meilleure. James est son fils. Elise a désigné l'un des hommes que Haley m'avait montrés plus tôt.

J'ai regardé Chelsea, qui a souri. —Je ne le savais pas, ai-je admis.

— C'est une petite ville, a dit Elise. Je pense que tout le monde se connaît ou est de la même famille.

— Ou est sorti avec tout le monde, a dit Colin. Je ne sais pas si tu organises des sorties avec ta colonie, mais j'adorerais faire venir les enfants à ma ferme pour leur faire visiter. L'été est une période assez calme pour nous, mais nous pourrions leur organiser une journée complète pour qu'ils voient comment ça fonctionne, ce qu'on fait, et leur offrir quelques friandises.

Chelsea m'a donné un coup de coude. — Je te l'avais dit.

Le regard de Colin et d'Elise passait de l'une à l'autre, pendant que je peinais à trouver mes mots. Mes joues me brûlaient et je me demandais si Chelsea avait préparé le terrain et les avait prévenus avant que nous n'arrivions.

— Tu lui avais dit quoi ? a demandé Elise.

— Natalie ne veut pas donner l'impression de profiter des gens, mais je lui ai suggéré la même chose. Je me disais que tu pourrais peut-être aussi organiser une sortie en bateau. Chelsea a haussé les épaules, sans quitter Elise des yeux.

J'allais mourir.

— C'est une excellente idée. Surtout en semaine. C'est généralement un peu plus calme, et tous nos bateaux ne sont pas toujours sortis. Je suis sûre qu'on pourrait s'arranger.

— Je ne veux déranger personne, me suis-je empressée de dire.

Elise a secoué la tête. — Pas du tout. Nous adorons L'anse MacKellar. Et nous adorons le faire découvrir aux autres, mais pouvoir le faire découvrir à des gens qui vivent ici ? Peut-être à des enfants qui n'ont jamais fait ce genre de choses ? C'est une occasion vraiment spéciale.

— Est-ce que vous proposez des bourses ? a demandé Colin.

J'ai hoché la tête avec hésitation.

— Je serais intéressé pour parrainer quelques enfants, si ça te dit. Nous n'avons pas d'enfants et n'avons pas encore décidé si nous en aurons, mais je sais qu'il y a des familles qui aimeraient avoir la chance d'envoyer leurs enfants en colonie, mais qui n'en ont pas les moyens. Colin a sorti son téléphone. — Ça te dérange de noter ton numéro dans mon téléphone pour qu'on puisse en reparler la semaine prochaine ?

— Je… Je les ai regardés tous les trois et j'ai essayé de savoir si c'était un rêve. — Vous êtes sûrs ? Je veux dire, c'est vraiment gentil, mais vous n'êtes pas obligés de faire ça.

Colin secoua la tête et me sourit gentiment. — Je ne me sens pas du tout obligé. Personne ne m'a poussé à faire ça. Je te le demande parce que nous avons déjà parlé de ce genre de choses. Rendre service à la communauté et aider les autres. Il passa son bras autour d'Elise. — Nous avons beaucoup de chance. Je vivais ici quand j'étais jeune, mais ma mère est décédée et mon père n'a pas pu rester. Ma grand-mère est décédée il y a quelques années et m'a légué la ferme. C'est ce qui m'a ramené à L'anse MacKellar, et toute la ville m'a accueilli sans hésiter. Je sais qu'il n'est pas facile d'accepter l'aide d'inconnus, mais je sais que ce que tu fais est formidable pour les gens d'ici. Je veux juste aider.

— On veut tous les deux aider, dit Elise. — Chelsea t'a probablement dit que j'étais une grande gueule et que je ne prenais rien au sérieux, mais les enfants, c'est important. Ils ont besoin d'un endroit sûr. Un endroit où ils n'ont rien d'autre à faire que d'être des enfants. Et je sais que c'est ce que tu as créé. On ne veut pas que ça disparaisse.

— Merci, dis-je, la gorge nouée par l'émotion. — Ça me touche énormément. J'ai finalement pris le téléphone de Colin et y ai entré mon numéro.

— Et pour info, dit Chelsea, — je ne lui ai rien dit d'autre que le fait que tu es ma cousine. Haley et moi essayons de convaincre Natalie et Daisy de venir au club de lecture.

— Oh, il faut absolument que tu viennes au club de

lecture. On parle de relations amoureuses, on mange du gâteau et parfois, on boit du vin, s'enthousiasma Elise.

— Et on lit des livres, ajouta Chelsea.

Elise fit un geste de la main. — Pff. Parfois. Le plus amusant, c'est de se retrouver toutes ensemble. Demain soir. S'il te plaît, viens. C'est chez Petits ami du Livre Illimité à dix-huit heures. On adorerait que vous veniez toutes les deux.

J'ai hoché la tête. — D'accord. Merci.

— Youpi ! s'exclama Chelsea en me prenant dans ses bras. — Je suis tellement contente que tu viennes.

— Ça te dérange si je te l'emprunte ? demanda un homme noir, enlaçant Chelsea dès qu'elle m'eut lâchée.

— Derek, je te présente Natalie, dit Chelsea.

— Natalie, enchanté de te rencontrer. J'ai beaucoup entendu parler de toi. Mon fils, Jude, était l'un de tes campeurs l'été dernier et reviendra cette année, dit Derek.

— Jude est un garçon adorable. Un vrai bonheur, ai-je dit, en le pensant sincèrement. Jude était un de mes préférés. Il n'était jamais méchant et aidait beaucoup les plus jeunes, veillant à ce que personne ne soit mis à l'écart ou laissé pour compte.

— Eh bien, c'est le plus beau compliment qu'un parent puisse recevoir. Merci.

Je lui ai souri, ne sachant pas quoi dire d'autre.

— On était justement en train de parler d'inviter les campeurs à la ferme, a dit Colin.

— Jude adorerait ça, a dit Derek. — Il a tellement hâte d'être au Maple Weekend.

— C'est encore dans quelques mois, a dit Colin avec un petit rire.

— Peu importe. Jude est prêt, a dit Derek.

Je me suis excusée auprès des deux couples, j'avais besoin d'un instant pour retrouver mon calme. J'ai fait tourner ma bague autour de mon doigt et je me suis dirigée vers le couloir où j'espérais trouver les toilettes.

Je suis entrée dans les toilettes pour femmes et j'ai poussé un soupir de soulagement en voyant une cabine de libre. Je suis allée aux toilettes et j'ai pris mon temps pour en sortir. Je me suis lavé les mains et je suis sortie, mais quelqu'un m'est rentré dedans.

Mon bras a heurté le mur. J'ai perdu l'équilibre et je suis tombée, cherchant désespérément quelque chose à quoi m'agripper. Juste avant de toucher le sol, mes doigts se sont plantés dans quelque chose. J'ai serré la prise, ce qui a suffisamment ralenti ma chute pour que j'atterrisse à genoux au lieu de m'étaler par terre.

— Aïe ! Mais qu'est-ce que… ? a grogné une voix d'homme.

Ce à quoi je m'agrippais a bougé, et j'ai réalisé que j'avais attrapé une personne. Un homme. Un homme très grand, et en plein dans les bijoux de famille.

— Vous croyez que vous pourriez me lâcher ? a-t-il lancé d'un ton sec.

J'ai desserré la main et levé les yeux. Droit dans ceux de l'homme qui tenait mon avenir entre ses mains plus que tout autre que j'avais jamais rencontré.

— Monsieur le Maire, ai-je balbutié.

Il a haussé un sourcil. — Mademoiselle Edwards.

Comme si ça ne suffisait pas, un flash derrière moi m'a indiqué que quelqu'un venait de prendre une photo. De moi. À genoux. Devant le maire de L'anse MacKellar. Alors qu'il essayait de remonter son pantalon.

Quelle vie de merde.

MERCI D'AVOIR LU l'histoire de Chelsea et Derek ! Lorsque nous avons rencontré ces deux personnages pour la première fois, je n'avais aucune idée qu'ils finiraient ensemble. Je savais qu'ils auraient chacun leur livre, mais découvrir qu'ils étaient parfaits l'un pour l'autre a été une surprise pour moi ! J'espère que vous avez aimé leur romance inattendue.

Le prochain livre de la série est l'histoire de Natalie et Omar. Omar entame sa campagne de réélection et n'a besoin d'aucune distraction. Mais Natalie a besoin de l'approbation d'Omar pour effectuer des travaux dans le nouveau centre de loisirs qu'elle a acheté pour la colonie de vacances. Et plus ils passent de temps ensemble, plus il leur est difficile de ne pas se toucher. Lisez ***Son Distraction aux Courbes Généreuses*** dès maintenant !

VOUS VOULEZ en savoir plus sur Chelsea et Derek ? Derek est finalement d'accord pour les fêtes de quartier, mais il a une surprise pour Chelsea. L'épilogue bonus n'est disponible que pour les abonnés. Inscrivez-vous dès maintenant !

À PROPOS DE L'AUTEUR

Auteure à succès classée au *USA TODAY*, Mary E Thompson a passé la majeure partie de son enfance à souhaiter avoir quelques courbes en moins. Elle se cachait dans les pages des livres parce que ses personnages préférés ne se souciaient jamais de sa taille de vêtements. Aujourd'hui, Mary non plus, et elle écrit des histoires qui célèbrent les femmes comme elle. Des femmes réelles qui ont des courbes, poursuivent leurs rêves et trouvent l'amour, parce que nous devrions tous être heureux, quelle que soit notre taille.

Mary passe son temps hors écriture avec son mari et ses deux enfants, à regarder trop de télévision, à encourager l'équipe de football de sa ville natale (Allez les Bills !) et à cacher du chocolat à sa famille.

Inscrivez-vous maintenant à la newsletter de Mary. Les abonnés reçoivent des ebooks gratuits et d'autres choses amusantes, comme du contenu exclusif réservé aux membres et des concours, et sont les premiers à connaître les nouvelles parutions et les promotions !